KB126067

나는
나의 자존감
도둑이었다

나는 나의
자존감 도둑이었다

초 판 1쇄 2020년 06월 17일

지은이 문경희
펴낸이 류종렬

펴낸곳 미다스북스
총괄실장 명상완
책임편집 이다경
책임진행 박새연 김가영 신은서
본문교정 최은혜 강윤희 정은희 정필례

등록 2001년 3월 21일 제2001-000040호
주소 서울시 마포구 양화로 133 서교타워 711호
전화 02) 322-7802~3
팩스 02) 6007-1845
블로그 http://blog.naver.com/midasbooks
전자주소 midasbooks@hanmail.net
페이스북 https://www.facebook.com/midasbooks425

© 문경희, 미다스북스 2020, *Printed in Korea*.

ISBN 978-89-6637-810-4 03810

값 15,000원

미다스북스는 다음세대에게 필요한 지혜와 교양을 생각합니다.

나는
나의 자존감
도둑이었다

문경희 지음

"나는 왜 나 자신을 믿지 못할까?"

아파하며 살아가는 사람들에게 필요한,
스스로 상처주지 않는 단 하나의 깨달음

미다스북스

아파하며 살아가는
보통의 사람들을 위해

이 책은 못났던 한 인간이 어떻게 자존감을 회복했으며, 어떻게 성장해 나가고 있는지에 대한 기록이다. 그 성장은 긴 시간 동안 안개 속을 걷듯 헤매고, 자신에 대한 믿음 없이 좌충우돌했던, 젊은 날의 시간을 낭비하고 뒤늦게 얻은 깨달음의 과정이었다.

성공한 사람을 보면 저 사람은 자신의 힘으로 이룬 일이라기보다는 분명 좋은 환경에서 태어났거나 주변의 도움이 있었을 것이라고 추측하는 심리가 있다. 이것은 어떠한 일에 대한 원인을 스스로 유추해본다는 의미의 '귀인 이론'이라고 한다. 영어로는 'attribution(애트리뷰션)'이라고 하며 뜻은 '귀착시킴, 귀속, 귀인(歸因)'이라고 한다. 성공적인 타인의 삶을 바라보는 방식이, 이런 귀인 이론 중에서 '외부 귀인'으로 치부하는 마음의 오류를 없애길 바란다.

나 또한 척박한 어린 시절을 보냈다. 누구보다 배우고자 하는, 알고자 하는 욕망이 컸고 꿈이 있었지만 많은 원조를 해줄 수 있는 가정 여건이 되지 못했으며 돌파구가 없었다. 그래서 한때는 자포자기했고 내 인생을 아무렇게나 내던지려고 했던 때도 있었다. 하지만 결국 나는 스스로 성장하려고 노력했고, 방법을 터득했으며 지금까지도 그 노력을 쉬지 않고 있다.

그런 과정에서 나에게 조언을 해줄 만한 주변 사람도 없었다. 그런 시기에 나는 오로지 책을 통하여 삶에 대해 이해하려고 했고 더 나은 사람이 되고자 노력해왔다. 그 과정에서 많은 일들을 겪었고 나는 지금도 변화하고 있거나 성장하고 있다고 믿는다.

자존감을 회복하고 나면 모든 세상이 달라 보이는 경험을 하게 될 것이며, 그것은 어떻게 보면 아주 간단한 문제이지만 어떤 사람에게는 완전히 회복하고 자신감을 갖게 되기까지는 아주 힘든 일이 될 수도 있다. 이 자존감의 문제는 집짓기의 터를 닦는 것과 같은, 멋진 인생을 살기 위한 가장 중요하고도 가장 기본적인, 필수적인 것이라는 것을 깨닫기 바란다.

무슨 일을 해도 되지 않고 어떤 일도 마음대로 되지 않는다는 패배의식에 빠져 있다면, 무언가 마음이 허전한 것 같고 슬픈 것 같고 암울하다면 이 글을 읽기 바란다. 나는 그렇게 아파하며 살아가는 보통의 사람들을 위해 이 글을 썼다. 적당한 행복 속에서 잘 살아가는 모습으로 보였던 사람들도 내면에 슬픔과 고통을 지니며, 슬픔 없고 고요한 마음으로 살아가는 사람처럼 보이는 이들도 어떤 방식으로든 슬픔을 간직하고 있다. 슬픔의 원인을 모르고 그 원인을 알고자 하는 사람들에게 위로와 치유가 되기를 바란다.

나는 세상의 위인이나 대단한 성공자의 자기계발서를 읽으며 오히려 작아지는 나를 발견했고, 그들과 내가 다르다는 사실을 더욱 명확히 느낄 수밖에 없었다. 그래서 나는 가장 평범한 나의 목소리로 나의 이야기를 들려주고 싶었다.

사실은 그런 생각조차도 패배의식에 사로잡혔던 나의 마음이었고 자존감 바닥이었던 나의 과거의 기억들 때문이었다는 사실을 알게 되었다. 나는 지금도 성장의 길 위에 서 있는 독자들과 똑같은 사람으로, 나도 힘이 들 때는 책을 집어 들고 마음을 다잡기 위해 글을 써나간다. 나와 함께 이 책을 읽는 독자들이 인생의 희망을 바라볼 수 있기를 바라고, 독자들에게 위로를 보내며, 건강한 자존감을 찾고 그들에게 다가올 행복한 삶을 믿는다.

"때로는 살아있는 것조차도 용기가 될 때가 있다."

- 세네카

CONTENTS

PART 4 # 자존감을 높이는
8가지 방법

PART 1

나는 왜
행복하지
않을까?

CHAPTER 01

내가 지금 가진 것들을 돌아볼 때

"행복이란 외부로부터 오는 물리적인 조건이 아니다."

나는 살면서 진심으로 행복이란 것이 뭔지 궁금했다. 왜 맘이 편하지 않은지, 왜 늘 결핍의 감정을 느끼는지 그 이유를 알아보기 위해 노력했다. 어떻게 하면 행복한 삶을 살 수 있을지에 대해 생각했고, 행복을 찾아 헤매었다. 행복의 작은 실마리라도 찾고 싶을 만큼 행복의 실체가 궁금했다. 한편으로는 열심히 노력하면 행복을 찾을 수 있을 것이라 믿기도 했다.

결혼할 당시 나는 4,500만 원짜리 15평 아파트 전세로 결혼 생활을 시작했다. 자택 35평형 이상의 아파트로 시작하는 친구들도 많았다. 나와 그들은 출발선부터 달랐다. 물론 나보다 못한 상황에서 시작하는 사람도 많다. 하지만 나는 나보다 못한 상황을 생각하고 싶진 않았고, 더 높은 곳을 바라보고 있었다. 결혼 전 아버지의 사업 실패로 지긋지긋한 가난을 경험했고, 그것은 두 번 다시 겪고 싶지 않은 경험이라고 생각했다. 가난을 벗어나고 싶었고, 다시 생각도 하기 싫었으니까 나는 당연히 그렇게 생각했다.

어느 날 대학 동창의 초대를 받았다. 아기 백일잔치 초대였다. 약 100평의 집은 꽤 많은 손님들이 왔음에도 전혀 붐비지 않았다. 손님들은 편하게 식사를 하고 즐거운 시간을 보낼 수 있었다. 모임이 끝나고 집에 돌아와 현관문을 열고 집에 들어서서 현관과 거실이 세 발짝 안에 닿을 듯이 한눈에 들어오는 나의 집 거실 풍경을 보는 순간, 나의 갈 길은 참 멀어 보였다.

나는 비교하려고 하지 않았다. 비교는 부질없는 생각이란 것도 알고 있었다. 그럼에도 불구하고 나의 집은 참 초라해 보였다. 내가 그런 넓고 좋은 집에 사는 건 앞으로도 불가능할 것이라는 데까지 나의 생각이 미쳤다. 그렇게 생각한 이유는, 나의 몇 년간의 직장 생활에서 얻은 경험으로 생각해 볼 때, 어지간해서는 직장 생활로 내 삶을 바꾸기는 어렵다는 것을 잘 알고 있었기 때문이다. 나는 대학 졸업 후 가죽 가방과 지갑 등을 만드는 회사에 입사를 했다. 중견기업으로, 브랜드도 어느 정도 알려진 회사였지만 봉급은 박하기만 했다. 내가 월요일부터 토요일을 아침부터 저녁까지 일해서 버는 돈이 고작 작은 돈밖에 되지 못한다는 사실에, 나는 사회 초년생으로서 직장 생활에 대하여 대단히 실망했다. 어쨌든 나는 이런 상황에선 당연히 박탈감이 올 수밖에 없었다. 나는 본성이 나쁘지는 않다. 그래서 내가 가진 것들에 대해 감사할 줄도 안다. 하지만 타인과의 비교를 통해 나의 위치를 확인하게 되는 것은 지극히 자연스럽다고 말할 수밖에 없다. 비교 자체가 문제가 아니라 나의 마음의 문제라는 것을 알게 되기까지는 아주 오랜 시간이 걸렸지만. 어쨌든 박탈감이라는 감정을 느끼는 건 자연스런 것이라고 말하고 싶다.

그 이후로 아이들이 생기고 나니 더 넓고 좋은 집으로 이사 가는 것이 나의 지상 최대의 관심사가 되었다. 늘 내가 사는 집이 부족한 것 같고 좁은 것 같고, 더 큰 집으로 이사 가면 절대적인 행복이 올 것만 같았다. 5번 정도의 이곳저곳으로의 이사 후 25평, 35평을 거쳐 조금 더 큰 집으로 이사 가던 날 나는 세상을 다 얻은 것 같이 좋았었다. 이 기쁨이 평생 지속될 것만 같았다. 나는 그날의 감격을 아직도 기억한다. 이사한 첫날, 창 너머로 하늘하늘 흔들리는 나무 잎사귀가 보이는 창밖을 보며 아이들과 함께 누운 침대에서 인생에서 흔치 않은, 손가락으로 꼽을 만한 행복한 순간을 느꼈던 걸 기억한다.

원하던 집으로 이사 갔을 때의 그 행복은 얼마나 지속되었을까? 나는 어리석게도 행복이란 외부적인 조건을 만족시켰을 때 생기는 거라고 굳게 믿었다. 작은 집에서 큰 집으로 이사 가면 행복할 것이라고 생각했다. 그러나 물질을 소유함으로써 만들어지는 기쁨이나 행복의 크기는 절대적인 것이 아니었다. 그렇게 원하던 것이었음에도 그 행복감은 오래가지 않았다. 행복이란 것이 한번 성취하거나 느끼게 되면 영원히 지속되는 감정이라면 좋겠지만, 그렇지가 않았다. 맛있는 아이스크림을 먹는 순간이 행복하듯이 행복이란 흘러가버리고 마는 것이라는 걸 깨달았다. 어쩌면 행복이란 공기 중으로 금방 증발되어버리는 알코올과 같은 것일지 모른다. 더군다나 사람들은 경험한 행복에 곧 적응하게 된다. 지난 행복했던 순간을 잊어버리고 더 나은 행복을 찾게 된다.

나는 한동안 필요 없는 물건들을 사들이기도 했다. 내 안의 결핍의 감정들은 탈출구를 찾지 못하고 나를 괴롭혔다. 쇼핑 중독 증세였다. 끊임없이 필요한 것들이 머릿속에 떠오르고 그것들을 사야 한다는 강박에 사로잡혔다. 즐겨 입지도 않을 옷을 사고, 이미 가지고 있는 것과 비슷한 물건들을 사면서도, 스스로 내가 무엇이 잘못되었는지 알지 못했다. 아니 모르는 것이 아니라 이성적으로는 내가 뭔가 잘못된 것 같다고 느끼긴 했지만 행동을 고치는 방법을 알지 못했다. 그 행동을 멈출 결정적인 깨달음이라든지 이유가 필요했다. 헛헛한 마음을 달래는 방법을 알지 못하고 방황했던 것이다. 나는 마음의 병을 앓고 있었지만 겉으로 보이는 나는 매우 정상적인 모습이었다. 나의 병든 마음, 그 밑바닥에 무엇이 있었을까?

결핍의 감정은 내 삶 속에서 다양하게 표출되었다. 나는 늘 배움에 목이 말라 뭔가를 부지런히 배우러 다녔다. 악기, 그림 그리기, 영어 스터디 모임, 캘리그래피, 라이노프로그램, 메이크업까지 관심 있는 것들을 배우거나 익히고 모임에 참석했다. 하지만 글쎄, 결핍의 감정이란 쉽게 없어지는 것은 아니었다. 그 헛헛한 감정은 뭔가를 계속해서 하도록 등을 떠밀긴 했다. 덕분에 배운 것도 많고 하는 일에 도움이 되었으니 결과적으로는 결핍의 감정이 나쁜 것만은 아니었다. 내가 배운 것 중 가장 만족하고 있는 것은 〈한국책쓰기1인창업코칭협회〉에서 책을 쓰게 된 일이다. 나는 글을 쓰는 과정에서 마음의 병을 치유했고 성장할 수 있었다.

결핍의 감정은 우리에게 굶주린 짐승처럼 먹잇감이 될 만한 것을 찾게 하기도 하고, 내가 가진 것이 없거나 부족하다는 것을 느낄 때마다 기를 죽이기도 한다. 나의 자아는 성숙하지 못했지만 그나마 그 구렁텅이에서 빠져나오려 발버둥칠 만한 여력이 있었던 걸까? 지금 내가 존재하고 있고, 그 행동이 잘못되었다는 것을 느끼고 있으니까 말이다.

나의 속상한 것들, 불만, 하소연을 듣던 딸이 내게 말했다. 자신은 엄마가 가진 것이 많다고 생각하는데 엄마는 왜 자꾸 없는 것을 생각하느냐고 물었다. 그 순간 나는 무슨 말을 해야 할지 떠오르지 않았다. 어린 딸이 가지고 있는 지혜만큼도 없는 나의 어리석음에 스스로 놀랐고 내 자신이 부끄러웠다. 언제나 좋은 것을 말했고 착하게 살아야 한다고 이야기하고 긍정적으로 살아야 한다고 말했던 나는 말뿐이었고 머릿속은 어린아이만큼도 못한 생각을 하고 있었기 때문이다.

　행복의 반대말은 불행이지만 불행이란 좀 더 절망적인 상황을 표현해야 할 때 사용해야 할 단어다. 현대인에게 행복의 반대말은 결핍이라고 생각한다. 결핍의 감정은 불행하다고 느끼게 되는 요인 중 하나가 될 수 있다. 결핍의 감정은 비단 물질적인 면에 국한된 것은 아니다. 건강한 내적 자아의 결핍일 수도 있고, 때론 누군가 쌓아 올린 상아탑과 같은 높은 학문에 대한 결핍이라거나 누군가가 가진 색다른 출생 배경이라든지 흔치 않은 경험 등, 내가 가지지 못한 것들에 대한 결핍을 느낄 수 있는 순간은 많다. 하다 못해 근사한 가족 구성원에 대한 결핍이 있을 수도 있다. '엄친아', '엄친딸'이 바로 우리가 느끼는 결핍에서 유래한 단어다. 그러나 이제 결핍은 결핍대로 그냥 두어야 한다. 결핍을 느끼지만 결핍을 생각하지 말고, 내가 지금 가진 것들을 돌아볼 때 행복이란 기차에 올라타기 위한 플랫폼에 선 것이리라.

CHAPTER 02

작은 말에 쉽게 상처받는다는 것

"타인의 기준에 맞추어 자신을 바라보지 마라."

우리는 타인이 하는 말을 듣고 상처받기도 하고 울기도 하고 때로는 평생 지워지지 않을 기억으로 남기기도 한다. 타인의 말을 받아들이는 사람의 생각과 태도에 따라 타인의 작은 말이 큰 영향력을 가질 수 있다.

내가 멘토라고 여길 만큼 사리 분별이 정확하고 지혜로운 A가 있었다. 그는 대학 졸업 후 미국 유학을 떠났다. A가 몇 년의 외국 생활을 정리하고 돌아왔을 때, 유학을 떠나고 싶은 나의 열망에 대해 이야기했다. A는 나의 유학에 대해 만류했다. A가 반대하는 이유는 이랬다. '공부를 잘하는 사람이 가는 것이 유학이다. 한국에서 잘하지 못한 사람이 미국 가서 공부한다 한들 큰 성과를 내지 못한다.' 그 말은 일부 맞는 말일 수도 있고 아닐 수도 있었다. 그러나 학점이 좋지 못했던 나는 그 말에 큰 의미를 부여하고 받아들였다.

그 말은 현실적인 정보일 수도 있고, 마음의 결심을 다질 수 있는 동기가 될 수도 있는 말이었다. 지금에 와서 생각하면 정말 어리석었다. 나의 의지가 확실했고 자신감이 있었다면 그 말을 충고 정도로 받아들였어야 했다. 하지만 나는 그 말을 듣고 나의 진실한 속마음의 입장에서 생각하지 못했다. 결국은 현명한 답을 내리지 못하고 말았다. 내가 유학을 가지 않은 것은 지금까지 내 인생 중 가장 후회되는 일 중의 하나가 되었다. 원하던 일을 해보지 못하고 포기한다는 것은 평생의 후회와 아쉬움을 남겼다. 적어도 시도라도 해보고 실패를 했더라면 아쉬움은 없었을 것이다. 평생의 후회로 남기지 않으려면 자신이 해보고 싶은 일은 꼭 해봐야 한다.

스스로 키가 작다고 생각하고 그 사실에 대해 열등감이 있는 사람이라면 키가 작다는 말이 기분 상하는 말이 될 수 있다. 공부를 못한다는 사실에 대해 열등감을 가지고 있다면 공부에 대한 타인의 평가가 좋게 들리지 않는다. 타인의 말을 듣고 상처받는 사람과 그렇지 않은 사람의 차이가 무엇일까? 자신의 단점을 이해하고 수용하는 사람은 타인의 평가를 받아들인다. 열등감을 가진 사람과 그렇지 않은 사람의 차이는 생각의 태도에서 차이가 난다.

나의 대학 동창이며 친한 친구인 K는 보기만 해도 기분이 좋아진다. K는 인생의 걱정이 없어 보인다. K는 과거의 일이나 나눴던 대화를 잘 기억하지 못한다. 그에 반해 나는 별걸 다 기억하는 사람이다. 대학 시절을 떠올리며 이야기를 시작한다.

"너 그거 알아? 그때 우리 그랬었잖아."

그러면 K는 생각이 안 난다고 말하며, 그 당시 했던 말들은 더욱 잘 기억하지 못한다. 그런 친구가 참 신기했다. 대화 중에 K에게 과거 좋지 않게 남아 있을 만한 기억에 관하여 질문을 한 적이 있다. 내가 K에게 물어보면 기억을 못 한다. 나에게 오히려 이야기를 듣곤 한다. 그러면서 눈을 동그랗게 뜨고 나에게 되묻는다. "내가 그랬었어?" K에게 나쁜 기억이라는 것은 아예 없는 것 같다. 그렇다면 K의 머릿속에는 좋은 기억들만 남아 있음이 분명하다. 그런 친구가 나는 정말 이해하기 어려웠다. "어떻게 그걸 잊을 수 있어?"라고 물었다. K에게서 돌아온 대답은 나의 머리를 망치로 때리는 것 같았다. "나는 기억하지 않아도 될 것들이 기억나지 않기 때문에 즐겁게 사는 거야. 기분 나빴던 기억 같은 것은 없어. 다 잊어버리거든. 그래서 맘 편하게 살아." 하며 씩 웃었다.

　누군가와 싸운 기억, 듣고 싶지 않았던 나쁜 말, 좋지 않은 기억들이 머릿속에서 지워진다면 행복하게 살 수 있으리라. 지난 과거의 기억들 중 생각하거나 떠올리지 않아도 되는 일들이 생각나는 것이 싫었던 때가 있다. 사람이 선별적으로 기억을 떠올릴 수 있다면 좀 더 살기가 편하지 않을까? 더 행복한 삶이 가능하지 않을까? 사실 아름답고 행복한 추억들을 제외한 과거의 생각들은 거의 쓸모없는 것들이 대부분이다.

　골프용품 디자인을 하면서 특히 골프백을 디자인할 때 즐거움을 경험했고 열정이 솟구치는 것을 느끼면서 내가 좋아하는 일이라는 확신이 들었다. 디자인은 분야가 여러 가지이다. 시각디자인부터 제품디자인, 실내 인테리어까지 다양한 경험을 하고 난 후였기에 난 확신할 수 있었다. 이후 나의 가방 브랜드를 가지고 싶다는 욕망이 생겼다. 그래서 주변 지인들에게 의견을 물어보았다. 가방 사업은 어려우니 하지 말라는, 사람들의 다양한 부정적 피드백을 많이 받았다. 하지만 나는 하고 싶은 것을 해보고 싶었다. 타인의 말에 휘둘리고 싶지 않았다. 타인의 의견은 충고로 받아들였다. 시도도 해보지 않고 타인의 말에 따라 움직이고 싶지 않았다. 전처럼 후회할 일을 만들고 싶지 않았다.

마음의 상처란 대부분 과거와 연결되어 있거나 과거를 떠올릴 때 상처라고 기억되는 경우가 대부분이다. 그 당시에는 그게 상처인지조차 모르는 경우도 있다. 시간이 흐른 후 돌이켜 볼 때 상처로 기억이 되는 것이다. 사람이 선택적으로 기억하고 선택적으로 떠올릴 수 있는 세상이 된다면 어떤 일이 생길까? 사람의 기억을 지우거나 조작할 수 있다는 스토리의 영화가 있었다. 그런 세상에 산다면 행복할까? 나는 과거 지향적인 사람이었다. 과거의 많은 것을 떠올렸고, 지우고 싶어도 지워지지 않는 기억들 때문에 거추장스러웠다. 미래를 향해 나가지 못하는 버릇이 있었던 것이다. 내 소중한 인생의 시간들을 그렇게 허비해버렸다. 내가 그 반대의 성향을 가진 사람이었다면 나는 지금 어떤 사람이 되어 있을까? 아마도 큰 성장을 이룰 수 있지 않았을까?

매사에 신경질적이고 대화를 나눌 때 일반적인 질문에도 예민하게 반응하는 B가 있다. B와는 긴 시간 진지한 대화를 나누기가 어렵다. 상처받지 않으려 고슴도치가 털을 바짝 곤두세우고 있듯이 말 속에 가시가 언제든 튀어나올 준비를 하고 있다. B는 자신도 타인의 말에 상처를 잘 받으면서도 또한 자신이 상대에게 상처 주는 말을 함부로 한다. B의 자존감은 아주 낮아 보인다. B의 행동에서 자신이 쓸모없는 인간이라는 사실이 드러날까 두려워하는 모습이 그대로 드러난다. B가 가진 불편한 감정, 두려움, 상처는 인간관계의 기본적인 활동조차도 어렵게 만든다. 나는 B에게 충고나 조언을 해주고 싶지만, B와 대화를 나누고 듣게 되는 말로 상처받게 될까 두려워서 하고 싶은 말이 있어도 대화를 포기하게 된다. B와 대화 나눌 일이 생기면 나는 마음이 두근거린다. 사실은 B만큼은 아니었지만 나도 B와 비슷한 행동을 할 때가 있었다. 나의 자존감이 형편없이 낮아져 있을 때다. 자존감이 낮으면 말 속에서 자신을 방어하려는 태도가 드러나게 된다. 필요 이상의 자기방어를 하기 때문이다. 이런 자기방어는 사람들과의 관계에서 문제가 나타나게 된다.

타인의 말에 상처 받는다는 것은 타인의 기준에 맞추어 자신을 바라본다는 반증이다. 자신의 기준이 있다면 타인의 말에 상처 받지 않을 수 있다. 또한 작은 말에도 상처를 받는다는 것은 자신의 마음에 위로가 필요한 순간일 수도 있다. 우리가 어떤 이유로 의기소침해지고 자신감이 없을 때 위로가 필요하며 마음에 슬픔이 자리하고 있을 때 또한 위로가 필요하다. 그 순간은 어떠한 상황이나 말도 자신에게는 크게 다가올 수 있다. 그렇지만 다 괜찮다. 상처를 받으면 어떤가? 다시 회복하면 된다. 상처받는 그 순간 자신의 주변인들이 우려하는 똑같은 문제로 고민하고 있을 때일지도 모른다. 그렇지만 괜찮다. 상처는 나아지기 마련이다. 상처에 딱지가 생기고 새살이 돋듯 회복할 수 있다. 온전히 나의 의지로 상처는 회복될 것이다.

CHAPTER 03

내가
나 자신을
미워하는 이유

> "자신을 미워하지 않기 위해서는
> 자신의 가치에 대한 믿음을 가져야 한다."

남도 아닌 자신을 미워하는 사람이 있을까? 원리적으로 생각하면 자신을 가장 사랑해야 하는 것이 맞는 것 아닐까? 자신을 미워한다는 것이 무엇일까? 가장 소중하게 생각해야 할 자신을 미워하는 것이 가능하지 않을 것 같지만 가능한 일이다. 건강한 자아를 가진 사람들은 이해할 수 없을지도 모른다. 자신을 미워한다는 것의 의미를. 하지만 세상에는 자신을 미워하는 사람들이 적지 않다.

어느 날 나는 이상한 것을 발견했다. 나도 모르게 어떤 상황에서, 내가 해볼 수 있을지 말지를 생각하게 되는 선택의 순간에 맞닥뜨릴 때마다 "내가 뭘 할 수 있겠어?" 이렇게 말하고 있는 나를 발견하게 된 것이다. 나는 나를 미워하고 있었다. 이 말이 얼마나 나를 망치고 있었는지 알 수 없었다. 이 말이 나에게 하는 저주였다는 것을 책을 통해 알게 되었다. 나는 아무 생각 없이 이런 말과 비슷한 말들을 했었다. 속마음으로 자신에게 하는 말이나, 무심코 혼자서 중얼거리는 말도, 가장 먼저 듣는 사람이 자신이기에, 혼잣말조차 짜증이 난다거나 안 좋은 이야기를 하면 그 모든 말들이 나에게 영향을 준다는 것을 깨닫게 되었다.

이런 간단하고도 기본적인 진리를 내가 왜 여태 모르고 있었을까? 내가 이런 식으로 말하게 되기까지 나에게 무슨 일이 있었고, 어떤 잠재의식이 만들어진 걸까? 나를 미워하는 말을 했던 것은 어떤 이유에서일까? 나는 궁금해졌다. 그래서 심리학이나 마음에 관한 책들을 찾아서 읽었던 것 같다. 자아의식이 약한 사람들, 또는 자기 부정을 하는 사람들은 어린 시절의 경험이나 양육 방식이 중요하게 영향을 준다는 내용이 대부분이다. 그렇다면 나의 어린 시절은 어땠을까? 내가 떠올렸을 때 나의 어린 시절이 나쁘게 기억되는 것은 없지만, 내가 기억하지 못하는 어떤 일이 있었을까? 한 가지 기억나는 것이 있기는 하다.

시골에서 친할머니가 가끔씩 우리 집에 오셨다. 사람들에게, 아마도 일반적으로 엄마보다 포근하게 감싸주시고 잘해주시는, 세상에서 제일 좋은 사람을 떠올려보라고 하면 아마도 할머니일 것이다. 하지만 나는 할머니가 오시는 것이 싫었다. 할머니는 오빠만을 좋아했고 잘해줬다. 내가 아들이 아니라는 사실만으로 나를 미워하셨다. 외할머니와 외할아버지는 좋은 분들이셨지만 일찍 돌아가셔서 조부모의 사랑을 받아본 적은 없다. 마음이 여렸던 나는 서러워서 울기도 많이 울었다. 남자보다 여자는 하등한 존재로 여기셨고, 손녀였지만 나를 함부로 대하셨다.

할머니는 내가 고등학교 다닐 때 돌아가셨는데 눈물 한 방울조차 나오지 않았다. 할머니가 오빠를 주려고 돈을 모아두셨다는 사실을, 난 할머니가 돌아가신 날 알게 되었다. 할머니가 너무나 오빠를 좋아했다는 것을 알았기 때문에 나는 그 사실이 놀랍지도 않았다. 나이도 많으신 분이 모으기 어려운 꽤 큰돈을 모으셨는데, 그것으로 손자에 대한 사랑이 얼마나 컸는지 느낄 수 있었다. 나의 부모님은 나에게 많은 사랑을 주셨고, 남자와 여자에 대한 차별을 두지 않고 키우시려고 노력하셨다. 다행이고 감사한 일이다. 나는 할머니 때문에 무척 속이 상했는데 부모님마저 친할머니와 똑같이 나를 키우셨다면 나는 어떤 괴물로 성장했을지 모를 일이다.

타인에게 받은 멸시는 마음의 상처가 되고 그것에 대해 거부하다가도 나도 모르게 동조하게 된다. '그래, 내가 쓸모없는 사람일지도 몰라.', '내가 뭔데 할 수 있겠어?' 나에 대한 확신이 없을 때 우리는 타인이 나에게 했던 말에 자신을 비춰보기도 한다. 때로는 이런 말들이 자신에게 학습되기도 한다. 우리는 자신에게 "왜 이렇게밖에 못해?"라고 자신을 채근할 수도 있다. 이것은 자기 비하의 의식이 마음에 있다는 증거다. 자신을 무능하다고 규정하고 스스로 높은 기준을 만들어놓고 그 기준에 맞지 않으면 자신을 나무라는 것이다.

C라는 기업의 대표가 있었다. C는 회의 시간에 실적이 저조한 직원들에게 갖은 폭언을 일삼았다. "일을 그렇게밖에 못하냐", "머리는 폼으로 달고 다니냐.", "그렇게 할 거면 당장 나가라.", "한심하기 짝이 없다."라는 말을 일삼았다. 비아냥거리는 말투로 조롱하는 것은 일상이었다. 이런 상황이다 보니 직원들의 반발심도 커져서 그중 몇 명은 주먹다짐으로 마무리를 하고 퇴사하는 사람도 있었다. 사람을 무시하는 언행을 자주 하는 것과 다른 문제들과 함께 얽혀 국가 기관에 고발을 당해서 노동부에 소환된 적도 몇 번 있었지만 그 버릇이 고쳐지지는 않았다. 모두 다 일일이 열거할 순 없지만 C가 했던 말을 모두 담아놓은 책을 출간하거나 영상을 모아 세상에 알리면 아마도 엄청난 이슈가 되면서 C는 동시에 사회적으로 사장되어 버릴 위기에 처하게 될 것이다.

실제로 C와 같은 상사나 대표는 많다. 요즘은 SNS의 발달과 모든 사람이 들고 다니는 핸드폰으로 언제든 영상을 찍을 수 있고, 찍힐 수 있기 때문에 과거보다는 조직 내에서의 폭언이나 폭행, 비하, 멸시 등이 줄어들었을 것이다. 하지만 지금도 상대에게 상처를 주는 말을 일삼는 사람들은 적지 않다. 그런데 이런 상황이 꼭 회사라는 조직 내에서만 일어나는 일은 아니다. 가정에서도 서로에게 나쁜 말을 하고 서로를 병들게 할 수도 있다. 친구 사이에서도 그렇고 어떤 자리에서 새롭게 만나는 사람들과도 대화 중에도 있을 수 있다.

나에게 보험 상품을 안내하러 온 보험 설계사가 있었다. 그녀의 영업 전략은 형편이 없었다. 누군가의 소개로 만났기 때문에 잘 알지도 못하는 사이였는데 나를 다 꿰뚫고 알고 있다는 듯이 이야기를 시작했다. 그녀의 말투는 무례했고, 자신이 생각한 나의 좋지 않아 보이는 것들에 대해 이야기를 늘어놓기 시작했다. 미팅 이후 그녀가 내게 한 말이 머릿속에서 떠나지 않고 귓가에 맴돌았다. 말이란 영향력이 있는 것임이 분명하다. 들었던 말을 나의 모습에 비추어 생각해보게 되는 것이다.

우리가 순수한 마음을 가지고 태어났지만 살아오면서 겪은 일들은 자신에게 흡수되어 축적되기 마련이다. 그렇게 스며든 부정적 의식은 자신을 비하하게 만들고, 자신을 미워하게 되는 동력이 된다. 세상에 가장 소중한 자신을 미워하고 싶은 사람이 있을까? 자신을 미워하고 싶지 않지만 언제든 가장 거리적으로 가깝고 만나기 편리한 자신을 선택해 미움의 대상으로 만드는 것이다. 이런 이유로 자신을 미워하는 것이 어떤 사람에게는 쉬울 수 있고 또 습관이 될 수도 있는 것이다.

나는 한때 나에게 "내가 하는 일이 그렇지 뭐."라는 말을 되뇐 적이 있다. 이 말을 하기 전 분명 내 자신은 저항의 시기가 있었을 것이다. 하지만 어떤 이유에서든 결국은 굴복하고 말았고, 스스로 이 말을 하게 되는 지경에 이르게 된 것이다. 이 말 속에는 자기 비하와, 미루어 결과를 속단하는 마음, 시작부터 지고 들어가는 마음, 감정을 북돋우지 못하고 내적 동기를 사장시키는 마음, 부정적 자기 이미지의 포로가 되어 있는 자아의식 등 다양한 자신의 부정적 이미지를 내포하고 있는 문장이란 것을 알게 되었다. 그렇게 꿈이 있었고 이상이 높았던 내 자신이 이런 바보 같은 말을 내 귀에 대고 말하고 있었다니 나는 미친 것이 분명하다. 자신을 미워한다는 것은 단순한 것이 아니다. 자신을 미워하는 마음은 행동이나 말 속에서 또 표정에서 나타난다. 이렇게 표출되는 것들은 나의 인간관계나 일이나 가족들 간의 관계, 나를 포함한 생활 전반에 부정적인 영향을 주는 것이다.

CHAPTER 04

행복하기 위한 마음의 자격

"행복의 자격은 자신의 내면의 상태에 따라 결정된다."

행복해지려면 몇 가지 자격을 갖춰야 한다고 생각했다. 대한민국 학교 교육은 대학 가는 것을 가장 중요한 과업으로 생각하고, 학교 담임 선생님들은 대학교가 가장 중요하다고 주입 시킨다. 대학을 잘 가면 그 이후의 인생은 자동적인 성공의 길, 행복의 길로 갈 수 있다고 말한다. 물론 학생들을 가르치는 과정에서 목표를 달성하기 위하여 대학이란 하나의 주제를 당근으로써 사용하는 것이 학생들을 독려하기 좋은 것이기 때문에 그렇게 할 수도 있다. 요즘은 대학 입학을 성공의 절대적 도구로 생각하지 않는 경향도 있지만 이전에는 거두절미하고 대학을 가는 것만이 가장 중요한 일이라고 교육시켰고, 사회 전반적으로도 이런 분위기에 동조했었다. 좋은 대학을 나와서 말 그대로 성공적인 삶, 행복한 삶을 사는 사람도 있다. 분명 좋은 대학 교육이란 한 사람의 인생에 좋은 기회를 제공하거나 성공의 확률을 높여주는 하나의 요소가 될 수도 있다. 하지만 그것은 말 그대로 정말 하나의 요소에 불과하다.

19살 나는 대학 합격 소식을 듣고 정말 기뻐했다. 부모님은 대학에 가고 안 가고는 자신의 일이라고 생각하셨고, 나에게 한 번도 공부하라는 말도 하신 적 없고 꼭 대학을 가야 한다는 말씀도 하신 적이 없었다. 그런데 학교에 가면 선생님이 대학 가는 것을 가장 중요한 것으로 말씀하셨다. 나는 공부를 잘하는 학생은 아니었지만 선생님 말씀을 잘 듣고 하라는 대로 잘 하려고 노력하던 학생이었다. 선생님 말씀대로 대학을 가면 그때부터 인생의 꽃길이 열리는 줄만 알았다. 또 다른 신세계가 열리는 줄만 알았던 것이다. 얼마나 어린아이와 같은 생각을 했었던가? 선생님 말을 곧이곧대로 듣고 믿은 것이다.

그러나 어디 대학이 밥을 먹여주던가? 집 형편이 어려워져서 점심 사먹을 돈조차 없는 상황이 되고 보니 학교생활이 재미가 없었다. 미술학원에서 아르바이트로 학생들을 가르쳤는데 내 시간을 많이 뺏겼다. 그 덕에 친구들과도 어울릴 시간이 없었고, 학점 관리가 제대로 되지 않고 엉망이 되었다. 대학을 졸업하면 모든 것이 학점으로 평가된다는 것을 알지 못했다. 물론 아르바이트를 하면서도 자신의 생활을 짜임새 있게 해나가면서 학창 시절 많은 것을 이루는 똑똑한 학생들도 있다. 하지만 나는 그런 똑소리 나는 야무진 종류의 사람이 아니다. 지극히 평범한 보통의 학생이었고 뭐든 늦게 깨달았고 남들보다 한 박자가 느렸다. 어릴 때 말도 느려서 엄마가 걱정을 많이 하셨던 기억이 난다. 내가 그렇게 대단한 사람이었다면 지금까지 많은 것을 이루었으리라.

암튼 그 시절 나는 그렇게 원하던 대학을 입학한 후에 내 인생의 첫 번째 우울증이 찾아왔다. 하루하루 학교 다니는 것이 고통스러웠다. 그 꿈 많고 젊은 19살 젊은 사람이 학교 가기가 기운이 달리고 힘이 든다는 것이 말이 되는가? 그 시절 나는 현실과 이상의 괴리에 대해서 뼈저리게 느꼈고 아파했고, 상황을 개선할 수 없다는 사실에 절망했던 것 같다. 그 의식은 결국 우울 증세로 내게 왔고, 내 젊은 날을 망가뜨렸다. 그 시절의 나를 생각하면 불쌍해서 꼭 안아주고 싶은 마음이 든다. 누군가 과거로 돌아갈 수 있다면 과거 중 어느 시절로 가고 싶은지 물어보는 경우가 있다. 보통 중·고등학생이나 대학생 시절로 가고 싶다고 말하는 사람들이 대부분이다. 그 질문을 나에게 한다면 그렇게 젊고 아름다운 내 젊은 날들이었지만 나는 절대로 떠올리고 싶지 않고, 돌아가고 싶지 않은 시절이라고 할 만큼 힘들었던 시기이다.

앞서 말한 대로 나는 행복해지는 데 학력이나 교양, 재산, 사회적 지위 등 갖춰야 할 몇 가지 자격을 갖춰야 한다고 생각했다. 물론 이런 것들을 갖추고 윤택한 생활을 한다면 행복을 느낄 만한 요소가 될 수 있기도 하다. 또한 경제적인 풍요는 우리가 가진 많은 고통이나 어려움들의 대부분을 해결할 수 있는 열쇠가 된다. 하지만 어디까지나 물리적인 것들은 행복의 절대 조건이 되지 못한다.

여행을 예로 들어볼 수 있다. 나는 여행을 떠나려고 짐을 싸고 공항을 향해 출발했다. 공항에 도착했는데 가장 중요한 여권을 집에 두고 왔다. 그래서 비행기 시간을 늦추고 다시 집까지 와서 여권을 챙겨 공항으로 출발했다. 공항에 도착했는데 이번엔 돈이나 카드 같은, 여행 갈 때 없으면 안 되는 아주 중요한 무언가를 또 두고 왔다. 그렇게 서너 번을 반복하다가 결국에는 여행을 떠나지 못하는 꿈을 꾼 적이 있다. 꿈속에서 비행기 시간에 쫓기는 그 시간동안 얼마나 답답하고 마음을 졸였을까. 나는 꿈에서 깨어나 정말 놀랐다. 여행을 가고 싶은데 못 가는 나의 상황이 그 꿈에 너무나 정확히, 마치 드라마처럼 나의 마음을 그리고 있었기 때문이다. 이 이야기를 하는 이유는 내가 얼마나 여행을 좋아하고, 또 가고 싶어 하는지에 대해 말하고 싶기 때문이다.

많은 사람들이 여행을 동경한다. 나 또한 여행을 좋아한다. 그렇게 좋아하는 여행이지만 내 인생에 여행다운 여행이라고 꼽을 만한 여행은 없었다. 미국에 업무 차 갔던 몇 번의 골프 쇼 참관과 미국에 사는 친오빠 집을 방문한 것이 다였다. 요즘은 인터넷이 발달해서 거의 모든 정보를 웹상에서 찾아낼 수가 있다. 그래서 조금만 찾아보면 여행하기 좋은 곳을 얼마든지 찾아낼 수가 있다. '일생 살면서 한 번은 가봐야 할 곳' 이렇게 편리하게 정리까지 해놓은 것들을 손쉽게 찾을 수가 있다. 모바일 어플도 있어서 호텔 예약하는 것도 쉽고 가격 비교도 할 수 있다. 편리한 정도는 더 이상 뭐라 말할 수 없을 정도로 발달되어 있다.

이렇게 지금은 전보다 여행하기 편한 시대가 온 것은 분명하다. 그러나 우리가 여행지에서 느끼는 값진 경험, 감동이나 행복감은 예약하기 편한 도구가 생겼다고 해서 찾을 수 있는 것은 아니다. 내가 감정적으로 편안하고 호기심이 넘칠 때, 결국은 나의 정신적인 여유가 있을 때 여행을 통해 소중한 경험을 얻고, 기쁨과 경이로움 더 나아가 행복감 같은 것을 느낄 수 있다는 것을 나는 몇 번의 여행으로 깨달았다. 여행을 가지 못하는 시간적 경제적인 나의 상황이 원망스러울 때도 많았지만, 이 중요한 것을 깨닫고는 더 이상 여행에 연연하지 않게 되었다. 하다못해 여행이라는 명제에 있어서도 물리적인 것은 행복의 요건이 되지 못한다. 중요한 것은 나의 마음이 편안하고 행복을 느낄 준비가 되어 있을 때 여행을 즐기는 것이라고 생각하게 된 것이다.

복권에 당첨된 사람들이, 복권에 당첨된 이후의 삶에서 행복하게 잘 살고 있는지에 관하여 조사한 결과를 신문 기사에서 본적이 있다. 복권에 당첨된 사람 중 80퍼센트가 복권에 당첨된 후 불행해졌다는 내용이었다. 그 결과는 참 놀라웠다. 내가 그 기사를 보았을 때는 돈이 많으면 행복은 백 퍼센트 보장된다고 믿었던 때였기에 그 기사가 매우 흥미로워서 끝까지 읽었던 기억이 난다. 그리고 나는 혼란에 빠졌다. 미국의 복권 당첨은 한국보다 금액의 단위가 훨씬 크기 때문에 그 돈이라면 맘만 먹으면 어떤 것이라도 할 수 있는 큰돈이다. 그런데 왜 대다수의 당첨자들이 행복한 결말을 만들지 못했을까? 나는 매우 혼란스러웠다. 그렇다면 더 중요한 것이 뭐라는 것인가? 복권에 당첨된 사람들은 급격하게 상황이 바뀐 사람들이기 때문에 불행한 결말에 대한 원인을 찾아본다면 여러 가지 복합적인 문제를 고려해야 하는 것이 필요할 것이다. 하지만 그렇다고 해도 사람 사는 데 많은 문제를 해결할 수 있는 돈이 있었는데 무슨 이유로 불행한 결말을 맞이해야 했을까? 이후로도 나는 이 문제에 대해서 늘 생각해보는 계기가 되었다.

다큐멘터리를 시청한 적이 있다. 척박한 환경에서 생활하는 아이들은 학교도 가지 않고 벽돌을 만들어서 생계를 보조하며 살고 있었다. 네팔의 험준한 고산지대에 사는 사람들도 있다. 차가 다닐 수 없어서 어디를 가려면 산을 넘어 며칠씩 걸어가야 하는 그곳의 삶, 씻을 곳도 없고, 먹을 음식도 풍족하지 않고, 가전제품도 없는 그들의 생활은 불편하기 그지없어 보인다.

그렇다고 해서 그들이 불행할까? 아니다. 그들의 삶은 오히려 사랑과 감사와 충만함으로 가득 차 있고 그들은 그들 나름의 행복을 느낀다. 행복해지는 데 필요한 자격은 물리적인 것이 아니라 마음의 자격인 것이다.

CHAPTER 05

나는 나를
왜 타인과
비교할까?

"우리의 비교 대상은 타인이 아니라
자신의 과거와 현재여야 한다."

비교라는 것은 무엇인가? 비교의 사전적 의미는 '둘 이상의 사물을 견주어 서로 간의 유사점, 차이점, 일반 법칙 따위를 고찰하는 것'이라고 나온다. 그렇다. 비교는 나 혼자 할 수 없고 비교할 수 있는 다른 대상이 더 있어야 한다. 혼자서는 할 수 없는 것이 비교다. 따라서 상대적일 수밖에 없다. 상대가 나와 비슷하면 동질감을 가질 것이고 상대가 나와 다르면 이질감을 느낄 것이다. 상대가 나보다 가진 것이 월등히 많고 나만 가진 것이 없다고 느낀다면 박탈감으로 이어질 것이다. 이처럼 비교란 다른 사람과 나의 위치를 확인하고 싶은 욕구의 행동인 것이다.

나는 M의 인스타그램을 볼 때마다 부러운 마음을 부정할 수는 없다. 뒤늦게 멋진 배우자를 만나 시간이 날 때마다 해외여행을 가고, 맛있는 음식을 먹으며 거의 매일 골프를 치러 필드를 나간다. 나는 맘씨 착하고 예쁜 M에게 진심으로 축복을 보내면서도 M의 그런 시간적, 경제적 여유가 정말 부럽다. "M은 무슨 복을 타고 났을까? 나는 이렇게 여유가 없고 생계를 위해 일하기 바쁜데……" 하며 나도 모르게 M과 나를 비교하고 있는 자신을 발견하게 된다.

다른 사람의 행복은 나의 행복보다 언제나 더 커 보인다. 성숙하지 못한 자아는 곧 우울해진다. 하지만 어쩌랴. 성숙하지 못한 자아가, 이런 차이를 그저 나와 남의 차이로 인정하고 받아들이기엔 내공이 부족한 것을.

나는 핸드폰을 들어 인스타그램 어플 아이콘을 터치한다. 인스타그램 어플에 새 소식 알림 설정을 한 것도 아니다. 그저 습관적으로 인스타그램 아이콘을 눌러 들어가서 몇 개의 '좋아요'가 있는지 확인하고 피드를 올려가면서 본다. 나는 나의 개인 인스타그램도 있고, 내가 만든 가방을 홍보하기 위해 만든 오피셜 인스타그램까지 2개의 계정을 운영한다. 그래서 다이렉트 메시지나 피드에 대한 반응들을 보기 위해 자주 아이콘을 누르고 들어가기 때문에 다른 사람들의 피드를 자연스럽게 보게 된다. 어플을 구동시키면 내가 팔로잉하는 사람들이나 내가 관심 있어 할 만한 피드들이 떠다닌다. 여행 가서 찍은 사진들, 멋진 레스토랑에서 찍은 사진들, 골프장에서 찍은 사진들이 눈에 들어온다. 내가 팔로우 하는 사람 중 매우 예술적으로 사진을 찍어서 올리는 몇몇 사람들이 있다. 진심으로 '좋아요'를 누르고 싶은 마음이 생길 정도로 멋진 사진들을 올린다.

이렇게 멋진 사진들은 그 사진 자체의 예술성에 감응되는 경우도 있지만 요즘 대부분의 인스타그램 어플을 사용하는 사람들은 인스타그램에 자신의 자랑거리들을 올린다. '플렉스(FLEX : 요즘 1020 세대에게 '돈을 쓰며 과시하다.', '지르다.'라는 뜻으로 사용되는 단어. 1990년 미국 힙합 문화에서 '부나 귀중품을 과시하다.'란 의미로 사용됐다.)한다.'라는 말로 자랑 자체를 멋진 스웩(SWAG)으로 생각한다. 아예 대놓고 자랑하고 사람들은 또 그런 자랑 자체에 대해 열광한다. 그 대놓고 자랑하는 것 자체가 멋진 행동으로 추앙받는다. 내가 사는 지금 이 시대는 이처럼 자신이 가진 것들을 공개하고 자랑하는 것이 일상인 세상이다. 이런 상황에서 남과 나를 비교하려고 노력하지 않아도 비교하게 되는 것이다. 단 1초도 되지 않는 시간 안에 수많은 피드를 넘겨가며 수많은 사진들을 볼 수 있다. 나의 팔로워나 팔로잉의 연결고리에 있는 사람들의 일상을 보게 된다. 그렇게 우리가 사용하는 SNS는 주변인들과 소통을 하고 안부를 확인하는 도구로도 사용하지만, 끊임없이 생성되어 나오는 피드를 보면서 나와 그들의 삶에 대해 생각해보게 된다.

내가 좋아하는 인스타그램 친구가 있다. 그는 아주 예쁜 집에 살며, 아주 예쁜 포메라니안 강아지를 키우고 있다. 스르르 입가에 미소가 번지는 위트 있는 태그도 달려 있기 때문에 나는 늘 그녀의 피드를 관심 있게 본다. 이런 상황에서 그녀와 나의 삶을 번갈아 비교하며 생각하게 되는 것은 지극히 자연스러운 현상이다. 그녀의 삶은 완벽해 보인다. 일단 강남에 크고 아름다운 집을 가지고 있으며, 대대적인 인테리어 공사를 한 이후부터 집 이곳저곳과 키우는 강아지의 모습을 찍어 올린다. 딸도 있는데 공부를 잘해서 상도 받아오고 착하기까지 하다. 그런 그녀의 얼굴은 매우 아름답고 젊어 보여서 도저히 고등학교 3학년 딸을 둔 엄마처럼 보이진 않는다. 적어도 내 눈에 비친 그녀는 완벽하고 아름답다. 그런 그녀에게 걸맞는 아름다운 삶은 앞으로도 당연히 보장된 것이어서, 그렇게 살 것임이 분명해 보인다.

우리의 삶이 그렇게 나쁘지 않아도 자신과 타인을 비교하며 작아지고, 가난해지고, 우울해지고, 슬퍼지며, 박탈감을 경험한다. 타인과 나 자신과의 비교는 내가 마땅히 가질 수 있었던 행복감을 빼앗아간다. 그게 무서워 귀도 닫고 눈도 감고 모든 SNS 어플을 지워버리고 그저 통화만 할 수 있는 20년 전의 전화기를 가지고 그 시대에 사는 것처럼 살아야 할까?

어릴 적 나의 친오빠는 머리가 좋아 엄마 아빠의 기대를 많이 받았다. 반면 나는 오빠만큼 공부를 잘하지 못했다. 부모님은 남녀 구분 없이 평등하게 키우려고 노력하셨지만 어느샌가 나는 오빠와 비교되고 있었다. 등 뒤에서 나를 걱정하시고 오빠에게는 머리가 좋다며 칭찬을 아끼지 않으시는 말씀을 들었다. 그리고 누가 더 머리가 좋은지에 대해서 단정 지으셨다. 그래서인지 나는 성장하면서 계속해서 머리가 나쁘다고 생각했다. 나는 미술적인 재능을 가지고 있었지만, 그것은 공부라는 하나의 잣대로만 사람을 평가하고 비교할 때 그 재능은 아무런 필요충분조건이 되지 못했다. 우리가 가정에서 자녀를 양육할 때 개성이 서로 다른 완전한 개체로서 인정해야 한다. 비교하거나 예단하지 않아야 한다는 것은 반드시 기억해야 할 사항이다.

그렇다. 우리가 일반적으로 하게 되는 비교란 나와 오빠의 공부 능력에 대한 비교처럼 단면적인 비교에 지나지 않는다. 우리의 마음속에서 타인과 나를 비교하는 것은 종합적인 가치의 비교가 아니라 피상적인 비교에 불과한 것이다. 이런 바보 같은 비교를 통해 우리는 매일 박탈감을 느끼고 우울해하고 절망하는 것이다.

최근 대니얼 카너먼과 앵거스 티턴의 연구에 의하면 자신의 경제적 수준이 올라가도 자신이 속한 사회의 경제력의 격차가 클수록 행복감이 떨어진다는 사실을 발견했다. 예를 들어 내가 고가의 차를 샀는데 주변인이 더 비싼 차를 샀다면 상대적으로 불행하다고 느낀다는 것이다. 이 연구에서처럼 일반적인 사람들이 느끼는 행복은 절대적인 가치가 아니라 타인과의 비교를 통해 얻어지는 행복감이나 만족감이라는 것을 말해주고 있다.

　그렇다면 사람들은 왜 비교를 하게 될까? 비교하는 사람들은 자신의 삶에서 성취감을 느끼지 못하는 사람들이다. 자신의 개성을 가지고 있고 자신의 가치관이 확실하다면 타인과의 비교에서 자신의 위치를 찾으려고 해서는 안 될 것이다. 즉 다른 사람과의 비교에서 격차가 없다면 안정을 느끼고 격차가 있다면 불안을 느끼는 것이다. 이런 비교에서 격차를 느끼면 불안하고 지치게 되고 시기와 질투의 감정으로 상대를 깎아내리게 된다. 이런 경우 상대뿐만 아니라 반대로 자신을 깎아내리는 경우도 생긴다. 이것은 다른 사람과 나를 동일시하기를 바라는 마음이 있다는 것이다. 하지만 사람은 유일한 존재이기에 절대로 나와 타인이 같은 사람이 될 수는 없다. 특히나 사람은 타인과 구별되기를 원하고 자신의 정체성을 가지기를 원하지 않던가? 피상적인 비교에 불과한 자신과 타인과의 비교를 멈추고 1년 전의 자신과 현재의 자신을 비교하는 것이 옳지 않을까?

CHAPTER 06

무기력이
내게
준 것들

"자신의 삶을 좀먹는 우울과 무기력에 대해 도움을 요청하라."

무기력이라는 것이 무엇일까? 말 그대로 기력이 없는 것이다. 어떤 일을 할 수 있는 기운과 힘이 없는 것이다. 보통 사람들은 잘 알지 못하지만 무기력은 우울증의 대표 증상이다. 무기력은 심리적으로 의욕이 없는 것뿐만이 아니다. 육체적으로도 자신의 기본적인 생활을 하기 어려울 만큼 몸을 움직이기 어려운 상태가 될 수도 있다. P의 경우처럼 무기력 증상이 나타날 수 있다. P는 사업 실패와 이혼 등을 겪고 나서 우울증이 심해졌다. 그 증상으로 무기력증이 생긴 것이다. 증세가 심해져서 급기야는 침대에 누워 꼼짝도 하지 못할 때가 있었다. 침대에 누워 울리는 전화벨 소리를 듣고도 손을 뻗어 전화를 받을 수 없을 정도의 무기력이 찾아온 것이다. 이때 가족으로부터 연락이 왔고 도움을 청했다. 그는 병원에 가서 강력한 물리적인 치료와 처방을 받고 다시 움직일 수 있었다. 이처럼 마음의 병이란 아무런 문제가 없는 육체를 무력화시킬 수 있다. 우리의 정신은 육체의 영향을 받기도 하지만 육체는 정신의 영향을 더 크게 받기 때문이다.

나는 19살 대학교 입학 직후부터 무기력 증상이 생겼다. 우울증이 몸으로 표출될 때는 다양한 증상으로 나타난다. 불면증이나, 불안, 식욕감퇴, 의기소침, 두통 등 그 증상이 다양한데 그중 나에게는 무기력 증상이 나타났다. 나는 이 증상에 굉장히 답답함을 느꼈다. 일상생활을 하는 데 있어서 기운이 없으니 무척 힘이 들었다. 나는 그것이 우울증 증세라는 것을 알지 못했기 때문에 어떻게 대처해야 할지 방법을 몰랐다. 등굣길에 600~700미터의 언덕을 올라가야 학교 정문에 도착하게 된다. 그런데 그 언덕조차 오르기가 힘에 부쳤다.

나는 무기력증의 이유를 알고 싶었다. 내가 음식을 제대로 섭취하지 않아서 그런 것인가 하고 음식을 잘 먹어보기도 했다. 그러나 음식을 잘 섭취하고 아니고의 문제가 아니었다. 정상적인 식사를 한다 해도 아무것도 할 수 없을 정도로 기력이 없었다. 그것은 마음을 먹고 의지를 다져서 될 일이 아니었다. 발걸음을 움직이는 순간순간이 고통이었다. 전철에서 내려, 학교

정문까지 걸어 올라가기 전 내가 걸어가야 할 길을 바라보면 천리만리처럼 느껴졌다. '아, 이 길을 또 어떻게 올라가야 할까?' 하는 생각이 들었다. 고등학교 졸업 후 바로 대학을 들어갔기 때문에 나이는 19살이었다. 그 나이에 걸어 다닐 기운이 없다는 것이 말이 되는 것인가? 이런 상태에서는 일상생활 자체가 고통이나 다름없다. 아르바이트를 하는 것도 힘이 들었고, 학교의 모든 크고 작은 행사들이 다 부담이었다. 학생으로서 해야 할 모든 활동들을 하고 싶지 않았고 억지로 해야 했다. 가장 행복하고 에너지가 넘쳐야 할 그 시간들이 나에겐 고통스러운 기억으로 남아 있다. 나는 움직이고 싶지 않았고, 그 자리에서 눕고 싶었다. 그 자리에 누워 언제까지나 그 자리에 영원히 그대로 있고 싶었다.

무기력이 마음에서 오는 병이라고는 생각조차 하지 못했다. 무기력은 나의 소중한 시간들을 빼앗아갔다. 일단 의욕이 없는 상태에서는 도전도 할 수 없고 용기도 없다. 도전과 용기에 대한 생각이 머릿속에 떠오를 수 없다. 하루하루를 겨우 살아내는 사람에게 도전이나 용기나 이런 것들은 빈 메아리와 같은 것이기 때문이다. 꿈이나 성공이나 이런 것들은 사치인 것이다. 하루를 살아내야 하는 사람들과 꿈을 향해 뛰어가는 사람들과는 출발점도 다르고 속도도 다르다. 나는 그렇게 잃어버린 나의 가장 젊었던 날들이 가장 안타깝다.

출근길에 TED 강연을 들었다. 앤드류 솔로몬(Andrew Solomon)이라는 작가의 강연이었다. 강연에서 그는 자신이 겪은 지독한 우울증에 대하여 말하고 있었다. 나는 그 강연을 들으며 나도 모르게 눈물이 났다. 그가 겪은 우울증을 나는 너무도 잘 이해하고 있었기에 눈물이 났고, 옛날 나의 모습이 떠올랐기에 마음이 아팠다.

앤드류 솔로몬은 모든 일에 흥미를 잃었고 이전에 좋아하던 일을 더 이상 하고 싶지 않았다. 그는 "우울증의 반대는 행복이 아닌 활력"이라고 말한다. 그는 음식을 먹고 샤워를 하는 일조차 힘들어졌다. 불안감이 엄습하고 두려움에 떨면서 정작 무엇이 무서운지 알지 못했다. 살아 있는 게 고통스럽다는 생각을 하게 되었다. 그가 자살을 하지 않은 이유는 주변 사람들에게 상처 주지 않기 위해서였다. 약과 치료에 의존했지만 좋아졌다 나빠졌다를 반복했다. 시간이 흐르며 우울증이 점차 내면 깊이 자리 잡아 사람의 특징과 성격에서 분리해내기가 어렵다는 걸 깨달았다.

사람들은 우울증이 단지 슬픔이라고 생각하지만, 이는 깊고 깊은 슬픔이며, 커도 너무 큰 비애라고 생각한다. 원인은 찾기 힘들다. 겉으로 보기에는 가벼운 우울증인 것 같아도 정상적인 삶이 불가능한 사람도 있다. 우울증은 전 세계에 만연한 주요 질병 중 하나로 매일 이로 인한 사망자가 발생한다. 자신이 우울증 상태라면 회색 베일 속에서 부정적 생각으로 흐려진

눈을 통해 세상을 바라본다고 생각하지 않는다. 눈을 가리고 있던 행복의 베일이 벗겨져서 진짜 세상을 보게 되었다고 여긴다. 내 안에 있는 또 다른 생명체를 없애야 한다고 믿는 정신분열증 환자라면 오히려 치료가 쉽다. 그렇지만 우울증 환자는 자신이 보는 것이 진실이라 믿기 때문에 치료가 더 어렵다. 우울증을 겪은 사람들은 과거를 부정하는 사람들이 있다.

"그건 오래 전 일이니까 다시는 생각하고 싶지 않아. 절대 돌아보지도 않겠어. 이제 내 앞의 인생에 전념해야지."

하지만 역설적으로 이런 사람들이야말로 자신의 삶에 구속된 사람들이다. 우울증은 밀어낼수록 더욱 강해진다. 도망치려 할수록 더욱 자라난다. 현재 더 나은 삶을 꾸리는 사람들은 우울증을 겪었다는 사실을 받아들이는 사람들이다. 우울증을 겪은 과거를 받아들이는 사람들이 우울증에서 벗어날 수 있다. 우울증의 반대는 행복이 아닌 활력이다. 우울증이 좋은 이유를 찾아냈다. 바로 즐거움을 찾고 거기에 매달리도록 나를 밀어주기 때문이다. 또한 매일같이 게임을 하듯 그 당시에는 타당했던 이유와는 반대로 이제는 삶에 애착을 갖도록 스스로 결정하기 때문이다. 그건 우리 같은 사람만이 누릴 수 있는 환희가 아닐까?

이상은 앤드류 솔로몬이 강연에서 말한 내용이다. 그의 강연은 어떤 책보다도 우울증에 관하여 잘 설명해주고 있었다.

사람의 기분은 조절이 가능하다. 슬픔, 두려움, 즐거움, 기쁨, 그런 기분을 관장하는 시스템이 무너졌을 때 우울증이 찾아온다. 일종의 부적응 상태인 것이다. 우울증의 증세는 다양하고 그 정도도 차이가 있다. 하지만 우리는 이 모든 증상을 우울증이라는 하나의 단어로 표현한다. 비가 올 때 느끼는 기분도 우울하다고 표현하고, 자살을 시도하기 몇 분 전 한 사람이 느끼는 감정도 우울하다고 표현한다. 이처럼 우울이란 단순하게 표현되지만 당사자에겐 심각하거나 절박한 상황이 될 수도 있다. 우울증은 때때로 적극적인 치료를 받아야 할 때도 있다.

친구인 E는 전업주부이다. 살림도 잘하고 모든 것이 완벽하다. 그러던 어느 날 자신이 완전하게 식욕이 없다는 것을 발견했다. 아침부터 저녁까지 밥을 먹지 않고 일을 해도 전혀 배가 고프지 않았다. 스스로 우울함이 느껴지지도 않았다. 이유를 알 수 없던 E는 자신이 큰 병에 걸린 것이 아닌가 하는 의구심이 생겼다. 그래서 E는 병원에 가서 의사와 상담을 했다. 의사는 우울증 초기 증상이라는 답과 함께 약을 처방해주었다. 그 약은 장기적으로 복용해야 하고 많은 양이라서 걱정이 되었다. E는 의사에게 물었다. 이런 종류의 약을 몇 개월씩 오래 복용해도 되는 지에 대해서, 또 부작용은 없는지에 대해 질문했다. 의사는 안심해도 된다고 대답했고, 자신도 "현재 이 약을 복용하고 있다."라고 대답했다. 이처럼 현대인들에게 흔한 증상이 우울증이다. 이후 친구인 E는 치료를 끝내고 정상적인 상태로 돌아왔다.

우울증 증세를 겪고 있는 사람들은 우울증이 자신의 정신적인 문제로 생기는 것이라 생각하고 자책할 필요가 없다. 우울증은 상담이나 약물 등의 물리적인 치료가 필요한 경우도 있다. 우울증은 큰 어려움을 겪었거나 아니거나 관계없이 정상적이고 일반적인 사람 누구에게든 올 수 있는 증상이다. 스스로 우울증을 벗어나기 어려운 경우 적극적인 치료를 받는 것이 효과적일 수 있다. 나의 경우도 우울증을 겪던 시기에 치료를 받았다면 힘든 시간에 좀 더 도움을 받을 수 있었을 것이다.

CHAPTER 07

나 자신을 사랑하지 못하는 태도

"자신이 사랑받지 못한 존재라는 자기 연민에서 벗어나라."

우리는 매일 사랑받는 존재이기를 바란다. 우리는 가장 사랑해야 할 대상인 자신을 사랑해야 한다는 사실을 망각하고 지낸다. 자신과 가장 가깝고 사랑하기 손쉬운 자신을 발견하지 못한다. 우리는 사랑에 대하여 편협한 사고를 지니고 있다. 위대한 사랑만을 생각하지만 자신을 위한 매일매일의 사랑이 더욱 필요하다. 우리는 사랑해야 할 대상을 외부에서만 찾으려고 한다. 우리가 가진 애정을 쏟아야 할 대상은 어디에 있을까? 사랑할 대상은 가장 먼저 내 자신이어야 한다. 자신을 사랑할 줄 아는 사람만이 나의 주변을 둘러보고 사랑을 실천할 수 있게 되는 것이다.

1. 나는 왜 행복하지 않을까?　　**53**

내가 좋아하는 팝송 중 〈Your Song〉이라는 곡이 있다. 이 곡을 부른 사람은 엘튼 존이라는 영국 출신의 가수다. 가사는 절절하기 그지없고 멜로디는 정말 아름답다. 아름다운 한 줄 한 줄의 가사 중 이런 멋진 구절이 있다. 'How wonderful life is while you're in the world(당신이 있는 이 세상 얼마나 아름다운가요)' 엘튼 존이 피아노를 치며 부르는 모습을 보고 눈물을 흘린 적이 있다. 이 곡은 정말 길이길이 남을 좋은 곡이다. 이런 멋진 곡을 작곡하고 연주하는 엘튼 존은 반세기를 넘는 세월 동안 수많은 음반들을 발표하며 대중성과 음악성을 동시에 가진, 영미 음악계의 최대 거장 중 하나로 평가받는 팝 록 뮤지션이다.

어린 시절 부모에게 사랑받지 못한 애정 결핍이 어른이 되어 어떤 문제가 되어 나타나는 경우는 적지 않다. 엘튼 존이 바로 그런 경우 중 하나다. 부모님은 엘튼 존에게 음악 천재의 유전자를 물려주었다. 어린 시절부터 음악적 천재성을 보여 11살 때 왕립음악원에 장학생으로 입학을 할 수 있었다. 그러나 아버지는 차가웠고 어머니는 신경질적이었다. 보수적인 성향의 군인이던 아버지는 아들이 항공 직원이나 은행원 같이 안정적인 직업에 종사하도록 엄격하게 다그쳤다. 엘튼 존의 부모는 사고방식의 차이로 사이가 좋지 않았고, 엘튼 존이 15살이던 해에 이혼했다. 이후 부모는 재혼했고, 엘튼 존은 어머니와 의붓아버지와 함께 지냈다.

이후 엘튼 존은 영국 뮤지션으로서 성공적으로 미국 무대에 데뷔하고 음반이 폭발적으로 팔리면서 20대에 이미 백만장자 청년이 되었다. 이혼한 부모는 성공적인 뮤지션이 된 아들을 여전히 인정하지 않았다. 엘튼 존은 뛰어난 피아노 실력과 작곡가로서의 면모, 소울 가득한 음색, 화려하고 특이한 무대 의상과 무대 연출력으로 세계의 음악 팬들에게 사랑을 받았으나, 자신은 그 사랑을 느낄 줄 몰랐다. 그런 사랑 없는 삶의 공허를 견디지 못해 폭식증에 마약, 술, 쇼핑과 섹스 중독에 빠졌다. 분노 조절 장애도 겪었다. 동성애자로서의 자신을 어떻게 드러내야 할지 모르는, 나약하고 불안한 정서를 가지고 있었다. 어린 시절의 애정 결핍은 엘튼 존을 망가뜨렸다.

외로움과 온갖 중독에서 허우적대던 엘튼 존은 치유 시설에 들어가고 마침내 28년 만에 중독에서 자유로워지게 되었다. 엘튼 존이 공연 당시 화려한 의상에 집착했던 이유는, 친아버지의 억압과 제약에 대한 반항의 산물이자 피아노를 연주하는 록 가수로서의 모습을 크게 각인시키기 위한 것이라고 훗날 밝히기도 했다. 자살 시도까지 했던 엘튼 존이 중독을 극복한 것은 어린 시절의 자신을 받아들이면서 가능했다. 엘튼 존은 '사랑받지 못함'으로서 스스로를 사랑하지 못했던 것이다. 그는 누구보다 굴곡진 삶을 살았고, 그것을 극복하기까지 꽤 오랜 시간이 걸렸다. 하지만 그의 삶은 주옥같은 노래로 남았고 변화한 엘튼 존은 사회 공헌 활동을 시작했다. 1992년 엘튼 존 에이즈 재단을 설립하여 사회적 소수자 인권 운동과 에이즈 퇴치 운동에 참여하고 있고, 자선 활동을 수십 년간 꾸준히 해오면서 수백억의 거금을 기부했다. 이제 그는 배우자를 만났고, 두 아들도 생겼다. 새로운 가족을 위해 공연을 은퇴하기로 했다. 자선 활동의 공헌을 인정받아 영국 여왕으로부터 기사 작위도 받았다. '사랑받지 못함'으로서 스스로를 사랑하지 못했던 엘튼 존, 이제 그는 자신을 사랑하는 법을 배우게 된 것이다.

자신을 사랑하지 못하는 이유는 사람마다 다양하다. 누군가를 사랑하는 것은 자신의 몫이나 사랑받지 못한 것은 자신의 힘으로 어찌할 수 없다. 이 사랑받지 못함을 어떻게 극복할 수 있을까? 어린 시절의 결핍에 의한 것이든 자신의 인생에 대한 좌절 때문이든 자신을 사랑하지 못하는 이유는 사람마다 다르지만 우리는 반드시 자신을 사랑할 이유를 찾아내야 한다.

자신을 사랑하는 사람은 자신을 함부로 대하지 않는다. 자신에게 해가 될 만한 일은 하지 않는다. 나의 정신과 나의 육체를 먼저 사랑하기 위해서는 좋은 생각과 좋은 음식을 우리의 정신과 육체에 담는 것이다. 헨리 데이비드 소로우는 내가 좋아하는 시인이며 사상가이다. 그는 자발적으로 숲으로 가서 홀로 오두막집을 지어 몇 년간의 소박한 삶을 살았다. 소로우는 커피 한잔, 술 한잔일지라도 자신의 정신을 맑게 하지 못하는 것들을 멀리

해야 한다고 말한다. 그는 월든 호반 숲에서 고귀한 삶을 살며 『월든』을 집필했다. 나는 소로우의 삶에 매우 매료되었다. 그의 생각과 행동과 실천을 좋아한다. 소로우는 자신을 사랑해야 할 이유에 대해서 다음과 같이 말하고 있다.

"이 세상에 또 하나의 당신은 결코 존재하지 않는다. 당신은 역사를 통틀어 단 하나뿐인 존재다. 예전에도 없었고, 앞으로도 없을 새로운 존재다. 당신은 유일무이하다. 따라서 당신이 정말 얼마나 높이 뛰어오를지 예측할 수 있는 사람은 아무도 없다. 심지어 당신조차 자신의 날개를 활짝 펼칠 때 비로소 알게 될 것이다. 자신을 어떻게 생각하느냐가 자신의 운명을 결정짓는다."

이것은 소로우가 말하는 사람이라는 존재의 가치에 대한 생각이다.

우리는 유일한 나로서의 존재를 인정해야 한다. 자신에 대해서 어떤 가치를 가지고 있는지 생각해봐야 한다. 그런 생각은 우리의 가치를 발견하고 받아들일 수 있도록 한다. 근원적인 질문인 이것, 우리의 존재에 대해서 한 번이라도 생각해본 적이 있는가? 나 자신이 얼마나 가치 있는 존재인지 깨달아야 한다. 나를 사랑하는 것은 삶의 가장 중요한 의무이다. 사람들 속에서 자신은 주변인이고 들러리이고 주인공이 되지 못한다는 생각을 하며 박탈감을 느낀다. 이것은 보편적인 사람들의 생각이기도 하다. 이 세상에는 나보다 잘난 사람들이 이 세상을 차지하고 있는 것처럼 보인다. 하지만 사람 사는 모습은 비슷하다. 사람들의 감정도 비슷하고 같은 것을 느끼며 같은 생각을 한다. 모두 다 다른 존재이지만 보편적으로 느끼는 감정이 있다. '남들은 잘났고 나는 그들만 못하다.'라는 생각은 피해의식일 뿐이다.

　자신을 타인과 동일시하려고 하는 것은 평범하게 살기 위한 노력이다. 세상을 재미없게 사는 하나의 방법에 지나지 않는다. 나는 타인과 구별되는 나의 고유한 개체다. 우리가 유일하다는 것에 찬사를 보내는 이유가 무엇인가? 어디에도 없기 때문에 열광하는 것이다. 유니크(Unique)하기 때문이다. 자신의 개성을 이해한다면 타인과 비슷해지지 못해 안달하려고 하지 않을 수 있다. 유일한 나의 존재를 사랑할 수밖에 없을 것이다. 개성이 있다는 것은 그것만의 가치가 있다는 뜻이다. 우리는 유일한 존재로서 그 차체로서의 무한한 가치를 지닌다. 유일한 나를 사랑하지 않고 내팽개친다는 것은 나의 의무를 다하지 않는 것이다. 사랑은 좋은 에너지를 가지고 있다. 나를 사랑한다는 것은, 나로부터 좋은 에너지가 나오도록 등을 두드려주는 것과 같다. 사랑에는 엄청난 에너지가 존재한다. 사랑이라는 감정에서 내뿜어져 나오는 에너지는 우리를 행복하게 한다. 사랑의 힘에 대한 기적을 믿고 사랑을 실천하며 산다면 우리는 매일매일 기적 속에 살게 될 것이다.

"성숙한 사랑은 인간이 지향해야 할 최고의 목표이다. 이것은 타인과 내가 독립적으로 존재하는 동시에 일체감을 경험하는 하나의 초월적인 행동 양식이다. 나 스스로 독립적으로 생각하며 활동할 수 있지만, 나는 그와 연결되어 있다. 그에게 무슨 감정의 상태가 일어나면 나는 그를 이해할 수 있고 그의 느낌과 생각을 나의 것처럼 느낀다. 이것이 그에 대한 지식이며 존중이다."

이상은 에리히 프롬의 『사랑의 기술』에서 말하고 있는 성숙한 사랑에 대한 개념이다. 자신에 대한 성숙한 사랑이란 무엇가? 우리는 사랑의 가치를 넘어 성숙한 사랑에 대해서 알아야 한다. 우리는 때때로 자신이 미워지거나 실패를 경험할 때 남이 아닌 자신에게 이렇게 말하게 된다.

"넌 쓸모없어, 아무것도 아니야."

자신에게 이런 말을 한다면, 이런 말을 지속적으로 하고 있다면 우리의 삶은 어떻게 변화될까? 우리의 삶을 피폐하게 만드는 길은 자신을 비하하며 사랑하지 않는 것이다. 자신에게 부정적인 말을 한다면 문제는 더욱 어려워질 것이며 해결에 도움을 주지 못한다. 하지만 역설적이게도 자신에 대한 부정적인 감정을 충분히 경험하고 인식하고 받아들이는 순간 그것들로부터 자유로워질 수 있다. 내 머릿속에서 맴돌던 부정적인 생각이 떠나게 되는 것이다. 진짜 사랑은 자신을 '사랑'하는 데서부터 시작된다. 자신을 소중히 여기며 늘 가꾸고 배우고 내면에 귀 기울여 자신을 존중하고 배려하는 사람만이 다른 사람을 배려하고 진정으로 사랑할 수 있다. 그런 사람의 내면은 충만하고 상대에게 이기적이지 않고, 가슴에 따뜻한 여유를 품고 있으며, 늘 관심을 가지고 있다.

"어느 나라, 어느 누구를 막론하고 대개 '자기를 사랑하는 것'은 마땅한 일이라고 인정하고 있다. 이는 바로 생명을 보전하는 요지이며 또 생명을 이어가는 기초이다."

이같은 작가 루쉰의 말처럼 자신을 사랑하는 것은 가장 기본적인 삶의 태도이다.

"근원적으로 사랑이란 상대방의 가치관과 이루고자 하는 것 등을 존중하고, 상대가 발전해나갈 수 있도록 응원하고 지지하는 것이며 이를 잘 실천해나갈 수 있도록 노력하는 것이다."

이상은 에리히 프롬의 『사랑의 기술』에서 말하고 있는 사랑에 대한 개념이다. 자신에 대한 사랑에 있어서도 이와 동일하다. 앞서 말한 대로 자신의 가치관을 존중하고, 자신이 발전할 수 있도록 응원하고 지지하고 이를 잘 실천해나갈 수 있도록 노력해야 하는 것이다. 우리는 이러한 사랑의 가치를 깨닫고 실천해야 한다.

PART 2

내가
나 자신을
믿지 못하는
이유

CHAPTER 01

나를 현재 상황에 한정 짓고 판단했다

"자신을 현재 상황에 한정 짓지 말고
자신이 원하는 모습에서 생각하라."

믿음이란 어떤 사실이나 사람을 믿고 인정하고 받아들이는 마음이다. 믿음은 어떤 일을 해나갈 때 견인차 역할을 해주는 열쇠다. 흔들리지 않는 믿음이란 목적지까지 데려다줄 수 있는 지구력을 제공해준다. 이런 믿음이란 우리가 목표한 바를 향해 가는 여정에 가장 필요하며 중요한 필수 요건이다. 어떤 일을 할 때 믿음은 아주 중요하다. 좋은 일이 일어나리라 믿으면 그렇게 된다.

"어떤 일들이 잘 풀리지 않을 것 같은 생각이 들었을 때 실제로 그 일이 잘 안 되는 경우가 많다는 것을 경험해본 적이 있는가? 나의 경우엔 나쁜 일이 일어날 것 같은 기분이 들었을 때는 결코 그 예상이 어긋난 적은 없었다. 얼마만큼 기다려보면 결국 내가 우려한 일이 벌어지게 된다. 그러나 그 반대의 경우도 있다. 좋은 일이 일어나리라 생각하면 그렇게 된다. 내가 해야 할 일은 그저 기다리면서 좋은 일이 일어나기를 열망하기만 하면 된다. 열망한 대로 이루어지기까지는 그렇게 오랜 시간이 걸리지 않는다."

이것은 리치 디보스의 『믿음』이라는 책의 한 구절이다. 나는 이 문장을 읽고 매우 공감했다. 나도 비슷한 경험을 하고 있기 때문이다. 내가 불안하고 나쁜 일이 생길 것 같은 느낌이 들면 나쁜 일이 생겼고, 좋은 일이 생길 것 같으면 좋은 일이 생겼다. 나는 이 책을 쓰면서 나의 지난날을 되돌아보는 계기가 되었다. 그리고 내가 무엇을 잘못했는지 알게 되었다. 나는 행복하기 위해 노력했지만 행복하지 않았다. 매일 걱정했고 불안해했다. 그 걱정거리들은 줄어들지 않고, 시간이 갈수록 더욱 늘어났다. 나는 나의 미래에 대한 믿음이 없었던 것이다. 다른 일에 관해서는 긍정적이었지만 나 자신에 대한 생각을 할 때면 부정적이었고 회의적이었다. 그 이유는 잘 알지 못한다. 삶의 어떤 돌파구가 없다는 것을 분명하게 인식했고 단정 지었기 때문일 것이다. 그래서 희망을 갖기가 어려웠다. 어쨌든 나의 불안감과 걱정들은 그 생각과 동일한 것들을 보내주었다.

그런데 요즘은 의식적으로 긍정적인 생각을 하고 있다. 내 자신에 대해 긍정적으로 생각하고, 나에게 좋은 일이 일어날 것이라는 믿음을 가지는 것이다. 그랬더니 정말 놀라운 일들이 매일매일 일어나고 있다. 신기하고도 놀라운 일이다. 나는 이전에는 눈에 보이는 것만 믿었고 생각과 믿음에 에너지가 있다는 생각을 하지 못했다. 하지만 나는 생각이 바뀌었다. 생각이 바뀌고 난 후 믿음이 생겼고, 매일매일 기적이 일어나는 놀라운 과정을 경험하고 있다. 그리고 나는 이것을 매일 일기 형식으로 기록하고 있다.

삶이나 자신의 꿈을 위해서 가장 중요한 것은 자신에 대한 믿음을 가져야 한다는 것이다. 자신에 대한 믿음이 없을 때 어떤 일도 순조롭게 진행될 수 없다. 그렇다면 나는 왜 그동안 자신에 대한 믿음을 가지지 못했을까? 내가 받는 월급은 항상 정해져 있었고, 나는 그 현실을 벗어날 방법을 찾지 못했다. 현실을 바라보는 나는 점점 나의 현실을 비관적으로 바라보게 되었다. 나의 노력으로 현실을 바꾸지 못한다고 생각했으며 나는 전의를 상실했다. 급기야는 다른 사람들은 모두 행복하고 나만 불행하다고 여기게 되었다. 나는 눈에 보이지 않는 것은 모두 허상이라고 믿었고 아무런 도움이 되지 못한다고 생각했다. 현실에서 일어나는 일과 나의 생각이나 믿음과는 특별하게 상관이 없다고 생각한 것이다. 아마도 나와 같은 생각을 가진 사람들이 있을 것이다. 이런 사람들은 현실적이며 눈에 보이는 현상만을 믿고 의지할 수 있는 것이라고 여길 것이다. 눈앞에 보이지 않는 것을 이야기하는 것에 대해 시간 낭비라고 생각하기도 한다. 하지만 나는 소설책보다 자기계발서 읽는 것을 좋아하고 성공한 사람들의 성공 스토리를 좋아했다. 이런 책에는 생각과 믿음에 대한 지혜가 똑같은 하나의 목소리로 적혀 있다. 모든 책에서 말하고 있는 요점은 자신을 믿어야 한다는 것이다.

나는 많은 지혜를 책을 통해 얻게 되었다. 처음에 『시크릿』이란 책을 접했다. 그것도 아주 뒤늦게 그 책의 유행이 모두 지나간 후 우연한 기회에 읽게 되었다. 이후 〈한국책쓰기1인창업코칭협회〉의 김태광 코치님이 추천해 주신 네빌 고다드의 『상상의 힘』이라는 책을 읽고 큰 감명을 받았다. 또한 『100억 부자 생각의 비밀』이라는 책을 읽고 어려운 환경을 이겨낸 성공스토리에 매료되었다.

나는 매일 지혜를 얻고 싶어서 틈만 나면 읽었다. 처음에는 믿을 수 없었지만 그 책들의 이야기에 따라 해보려고 노력했다. 원하는 것을 종이에 적고 마음으로 생각하고 믿으려고 노력했다. 처음에는 쉽게 되지 않았다. 그동안의 나의 생각이 쉽게 바뀌지는 않았다. 매일 종이에 원하는 것을 적어 내려가면서도 마음으로는 정말 효과가 있을지 없을지 잘 알 수 없는 마음이었다. 하지만 반드시 믿어야 한다. 자신의 계획과 성취에 대해서 그리고 자신에 대해서. 자신이 원하는 것을 이룰 수 있다는 믿음을 가져야 한다. 이런 믿음을 가지려면 긍정적이어야 한다. 부정적인 사람의 생각과 관점으로는 믿음 자체가 만들어지지 않는다. 모든 생각과 말과 행동과 관점이 긍정적이어야 한다.

나에 대해 부정적이었던 내 자신이 긍정적인 생각을 하고 난 후에 많은 변화가 생겨나기 시작했다. 나는 아침에 일어날 때 걱정과 근심거리와 함께 고통스럽게 눈을 떴었다. 잠을 자고 일어나면 행복하고 희망에 찬 아침을 맞이하는 것이 아니었다. 나는 고통으로 일그러진 나의 모습을 바라볼 수밖에 없었다. 하지만 생각이 바뀌고 난 후 지금은 아침에 일어나는 것 자체가 어렵지가 않고 일찍 일어날 수 있으며, 행복한 마음으로 눈을 뜬다. 믿음과 희망을 가지면 아침에 눈을 빨리 뜨게 된다. 오늘은 얼마나 즐겁고 행복한 하루가 될 것인지 기대하는 마음으로 하루를 시작한다. 나는 아침잠이 많은 사람이다. 아침에 일찍 일어나는 일이 불과 얼마 전까지도 고통스러웠던 사람 중 한 사람이었다. 하지만 지금은 누가 깨우지 않아도 알람이 울리지 않아도 눈이 떠진다. 조용한 아침 시간에 책을 읽을 시간이 주어진다면 더없이 행복하다. 걱정과 불안이 사라지면 안정적인 심리 상태를 가지게 된다. 안정적인 마음은 나의 현실에 대해 정확히 바라보며 판단할 수 있는 분별력을 주고, 끊임없는 아이디어를 만들어준다.

내가 가진 부정적 믿음은 스스로에게 부정적인 평가를 내리도록 만들었다. 스스로 행복이란 어떤 것을 가지거나 성취하기 전에는 아직 행복을 가질 수 없고 행복을 누릴 자격이 없다고 믿었던 것이다. 그러니까 행복에 나름의 조건을 붙인 것이다. 실패와 좌절 속에 스스로를 가두며 가능성이 없다고 나의 미래를 예견했다. 인생은 고통과 투쟁의 연속이라고 믿었고 그것을 참아내야 한다고 믿었다. 인생이란 본래 힘들게 힘들게 살아가는 것이라고 믿었다. 이 모든 생각들이 나를 가로막았던 나에 대한 부정적인 믿음이었다. 나의 주변 사람들과 가족들까지도 나의 겉모습만을 보기 때문에 내가 이런 생각을 가지고 있었는지는 모를 것이다. 나는 웃고 있었고 나의 속마음을 이야기할 필요는 없었으니까.

어느 날 나는 이런 생각을 한 적이 있다. 전날 저녁도 똑같이 가족들과 식사하고 마무리하고 평소와 똑같이 아무 날도 아닌 그저 평범한 어느 날 아침처럼 음식 준비하고 출근 준비하고 작은 짐 가방 하나만을 가지고 그대로 인천공항으로 가서 미국으로 가는 비행기를 타고 그길로 잠적해버리고 싶다는 생각을 한 적이 있다. 미국에 가서도 오빠네 집으로 가는 것이 아니라 아무도 모르는 곳으로 가는 것이다. 그 이후로 10년 동안 가족이나 주변인들에게 아무 연락도 하지 않고 사라진다면 어떤 일이 일어날지에 대해 생각해봤다. 구체적으로 생각하기 시작했다. 혼란에 빠질 가족들이 눈에 밟혔다. 조금 더 구체적인 상상이 여러 날 계속되었더라면 나는 아마도 그렇게 떠날 수도 있었을 것이다. 사는 것이 너무도 고통스럽고 다람쥐 쳇바퀴 돌듯이 똑같은 그 삶의 굴레를 벗어나고 싶은데 방법이 생각나지 않앉다. 급기야는 이런 식으로 사라지고 싶다는 생각을 했던 것이다. 마음의 고통은 다른 사람은 알지 못한다. 그 고통의 무게도 가늠하긴 어렵다. 그 고통은 오로지 자신만 알 수 있는 것이기 때문이다.

고통을 다스리는 방법을 깨우친 후 나의 삶은 바뀌었다. 하지만 겉으로 보이는 것은 그대로이다. 같은 집에서 같은 차를 타고 같은 모습으로 움직이기 때문에 나의 삶이 바뀌었는지 주변의 사람들은 알 수 없다. 하지만 나는 스스로 잘 알고 있다. 긍정적인 생각과 믿음은 나의 삶을 바꿔줄 것이라는 것을. 나의 생각뿐인 믿음이 물리적으로 어떤 일을 이루도록 끌어주는 견인 역할을 할 것이라는 것을. 나에게 굳은 믿음이 있는 한, 나는 나의 꿈을 이룰 것이라는 사실을. 나는 생각이 바뀌었고 지금 변화해가는 중이고 나의 미래 또한 변할 것이라는 것을 믿고 있다.

CHAPTER 02

나는
완벽해지길
원했다

"사람이 불완전한 존재라는 것을 인식하고 과정을 즐겨라."

업무에 대해서 완벽하다는 것은 좋은 의미로 생각할 수 있다. 그것은 훌륭한 성과로 평가되거나 개인의 역량이 될 수도 있다. 하지만 자신의 이미지로서 완벽함을 생각한다면 좌절감을 맛보게 될 수도 있다. 사람이란 존재 자체가 완벽하지 않기 때문이다. 사람이란 실수하며 후회도 하고 모든 순간에 노력하지만 완벽해지기 어려운 경우가 많기 때문이다.

나는 나의 작은 실수까지도 신경 쓰고 고칠 수 없는 것들에 대해 다시 생각하고 완벽하지 못했던 결과에 대해 불만을 가지곤 했다. 발표를 더 잘했으면 좋았을 텐데. 그 순간 상대에게 다르게 말했다면 좋았을 텐데. 그런 선택은 잘못된 것이었는데 이렇게 해보았으면 좋았을 텐데. 내가 완벽하게 해내지 못한 것들에 대해 후회를 한다. 예를 들면 직장 생활을 하면서 아이들이 어릴 때 신경을 써주지 못한 것들에 대한 후회와 아쉬움이 있다. 나는 육아와 집안일과 일을 완벽하게 해내는 슈퍼워킹맘이 되지 못하는 것에 대한 후회와 아쉬움을 가지고 있었다. 그래서 직장에서는 아이 생각을 했고, 집에서는 일에 대한 생각을 했다. 이것은 생산적이지 못한 생각들이었다. 이런 생각들은 열정을 잠재우고 감정을 허비하도록 했다. 사실 일과 육아를 완벽하게 해내기란 쉽지 않다. 배우자나 부모님의 도움이 있다면 죄책감이 좀 줄어들 수 있을지 모른다. 하지만 완벽에 대한 강박을 가지고 있다면 그런 도움이 죄책감이나 후회를 막진 못한다.

순수한 열정으로서 완벽해지려는 마음은 일에 도움을 주는 좋은 영양제가 된다. 하지만 완벽하지 못한 것에 대한 불만과 결과에 대한 후회는 우리의 생산적 사고에 도움을 주지 못한다. 완벽한가, 아닌가에 대한 평가는 보통 과정보다는 결과에 주목하기 때문에 생긴다. 우리가 궁극적으로 결과보다는 과정에 집중하고 즐기는 가운데 만족할 만한 결과를 얻는 경우가 많기 때문이다.

미하이 칙센트미하이는 오스트레일리아 클레어몬트대학교 피터드러커

대학원 심리학 교수이다. 그는 세계적인 석학이자 긍정심리학의 아버지로도 불리며 몰입의 개념을 일반 대중에 소개한 그의 저서 『몰입』을 통하여 몰입의 진정한 의미에 대해서 말하고 있다. 많은 사람들이 칙센트미하이 박사의 연구에 영향을 받았으며, 그는 '삶의 질 연구센터'를 설립하여 지속적으로 몰입과 삶에 관하여 연구하고 있다. 그는 행복에 이르는 길에 대해서 다음과 같이 말한다.

"행복은 돈이나 권력으로 얻을 수 있는 것이 아니다. 행복은 의식적으로 찾는다고 해서 얻어지는 것은 아니다. 철학자 밀이 '네 스스로에게 지금 행복하냐고 물어보는 순간, 행복은 달아난다.'라고 말한 것처럼 행복은 직접적으로 찾을 때가 아니라 좋든 싫든 간에 우리 인생의 순간순간에 충분히 몰입하고 있을 때 온다."

1945년, 그의 나이 10살 때는 시대의 혼란기였다. 그때 어른들 중에서 너무 많은 사람들이 재산이나 사회적 지위를 상실하면 삶의 목표를 상실하고 절망하는 것을 보았다.

"반면에 너무 많은 것들을 잃어버리고도 행복한 사람이 있었다. 그런 사람들은 교육 수준이 높아서가 아니라 가난하고 교육도 못 받은 사람들이었다. 이때 생각한 것이 '물질적인 것이 없어도 행복할 수 있을까?'였다. 그

것이 심리학을 공부하게 된 계기였다."

그는 처음에 심리학을 공부하면서 실망을 많이 했다. 쥐 실험이나 정신 장애를 가진 사람들에 대한 공부를 했기 때문이다. 정신병을 가진 사람들에 대한 연구 못지않게, 정신병을 가지고 있진 않지만 행복하게 살지 못하는 보통 사람들에 대한 연구를 하고 싶었다. 이후 돈이 없어도, 보상이 없어도 삶을 즐기면서 살아가는 사람들, 사회에서 인정해주지 않아도 스스로 보람을 찾는 사람들을 연구하게 되었다. 그림이나 음악, 예술 행위를 하는 사람들의 경우에 주위의 모든 것들을 잊어버리고 몰입하는 사람들이 많다. 또 운동을 하는 사람들도 마찬가지다. 영국해협을 건너거나 쿠바에서 플로리다까지 수영하는 사람들은 아무런 보상이 없는데도 보람을 느끼는 사람들이다. 이처럼 스포츠, 예술 분야뿐만 아니라 일상생활에서의 모든 것들이 몰입 경험의 기회라는 것을 발견했다. 미하이 칙센트미하이는 전 세계의 8천여 명에 달하는 인터뷰를 통해 살아가는 것 자체가 보람인 사람들을 만나고 승려는 물론 폭주족까지 인터뷰했다. 이런 몰입의 경험은 억지로 노력하지 않아도 스스로 자연스럽게 흘러간다는 의미에서 'Flow'란 단어로 표현되는데, 이는 몰입 상태를 가장 잘 표현한 말이다.

"몰입은 시간의 개념도 바꾼다. 몰입 정도에 따라 시간을 짧게 느끼기도, 길게 느낄 수도 있다. 몰입은 그에 따른 외부적인 보상도 필요 없다. 그 일을 하는 것 자체가 좋기 때문이다."

다림질이나 잔디를 깎는 것처럼 반복적이고 일상적인 일, 아무리 지루하고 재미없는 일이라도 어떤 사람은 아주 잘하는 사람이 있다. 그들은 그 일 자체에 몰입하기 때문이다. 우리는 흔히 아이들에게 동기 부여를 할 때 성과에 대한 보상보다는 그 경험 자체를 좋아하도록 해야 한다는 원리와 동일하다. 우리는 과정에 집중하는 가운데 행복과 만족감을 느끼게 된다. 과정에 집중하는 시간에서 우리는 자신의 존재를 잊을 만큼의 몰입을 하게 되고, 무아지경에 다다르게 되고, 그것은 인생의 행복감을 주게 된다는 것이 몰입이라는 책의 주요 내용이다.

스스로 몰입이 쉽다고 느끼는 일은 무엇일까? 자신이 하는 어떤 것에 자신감을 가지고 있고 즐겁게 할 수 있는 것, 남들의 좋은 평가가 함께 하는 것이다. 그렇다면 내가 잘하는 것이 무엇일까? 내가 잘하는 것은 스스로가 잘 알고 있다. 자신이 잘하는 것에 집중한다면 완벽에 대한 강박을 떨쳐버릴 수 있다. 자신이 잘하는 것에 집중한다는 것 자체가 자신이 잘하지 못하는 것과 잘하는 것을 구분하고 스스로 받아들였다는 것이기 때문이다. 그렇다면 우리가 잘하는 것에 집중하려면 먼저 내가 무엇을 잘하고 못하는지에 대한 진지한 고찰이 필요하다. 막상 내가 잘하는 것과 못하는 것에 대해 아는 것도 쉽진 않다. 왜냐하면 우리는 이런 문제에 대해 생각을 정리해보지 않았기 때문이다. 자신이 좋아하는 것에 대해 잘 알아야 어떤 일을 택하여 몰입할 수 있을지 알게 된다.

내가 완벽하지 못한 것에 대해 돌이켜 생각하는 것도 사실은 지난 시간에 대한 생각이다. 그보다는 지금 이 시간 나의 현재에 집중하며 나의 현재의 일에 몰입하고 집중해야 한다. 결과에 집착하는 것은 나를 더 이상 앞으로 나아가지 못하게 한다. 원고를 쓰는 일도 마찬가지다. 원고가 100퍼센트 완벽하길 바란다면 더 이상 쓰기가 어렵게 된다. 써놓은 글들은 읽는 시간과 장소와 자신의 마음에 따라 조금씩 다르게 느껴지기 때문에 완벽하다고 느끼기는 쉽지 않다. 수정과 수정을 반복하며 완벽의 방향으로 나아갈 뿐이다. 특히나 직원을 가르치고 성장시키는 일이나 육아에 있어서 완벽이라는 것은 존재하지 않는다. 오로지 관심과 응원과 칭찬으로 앞으로 나아가도록 돕는 것이다. 완벽하지 않다고 탓하고 불만을 말한다면 더 이상 성장시킬 수 없을 것이다. 모든 일의 원리는 동일하다. 자신이 잘하는 것에 집중하듯이 마찬가지로 못하는 것을 생각하지 말고 잘하는 것에 집중하며 더 성장할 수 있도록 돕는 것이다.

어떻게 보면 사람에게 완벽이란 허상일 수도 있다. 완벽이 반드시 성공을 가져다주는 것은 아니기 때문이다. 부족한 사람들이 성공을 경험한 사례는 수도 없이 많다. 그중 수영선수 마이클 펠프스의 예를 들어보자.

펠프스는 2016년 올림픽 수영 남자 금메달리스트이다. 그는 주의력 결핍 장애(ADHD)가 있는 선수였지만 자신이 가진 능력에 집중하고 개발시키는 데 힘을 기울였고 마침내는 수영대회에서 수많은 우승을 했던 선수다.

영어 말하기에 있어서 완벽함이란 거의 독약이나 마찬가지다. 왜냐하면 영어 환경에서 자란 사람이 아닌 외국인으로서 영어 회화란 문법적 오류 없이 완벽한 문장으로 말하기 위해 신경 쓰는 일은 별 도움이 되지 않는다. 원활한 의사소통이 어려울 수 있다. 왜냐하면 말하기에서는 문법적으로 완벽하기보다는 의미를 전달하고 주고받는 의견 교환이 우선이기 때문이다. 완벽한 문장을 말하려다 보면 시간이 걸린다. 대화라는 것은 빠르게 지나가기 때문에 그 속도에 맞춰 이해하고 반응해야 한다. 사실 대화를 하다 보면 의미 전달은 어느 정도 되기 때문에 반드시 문법을 완벽히 맞추려 하기보다는 대화의 흐름을 따라가는 것이 중요하다. 이처럼 우리가 완벽을 추구해야 하는 경우와 어느 정도 완벽을 추구하는 일이 불필요한 경우도 있다.

우리는 우리의 완벽하지 않음에 불만을 갖지만 그 생각으로부터 벗어나야 한다. 지나치게 완벽함을 추구하는 것은 우리의 행동을 통제한다. 행복이란 완벽함으로 완성되는 것은 아니며, 우리의 삶이 평범하고 불완전하다고 불행하진 않다. 다음과 같은 헬렌 켈러의 말에서 그 의미는 더욱 명확해진다.

"완벽은 잡히지 않는 나비다. 우리가 완벽을 요구하지 않으면 한층 행복해지기 쉽다."

어디서나 미디어 매체들이 말하는 완벽함에 대한 찬사를 쉽게 접할 수 있다. '완벽함'은 언제나 우리를 짓누르고, 불완전한 자신을 향해 끊임없이 불만을 갖게 한다. 하지만 평범하고 불완전한 존재가 바로 우리들이다. 그리고 '불완전함'이 우리의 일상을 아름답게 해준다는 것을 보여줌으로써, 우리가 자신의 단점에서 위안을 찾고, 자신의 실수를 웃어넘기게 하는 힘을 갖게 해준다는 사실을 알아야 한다. 불완전하지만 자신다움의 아름다움을 표현하는 것을 자연스럽게 생각하고 과정을 삶의 목적으로 삼아야 한다. 완벽하라고 종용하는 세상의 모든 것으로부터 자유로워져야 한다.

CHAPTER 03

내가
할 수 없다고
생각했던 일들

"스스로 한계를 정하고 마음으로 닫지 않는다면
불가능을 가능한 일로 만들 수 있다."

내가 절대로 할 수 없는 일이라고 생각한 일이 있다. 그것은 영업이라는 일이다. 나는 지금껏 영업이라는 일을 해본 적도 없고, 방법도 모른다. 영업은 특별한 능력 있는 사람들만 할 수 있는 일이라고 생각했다. 내가 도저히 해낼 수 없을 것 같은 어려운 일이 영업이다. 일단 영업이란 사람을 상대로 하며, 사람에게 친근한 느낌을 주면서 매력도 있으면 좋다. 영업에 대한 생각을 하면서 내가 무엇인가를 구매하게 될 때를 생각해보았다. 어떤 제품을 소개해준 사람들은 모두 다양한 자신만의 영업 스타일을 가지고 있다.

때로는 편안한 느낌, 때로는 사람이 성실하기 때문에 도와주고 싶다는 생각, 때로는 설명하는 사람의 매력 때문에 제품을 사게 된다. 영업이란 사람과의 관계이기 때문에 고도의 전략이 필요하다고 생각한다.

영업에 젬병인 내가 요즘 영업이란 것을 하고 있다. 내가 영업을 하기까지는 대단한 용기가 필요했다. 나는 수줍음도 많고 말재주가 없다. 하지만 사람의 마음과 의식은 정말 중요하다는 것을 느꼈다. 내가 할 수 없다고 마음속으로 규정짓고 닫아버렸던 일을 할 수 있다고 생각하고 시도하니 가능하다는 것을 알게 된 것이다. 내가 해보지 않던 일이라 처음에는 굉장히 힘이 들었다. 일단 말을 시작하기가 어려웠다. 하지만 용기를 내서 말을 꺼내면 상대방이 반응을 한다. 그러면 그 반응이 실마리가 되어 이야기를 풀어나갈 수가 있다. 만약 제품에 흥미를 보인다면 제품에 대한 정보를 더 들려준다. 제품에 관심이 없다면 억지로 내 이야기만 해선 안 된다. 상대방의 관심사를 파악해야 한다. 주변 이야기나 사는 이야기, 일상적인 이야기를 주고받으며 공감대를 형성한다.

내가 영업을 할 수 있다는 것이 신기하기도 하고 뿌듯하기도 하다. 기실 그 수많은 영업의 왕들이 영업이 잘될 때는 이런 쾌감을 느끼겠구나 하고 생각하게 된다. 회사에서 영업이란 부서는 회사의 사활을 책임지고 돈을 만드는 곳이기 때문에 중요한 부서이고 일반사무직과 다르게 영업성과에 따라 보상을 해주기도 하는 등 영업을 활성화시키기 위하여 많은 노력을 기울인다. 이런 영업에 가장 필요한 자질이 있다. 그건 말재주, 성실, 매력 이런 것들보다 훨씬 중요하고도 기본적인 것이다. 그 절대적인 자질은 다름 아닌 높은 자존감과 자신감이다. 영업이야말로 정말 자신감이 중요하다. 몸에 배어 있는 자신감이 뿜어져 나와야 영업이 잘된다는 것을 체험했다. 자존감이 낮으면 일단 사람을 대하고 대화를 나누는 데 있어서 어려움이 따른다. 더 나아가 자신감이 있다면 상대방에게 믿음을 줄 수가 있다. 나는 영업을 하면서 나의 자존감도 회복하고, 나의 자아가 성장하고 있다는 것을 느낀다.

테슬라모터스와 스페이스엑스의 CEO인 엘론 머스크는 사람들이 할 수 없는 일이라고 생각했던 일에 용기를 내고 도전하는 기업가다. 그는 페이팔 CEO에서부터 현재까지 수많은 변화와 도전을 실행한 사람이다. 나는 테슬라 자동차가 한국에 공식 수입되기 전 테슬라 자동차 구매를 원하는 사람들의 모임 카페에 회원가입을 하고 테슬라 자동차가 나오기를 기다리던 사람들 중 한 명이었다. 나는 테슬라 전기 전동차에 열광했기 때문에 엘론 머스크의 도전과 행보에 관심을 가지고 있었다. 그는 전기 자동차에 이어 우주를 향한 새로운 도전을 이어가고 있다. 테슬라 전기 자동차는 모든 자동차 업계들이 불운을 예상했지만 예상을 뒤엎으며 기록적인 성장과 함께 자동차 시장의 역사를 새로 쓰고 있다. 최근에는 테슬라 자동차의 주식이

급등하기도 했다. 뿐만 아니라 엘론 머스크가 우주에 대한 야망을 가지고 설립한 스페이스 엑스는 미국의 민간 우주기업으로 세계 최초의 상용 우주선을 발사시켰으며, 최종적으로 화성 유인 탐사 및 정착을 목표로 하고 있다. 그는 워낙 파격적인 사업계획을 가지고 있어서 주변에 회의적으로 보는 반대 세력이 적지 않다. 주변의 사람들은 그를 예의 주시하고 있다.

엘론 머스크는 창업을 준비하기 전 심각하게 고민했다. '창업했다 망하면 어떻게 해야 할까?', '망한 다음에 가난한 삶을 버틸 수 있을까?' 하고 생각하다가 '하루 1달러로 살기' 실험을 했다. 돈 없는 삶이 얼마나 힘든지 체험해본 후에 별로 스트레스 없고 컴퓨터만 있으면 행복할 수 있다는 걸 깨달았다. '그래도 한 달에 30달러는 벌겠지.'라고 생각하며 창업에 뛰어들었다고 한다. 창업 당시 그의 목표는 인터넷, 우주, 친환경 세 분야에 혁신을 일으키는 것이었다. 현재까지 그의 목표대로 진행되어가는 것을 볼 수 있다. 우리가 흔히 할 수 없다고 생각하는 일은 할 수 있다고 생각하는 사람의 실행력으로 형상화된다. 할 수 있다고 생각하는 사람은 믿음을 가지고 자신의 믿음대로 목표를 향해 끌고 나간다. 나는 엘론 머스크를 보며 세상에 할 수 없는 일이 존재할까? 할 수 없는 일이란 스스로 규정하는 것이 아닐까? 하고 되묻게 된다.

내가 할 수 없다고 생각한 것 중 하나가 공부다. 앞서도 말했지만 나는 오빠와의 성장 과정에서 생긴 공부에 대한 열등감이 있었다. 하지만 아이러니하게도 학교 공부는 잘하지 못했지만, 책 읽는 것을 즐겼고 공부하는 것을 좋아했다. 새로운 것에 대한 호기심도 많다. 나는 배움에 목마르기도 했고 나의 열등감을 극복해보고 싶었다. 그래서 영문학과에 편입해서 공부를 시작했다. 일반 생활영어를 배우는 것이 아니라 문학 과목이 많아서 공부할 것이 많고 어려웠다. 영미소설, 영미희곡, 영미시와 같은 문학 과목들은 재미가 있었지만 영미문학사와 같은 영어의 고어가 등장하는 과목들은 어려웠다. 하지만 그것은 공부할 수 있을 정도의 어려움이었고 성취감이 있었다. 테네시 윌리엄스의 『유리동물원』이라는 작품으로 졸업논문을 쓰고 공부를 마친 후에 나는 공부에 대한 열등감에서 벗어날 수 있었다. 나도 할 수 있다는 것을 깨달았고, 나의 생각은 좀 더 자유로워졌다. 세상을 보는 시야도 넓어졌고 무엇보다 자신감이 생겼다. 요즘은 인문학이 화두다. 사회가 기계화되고 디지털화되어간다고 해도 인문학적 지식은 우리에게 많은 영감을 준다. 또한 내가 할 수 없다고 생각했던 일을 성취하는 과정에서 나는 좀 더 성장할 수 있었다.

현대그룹의 창업자인 정주영 회장은 할 수 없다고 생각한 일을 실행한 사람 중 유명한 인물이다. 나는 그의 통쾌한 역전 스토리를 좋아한다. 특히 한겨울에 UN묘지에 잔디를 입힌 일화나 거북선이 그려진 지폐 한 장으로 조선소를 만든 이야기, 특별한 아이디어로 서산 간척지를 공사한 이야기, 중동 건설 사업 시 바지선을 이용한 이야기, 88올림픽을 유치한 이야기 등은 동화보다 재미있고 흥미진진한 이야기다. 그의 모든 스토리에 새로운 아이디어가 있었으며, 어떻게든 해내려고 하는 의지가 만들어낸 성공 스토리로 그 어떤 영화보다 감동적이다. "이봐, 해보기나 했어?" 이 말은 그를 상징하는 유명한 명언이다. 나는 이 명언이 좋아서 어떤 일을 시작할 때 자주 떠올린다. 만약 그가 할 수 없는 일은 시도하지 않고, 할 수 있다고 생각한 일만 시도했더라면 그렇게 큰 회사로 키워낼 수 있었을까? 아마도 그렇게 하지 못했을 것이다.

마지막으로 내가 할 수 없는 일이라고 생각한 일은 가방을 만드는 일이다. 가방을 만드는 일은 프랑스나 이탈리아의 명품 기업에서 또는 공방에서 만들어지는 몇몇 해외 국가들의 전유물이라고 생각했다. 사람들이 가방이라고 하면 프랑스나 이탈리아를 떠올린다는 생각을 바꾸고 싶었다. 그래서 나는 나의 가방 브랜드의 네이밍을 'AFFAZ'라고 만들었다. 'Apatridie Fashion Formula Attitude Zone'의 앞글자를 딴 것이다. 여기서 'Apatridie(아파트리디)'는 프랑스어로 '무국적'이라는 뜻이다. '좋은 가방의 원산지는 특정 국가에 국한되지 않는다.'라는 뜻을 포함하고 있는 것이다. 가방은 반드시 프랑스나 이탈리아의 명품만 존재하진 않는다. 그렇다면 내가 가방을 만들지 못할 이유가 무엇일까를 생각해봤다. 좋아하는 일이라면 시도해보는 것이 맞다고 생각한 것이다. 많은 사람들이 부정적인 피드백을 내게 보냈고

하지 말라고 말렸다. 하지만 나는 시작했고 후회하지 않는다. 나는 브랜드를 만들어 가는 과정에서 많은 것을 배웠고, 지금도 성장해가고 있다. 내가 할 수 없는 일이라고 규정했던 일에 대해서 열린 마음으로 용기를 내고 시도했을 때 나는 분명 성장했고, 그 과정에서 내 자신에 대한 새롭고 긍정적인 자기 이미지를 만들 수 있었다.

CHAPTER 04

내가 바라보고 이해하는 나의 모습

"성취감과 자기 수용은 자신을 긍정적으로 바라보도록 하며
자신감을 준다."

나는 나를 어떻게 바라보고 있을까? 첫 번째, 내가 바라보는 나의 행동으로 인식되는 나의 모습이 있다. 두 번째는 거울을 바라보듯 자신의 외적인 부분을 바라보는 것이 있고, 세 번째는 타인의 눈으로 자신을 객관적으로 바라보는 것이다. 이 세 가지 자신을 바라보는 모습은 자존감과 관련이 있다. 자신의 가치를 믿는지 아닌지에 따라 자신이 바라보는 자신의 모습은 달라질 것이다. 자신에 대한 믿음이 있다면 자신에게 전념할 수 있다는 뜻이다. 자신의 모습을 있는 그대로 수용한다는 것은 자존감 이전의 좀 더

기본적인 감정으로 자기 긍정의 의미이며 자존감의 요소이다.

일반적으로 기업에서 매년 11월이 되면 다음 해의 사업을 준비하고 계획한다. 신년 사업계획이다. 사업계획서 작성은 쉬운 일이 아니다. 지난 1년간의 사업을 총체적으로 되돌아본다. 진행이 잘된 사업과 진행이 잘되지 못한 사업, 즉 사업 진행의 성과와 실적을 분석한다. 이런 실적을 분석하는 것도 힘이 들고, 내년도를 대비한 새로운 사업에 대한 계획이나 아이디어를 짜야 하는 일은 더욱 힘들다. 사업계획을 작성하는 일을 몇 년씩 하다 보니 점점 실력이 향상되어 쉽게 작성하게 되기까지 발전을 해나갔다. 하지만 이것보다 더 힘든 일이 있다. 그것은 연말에 연단에 나가 이 사업계획을 발표하는 것이다. 나는 직장을 다니며 이 부분이 가장 어려웠다. 무대에 서기만 하면 심장이 요동을 치고 머리가 하얘진다. 해야 할 말들을 준비해도 생각나는 말들이 몇 가지 떠오르지 않으며 순서 또한 뒤죽박죽이 된다. 멋들어지게 발표하지 못하는 나 자신이 맘에 들지 않고 이런 시간을 피하고 싶었다.

사람의 성공 요건 중 하나가 말을 잘하는 것이다. 말을 잘하는 것뿐 아니라 대중 앞에서 스피치를 잘 하느냐 못하느냐는 대단히 중요한 능력이며 사회생활에서 없어서는 안 될 덕목이다. 스피치를 잘하는 사람들은 무대 위에서 더욱 빛이 나며 사람들을 설득해서 자신의 편으로 만들 수가 있다.

사람을 잘 설득하는 능력을 가진 사람들은 성공할 확률이 대단히 높다고 할 수 있다. 살면서 이 스피치의 능력이 얼마나 중요한 부분인지를 뼈저리게 느낀다. 중요한 투자를 받을 수 있는 자리에서의 프레젠테이션이라고 생각해보자. 그 스피치는 상당히 중요해진다. 계약이나 투자를 성사시킬 수도 있다. 이처럼 스피치를 잘하는 사람이라면 크게 성장할 수 있는 기회를 만날 확률도 높아진다. 이런 스피치 능력은 워크숍이나 모임이나 사업 계획 발표 자리와 같은 다양한 공간에서 그 능력이 드러나게 된다. 나는 나의 경우를 돌아보았다. 내가 스피치의 경험이 없어서일까? 아니면 심리적인 문제일까? 자신감이 부족해서일까? 연습으로 해결될 수 있는 문제인지 심리적인 문제인지 생각하게 된다.

이러한 경험들은 사람들 앞에서 말을 잘하지 못하는 사람으로 나의 모습을 규정짓도록 도왔다. 이처럼 내가 생각하는 모습은 이상적인 모습일지라도 경험에 의해 나의 모습이 규정될 수 있다. 이런 자신에 대한 이미지나 생각은 변화시키기가 쉽지 않다. 자신의 이미지를 바꾸기 위해 부단한 연습을 통하여 변화시키거나, 이상적인 모습을 떠올리며 자신의 모습을 그것과 동일하게 만들어갈 수 있도록 나름의 효과적인 방법을 찾아야 할 것이다.

"내가 발표를 잘할 수 있었던 비결을 아시나요? 세 가지만 기억하세요.

첫 번째는 '시작은 인상적으로, 자료는 효과적으로!', 두 번째는 '간결하지만 흥미진진한 발표', 마지막은 '대중과의 공감'이었습니다. 사실 하나가 더 있어요. '치밀한 준비와 끝없는 연습'이에요. 앞서 말한 세 가지가 아무리 잘되어 있다 하더라도 준비와 연습 없이는 완벽하지 않아요. 나는 발표가 완전무결한 이벤트가 될 수 있도록 계속 준비하고 철저히 연습했습니다."

이것은 스티브 잡스(Steve Jobs)가 말한 발표 잘하는 법이다. 스티브 잡스 역시 연습으로 발표를 잘할 수 있었다. 자신감이 부족하다면 연습을 늘려 발표를 잘할 수 있도록 노력해야 한다. 충분한 연습에도 불구하고 만족할 만한 발표를 하지 못한다면 생각을 바꿔야 한다. 자신이 이미 발표를 잘하는 사람이라고 생각하고, 그 사실을 믿고 자신감을 갖도록 해야 한다.

나는 자로 잰 듯한 완벽한 일 처리를 해내는 치밀한 사람이 아니다. 다만 그렇게 일하려고 노력할 뿐이다. 본성적으로 치밀하고 완벽한 일 처리를 추구하는 사람들이 있다. 이런 사람들이 빠른 일 처리의 속도만 갖추고 있다면 조직 내에서 능력 있는 사람으로 인정받게 된다. 이러한 능력에 대인 관계까지 좋다면 더욱 인정받을 수 있는 자질을 갖춘 것이라고 볼 수 있다. 내가 바라본 나의 모습은 나 자신이 치밀한 사람이 되지 못한다는 것이다. 내가 바라본 나의 모습은 현재나 미래의 행동에 영향을 미칠 것이다. 나의 행동에 의해서 자아의식이 정해진다면 나의 행동을 어떻게 변화시켜야 바람직할까? 행동과 의식은 서로 상호 작용한다. 우리가 어떤 일을 용기를 내서 멋지게 해낸다면 나를 바라보는 내 자신이 만족하게 되고, 그 만족감은 더 나은 행동을 만들어낼 것이다. 연습이 필요하다면 더 많은 연습으로 두려움을 극복할 수 있을 것이다. 우리가 어떤 일을 만족스럽게 완성시킨 후에 갖게 되는 감정은 성취감이다. 이런 성취감을 느끼는 횟수가 늘어나면 자신에 대한 자아의식은 좀 더 나아질 것이다.

두 번째 자신의 외적인 모습에 대한 생각이다. 자신의 모습을 실제 거울에 비춰보았을 때 스스로가 느끼는 자신의 외모는 어떨까? 자신의 모습에 대해 완벽하다고 느끼는 사람도 있겠지만 그리 흔하지 않을 것이다. 우리는 모두 자신의 부족한 모습을 과대하게 생각하는 경향이 있다. 자신의 외모가 뚱뚱하거나 말랐다고 느끼거나, 키가 크거나 작거나, 얼굴에 노화의 흔적이 있거나 없거나, 또는 자신의 얼굴 중에서 맘에 들지 않는 부분이 있을 수도 있고 없을 수도 있다. 내가 바라본 나의 모습이란, 자신의 외적인 모습에 대한 자신의 인식 또는 받아들임을 말한다. 사실 외모라는 것은 사람들과의 관계에서 중요한 영향을 준다. 특히 잘 알지 못하는 사람과의 첫 만남 같은 경우에서 우리는 외모를 보고 어느 정도 평가하게 된다. 우리는 그것을 잘 알고 있기에 첫 만남을 앞둔 사람은 외모에 신경을 많이 쓰는 것이다. 자신의 모습이 완벽하거나 마음에 들지 않더라도 타인과의 만남 이전에 스스로 자신의 모습을 있는 그대로 받아들여야 한다. 만약 자신이 맘에 들지 않는 부분을 과대하게 생각하고 받아들이려고 하지 않는다면 행동에 많은 제약이 따르거나 부자연스럽게 된다. 따라서 자신의 모습 그대로를 받아들이는 일은 가장 기본적인 일이다.

뚱뚱하다는 표현이 어울릴 만한 D는 보통 뚱뚱한 사람들이 옷을 입는 스타일대로 입지 않는다. 보통 뚱뚱한 사람들은 자신의 몸을 가리기 위해 옷을 크게 입는다거나 길게 입는다거나 어두운색을 입는다거나 하지만 D는 자신의 몸매를 개의치 않고 맘껏 드러내고 옷을 입는다. 핏이 타이트한 드레스를 입는다거나 화려한 색상의 옷을 입는다거나 키와 관계된 일반적인 옷 입기의 룰을 지키지 않고, 대담하게 자신이 원하는 대로 표현한다. 트랜디한 옷에 도전하기도 하고 자신의 옷 입기나 외모를 표현하는 데 있어서 자신의 신체적인 조건을 고려하지 않고 자신 있게 표현하는 모습에 사람들은 청량감을 느낀다. 또한 우리가 상대를 볼 때 옷 입은 하나하나의 요소를 보는 것이 아니라 전체적인 분위기와 말이나 행동을 모두 합친 총체적인 모습을 보게 된다. 이 때문에 기본적으로 자신이 가진 외모와 관계없이 자연스럽고 자신감 넘치는 모습과 어우러진 자신만의 스타일링은 타인에게 충분한 호감과 공감을 일으킬 수 있다.

자신이 싫어하는 부분들을 아름답게 미화하거나 좋아해야 하는 것은 아니다. 다만 있는 그대로 받아들여야 한다는 것이다. 이렇게 자신만의 스타일링은 반드시 자신의 모습을 있는 그대로 받아들여야 가능해진다. 이러한 자신의 모습을 받아들이는 데 어려움이 있을 수도 있다. 하지만 받아들이고 나면 한결 편안한 자신을 느끼게 될 것이다.

세 번째는 타인의 시선에서 자신을 바라보는 것이다. 이는 첫 번째, 두 번째보다 다소 어려울 수 있다. 왜냐하면 타인이 가진 자신의 이미지는 자신이 쉽게 조정하거나 받아들일 수 있는 것이 아니기 때문이다. 자신을 객관적으로 바라볼 수 있다면 자신의 부족한 점을 찾아 어떤 것을 보완해야 할지 알게 된다. 자신을 객관적으로 이해한다는 것은 자존심이 상하는 일이 될 수도 있다. 왜냐하면 자신이 바라보는 자신과, 자신이 바라는 자신과 남들이 보는 자신과의 차이를 이해해야 하기 때문이다. 이런 차이를 이해하려면 용기와 통찰력이 필요하다. 이런 차이를 이해하게 되면 자신에 대한 확신이 생기고, 자신이 할 수 있는 것과 할 수 없는 것을 구분할 줄 알게 되며, 자신의 미래에 대해 좀 더 효율적인 계획이 가능해지기 때문이다.

CHAPTER 05

내가 만든
스스로의
한계

"자신의 생각에 따라 한계는 정해지며 극복된다."

'한계'의 사전적 의미는 '사물이나 능력, 책임 따위가 실제 작용할 수 있는 범위. 또는 그런 범위를 나타내는 선'이다. 말 그대로 한계라는 것은 내가 할 수 있는 일이나 도전할 수 있는 영역과 범위를 정하는 것이다. 지금까지 인류의 위대한 창조물이나 도전은 한계를 뛰어 넘을 때만 가능했다.

히말라야 등정은 우리가 가장 흔하게 예를 드는 인간 한계의 도전이라고 말한다. 이것은 사람의 생존이 달린 도전이다. 지구 둘레의 6분의 1에 이르는 거리에 걸쳐 있는 히말라야 산맥은 비행기와 인도 기러기 이외에는 도저히 넘을 수 없는 곳이다. 이렇게 히말라야 산맥은 그 자체가 하나의 거대한 장벽과도 같아 지구의 기후 체계에도 적지 않은 영향을 미친다고 한다. 히말라야 산맥의 14개 봉우리는 히말라야 산맥에 10개, 카라코람 산맥에 4개가 위치한다. 이중 등반 시즌에는 에베레스트 베이스에 세계 각국의 수많은 등반가들이 세계에서 가장 높은 산, 에베레스트 산을 가기 위해서 모여든다.

본격적인 등반이 시작되면 길고 긴 고통의 시간이 시작된다. 그중 빼놓을 수 없는 게 잠자리와 식사다. 지상의 가장 높은 곳을 가기 위해서는 아찔한 협곡을 이어주는 여러 개의 다리를 건너야 한다. 다리 위에는 경전이 새겨진 색색의 천이 묶여져 있다. 그곳을 지나는 등반가, 트래커, 현지인들은 각자 받은 룽다(사랑, 행복, 염원을 기리는 천 조각)를 이곳에 묶고 각자의 간절한 기도를 하고 간다. 천 길 낭떠러지 다리 위에 짐을 지고 가는 당나귀, 좁교(야크와 물소의 교배종)를 볼 수 있다.

고도가 높아질수록 고도 적응을 위한 시간이 필요하다. 고도에 적응하지 못하는 사람은 더 올라갈 수 없고 중도에 포기해야 한다. 또한 높은 곳으로 올라갈수록 히말라야의 차가운 바람은 손끝과 발가락에 동상이 걸릴 만큼 고통을 준다. 갑작스런 강풍으로 앞을 볼 수가 없는 경우도 있다. 낮과 밤의 기온 차이는 너무 심하다. 산악인들은 히말라야 자연의 순리를 거스르지 않으며, 날씨 정보를 수집해 등정 일정을 잡는다. 변덕스런 날씨와 악조건 속에서 등반가와 셰르파는 목숨을 잃는 경우, 동상에 걸리는 경우도 많다. 두꺼운 침낭도 베이스 영하의 기온은 견뎌내질 못한다. 대자연 앞에 인간이 얼마나 나약한 존재인가? 하지만 많은 산악인들이 나약한 인간의 한계를 넘어 경외의 산 히말라야를 오르고 있다. 인간의 가장 큰 성장은 한계에 도전했던 순간이다. 산이라는 대자연을 오르며 우리는 인간의 한계라고 규정지은 것들의 공통점을 마주하게 된다. 한계란 이미 존재했던 것이 아닌 우리 자신이 만들어놓은 것이기 때문이다.

나는 인간의 한계에 대한 도전은 아니었지만 공부에 대한 열망과 나의 한계가 어디까지인지 알아보기 위해 영문학 공부를 했었다. 과연 부모님과 주변 사람들이 나에 대해 말했고 생각한 것처럼 나는 공부를 못하고 머리가 나쁜 사람인지 알아보고 싶기도 했다. 공부하기가 쉽진 않았지만 공부하는 과정에서 내가 규정했던 나의 한계를 뛰어넘었고, 내가 어떠한 일도 맘을 먹으면 할 수 있으리라는 자신감을 갖게 되었다. 공부를 통해 서구의 문학을 접할 수 있었고 생각의 폭은 넓어졌다. 이후로 나의 삶은 인문학적 지식과 함께 풍요로워졌음을 알 수 있었다.

마라톤의 42.195 킬로미터는 사람의 신체적 한계에 도전하는 최대치의 거리이다. 하지만 이 시대 많은 사람들이 마라톤을 완주하고 있다. 이것은 무슨 의미인가? 한계는 지속적으로 극복되는 것이라는 것을 알 수 있다. 한계는 극복되고 사람은 더 발전하고 나아진다. 마라톤이라는 것은 지구력이 중요한 종목이며, 단순히 지구력만이 아니라 끈기로 대표되는 정신력이 중요한 요소이다. 국토 횡단 같은 것을 하다 보면 신체적 능력 측면에서 '도저히 낙오할 것 같지 않은 사람'이 낙오하고 반면에 왜소하거나 평소에 두각을 드러내지 않았던 사람이 별 탈 없이 마치는 경우가 많다. 물론 여기서 말하는 정신력은 육체적, 정신적 환경이 최상인 상태에서 발휘되는 인간의 초인적인 끈기를 의미한다. 마라톤은 긴 시간 동안 이루어지는 매우 힘든 경기이다. 고되고 힘든 달리기를 장시간 쉬지 않고 수행하는 마라톤은 올림픽이 근간으로 삼은 고대 그리스 정신과 가장 부합하는 경기다. 이런 이유 때문에 마라톤을 올림픽의 꽃이라고 하고, 지금까지 유지되고 있는 것이다.

우리는 어떤 일에 대한 선택의 기로에 서 있을 때 스스로의 한계에 대한 진지한 고찰이 필요하다. 스스로 어떤 일에 대해 한계라고 규정한다면 그것을 선택하지 않을 것이기 때문이다. 만약 한계는 스스로 규정한 것이며 그 한계는 결국 극복될 수 없는 것이라면 그것은 기회를 놓치고 마는 경우가 된다. 막상 자신이 잘하는 것과 못하는 것에 대해 생각해보려고 하면 자신에 대한 것인데도 불구하고 쉽지 않다. 왜냐하면 우리는 이런 문제에 대해 생각을 정리해보지 않았기 때문이다. 또한 한계에 대해 생각할 만큼, 새로운 환경이나 도전에 대해 고민하지 않는 편안한 삶을 살고 있기 때문이다. 자신의 삶에 대해 생각해보고 더 나아지려고 고민한다면 목표에 대한 생각과 동시에 자신의 능력과 한계치에 대해 분명 생각할 수밖에 없게 된다. 자신에 대해 얼마나 생각하고 있는가? 나 또한 지난날에는 이런 생각들 없이 안주하며 사는 삶을 살았다. 스스로에 대해 생각해볼 기회를 자주 만들어야 한다. 자신에 대해 잘 알아야 그 다음의 스텝에 해당하는 프로세스가 도출되기 때문이다.

폴 웨이드(Paul wade)라는 사람이 있다. 그는 외부와 단절된 교도소라는 환경에서 19년 동안 복역하게 되었다. 그것도 가장 환경이 안 좋다고 소문이 난 악명 높은 감옥에서 지내게 된 것이다. 감옥이라는 곳은 협박이 통용되는 곳이며, 타인의 약점을 이용하는 곳, 또 다른 힘 있는 강자가 괴롭힌다면 당할 수밖에 없는 그런 환경의 장소이다. 폴 웨이드는 그 곳에서 오로지 살아남기 위해 자신의 몸을 단련시켰다. 입소 당시의 그의 키는 186cm 68kg으로 가녀린 팔을 가진 사람이었다. 그는 스스로 공격의 대상이 되지 않기 위해 스스로 힘을 키우기로 결심한 것이다. 그는 운 좋게 해군 재소자에게 푸시업, 풀업, 스쿼트 같은 기본적인 캘리스데닉스 훈련법을 배우게 되었다. 캘리스데닉스 훈련법은 자신의 몸무게를 저항으로 이용해서 수행하기 힘든 다양한 동작을 완성해가는 것이다. 폴 웨이드는 처음에는 오로지 생존을 위한 힘을 기르기 위해 시작한 운동이었지만, 스스로 자신의 몸을 최고의 상태로 만들어 타인의 괴롭힘으로부터 자신을 보호했다. 더 나아가 자신뿐 아니라 수많은 재소자들을 트레이닝하면서 점차 최적의 운동 프로그램으로 진화시켜 나갔다. 교도소라는 극한 공간에서 탄생한 그의 완벽한 맨몸 트레이닝 비법은 책으로 출간되었고, 전 세계적으로 소개되었다. 그는 이제 자유로운 코치의 신분으로 그의 운동법을 가르치고 있다. 보기 좋은 근육만 키우는 현대의 피트니스 방식이 아닌 숨은 진짜 남자의 힘을 키우는 고대로부터 이어져 온 전통적인 비법 운동법을 가르치고 있는 것이다. 폴 웨이드는 현재 운동을 하지 않았다면 받지 못할 존경을 받고 있다는 것에 감사하며 코치의 삶을 살고 있다.

폴 웨이드처럼 한계적 환경에 놓이게 된다면 어떻게 했을까? 보통 사람들은 자신의 삶에 대해 자포자기할 것이다. 운동기구가 없는 공간에서는 운동할 수 없다고 생각하고 시도조차 하지 않았을 것이다. 시도했다고 하더라도 중도에 포기할 수도 있을 것이다. 어떤 일이든 자신의 상황에서 스스로 한계적 상황이라고 규정한다면 아이디어가 나올 수도 없고 실행에 옮길 수도 없다.

운동 능력에 대한 한계를 극복하는 방법에 대해 신문 칼럼을 읽은 적이 있다. 그것은 예를 들어 자신이 걷기 운동을 한다고 가정했을 때 더 이상 할 수 없을 정도의 한계 지점까지 도달하는 것이다. 그리고 그것을 반복하는 것이다. 1킬로미터가 자신의 한계라면 그러면 그 다음은 1.2킬로미터를, 그 다음은 1.5킬로미터를, 결국은 2킬로미터를 걸을 수 있는 체력이 만들어진다는 것이다. 일단 자신의 한계까지 도달해보는 것이 중요하다. 나는 운동을 위해 자전거를 탄다. 가끔씩 1시간 이상의 자전거 타기를 한다. 자전거를 타며 나의 한계를 극복하는 방법을 터득했다. 두 시간 이상 자전거를 타면 체력의 한계점에 도달하게 된다. 그 한계점에 도달하면 다리의 근육이 마비될 것 같고 심장이 터질 듯이 뛰며 더 이상 다리를 움직일 수 없을 것 같은 고통이 온다. 페달을 더 이상 돌리기 어려워진다. 그 한계에 다다르고 그 한계까지 도달했던 것을 반복한다. 그러면 그 이후 그 한계 지점을 넘을 수 있게 되는 것이다.

한계란 극한의 상황까지 자신을 내몬 후에 자신의 기록을 갱신하며 뛰어넘을 수 있는 것이다. 때로는 자신이 해보지 못한 어떤 새로운 시도를 하는 것이 될 수도 있다. 하지만 우리는 여러 가지 이유로 넘을 수 있는 한계를 한계로만 규정하고 한계 너머의 세계를 경험하지 못하는 것이다. 많은 사람들이 한계 상황에서 생존했고 발전을 거듭했다. 스스로 나를 한계 지으며 안주하고 있지 않은지, 해보지도 않고 못한다고 생각하는 일이 있는지 생각해보아야 한다. 사람은 자신이 한계 짓는 곳까지만 다다를 수 있으며 한계는 자신을 자유롭지 못하게 한다. 그 한계를 넘어 다른 차원으로 가야 한다. 그러면 우리는 또 다른 세상을 만나게 될 것이다.

CHAPTER 06

내가
실패를 통해
깨달은 현실

"실패는 성공으로 가는 하나의 과정으로 받아들여야 한다."

살다 보면 내가 아무리 노력해도 마음처럼 되지 않는 일이 있다. 진정으로 원했고 내 것으로 만들고 싶었지만 할 수 없었던 것, 최선을 다해 노력했지만 되지 않았던 것, 이런 것들을 우리는 실패라는 단어와 함께 떠올리게된다. 실패로 남기고 싶지 않은 일들이 실패라는 결과를 만든다면 우리는더욱 좌절감을 느낄 수밖에 없다.

A회사에 이직하기 위해 면접을 본 적이 있다. 하던 일에서 인정을 받던시기에 헤드헌터로부터 연락을 받았다. 면접은 긴 시간 이어졌고, 이직이

확정되는 것으로 생각했지만 그렇게 되지 않았다. 분야가 약간 다르긴 했지만 더 큰 규모의 회사였고, 더 많은 경험을 할 수 있는 회사였기 때문에 나에게는 기회가 될 수 있었다. 나는 그 기회를 잡지 못했다. 실패의 원인은 몇 가지가 있었다. 나는 그 일에 대한 나의 열정이 있음에도 보여주지 못했다. 준비한 포트폴리오를 가지고 가지 않은 것이다. 나의 이력은 이미 제출되었기에 그렇게까지 나에 대해 어필해야 한다고 생각하지 못했던 것이다. 자신을 어필하는 것은 기본적인 것이다. 그런데 원하는 것이 자동적으로 이루어질 거라고 생각한 것이다. 모든 원리는 단순한데 나의 오만함으로 그 원리를 잠시 망각하고 있었던 것이다.

이후 실패라는 생각이 머리에서 떠나지 않았다. 무엇보다 최선을 다하지 못했다는 자책감 때문에 힘이 들었다. 한편으로 생각하면 자책할 일은 아니었다. 조직이라는 곳은 나의 자리가 위협받게 되는 상황을 만들 수 있는 새로운 사람이 들어온다면 그 기회를 미리 차단해버릴 수도 있는 곳이다. 첫 번째 미팅은 사장 면접이 아닌 이사 면접이었는데 그 이유로 기회가 박탈되었을 가능성도 있었다.

회사라는 곳은 겉으로 보기엔 멋진 곳이지만 내가 살아남기 위해 남을 죽여야 하는 정글과도 같은 곳이다. 타인의 능력이 드러난다면 나는 무능력하게 비춰지기 때문에 한순간에 무능한 사람으로 전락하기도 한다. 내가 만든 성과를 직위가 높은 사람이 가로채기도 한다. 한마디로 인간의 다양한 본성과 군상의 특성이 나타나는 곳이 바로 회사라고 하는 조직이다. 회사를 만든 한 사람의 꿈을 위해 많은 사람이 그를 도와 그의 꿈을 이뤄내기 위해 힘을 합쳐 일하는 곳이 회사라는 곳이다. 사회생활을 경험하기 위해 또한 나의 꿈을 이루기 위해 회사 생활을 경험해볼 가치는 있다. 지금은 이렇게 객관적으로 생각할 수 있지만, 정신적으로 성숙하지 못했던 시절 나는 다른 생각을 하지 못했다. 이분법적인 사고에서 벗어나지 못하고 스스로 실패라고 결론지었고 실망했었다. 이후 일에 재미가 없어지고 무료해졌다. 자극이 필요한 시기였다.

실패했다는 생각은 좌절감을 느끼게 한다. 자신이 뭔가 잘못했기 때문이라고 생각한다면 자책감으로 이어질 수도 있다. 자신에 대한 부정적인 감정을 경험하게 되는 것이다. 자신에 대한 부정적인 감정은 마음속에 쌓아두지 말아야 한다. 오히려 실패를 경험 자체로 온전히 받아들이는 것이다. 부정적인 감정을 끝까지 충분히 경험하고 마음으로 받아들인다면 부정적인 감정으로부터 자유로워질 수 있다. 때론 실패는 심적인 충격이 되기도 한다. 사람에 따라 완벽함에 대한 강박이 있다면 자신의 실패가 인생의 오점이 되는 것을 원하지 않기 때문에 더욱 받아들이기 어렵다. 시간이 어느 정도 흐르기 전에는 받아들이기 쉬운 감정이 아니다. 실패라고 인정하는 것 자체가 어려울 수 있다. 자신이 실패한 것이라고 생각하기보다, 그때 상황이나 기타 나의 주변에 있는 다른 것들이 실패의 원인이라고 핑계를 대는 것이 좀 더 쉽다. 우리는 자신의 실패를 타인이나 주변의 일로 치부하며 실패에 대해 비겁하게 대처한다. 실패를 합리화하거나 부인하거나 변명하지 말아야 한다. 받아들임이란 지금 이 자리에서 현실을 생각하고 나의 의식에 몰입하는 것이다. 자신이 실패했다고 인정하는 것은 용기다. 실패라고 인정하는 순간 다시 시작할 수 있는 이유를 마련해주기 때문이다. 실패를 인정하고 다시 시작할 수 있는 마음은 자신을 더 성숙하게 하고 단단하게 해준다.

내가 확신을 가지고 시작했던 일이 있었다. 바쁜 시간 중에도 주말에 없는 시간을 만들어 메이크업을 배우고 자격증을 땄다. 부업으로 메이크업을 한다면 돈을 좀 더 벌 수 있겠다는 생각으로 시작했던 것이다. 그림을 그리는 것에 자신이 있었던 나는 메이크업을 얼굴에 그리는 그림 정도로 쉽게 생각했다. 하지만 메이크업은 그렇게 간단한 것이 아니었다. 일단 사람의 얼굴은 흰 도화지가 아니다. 사람의 피부색은 사람마다 다르고 피부 결도 다 다르다. 얼굴에 트러블이 있는 경우도 있고 민감한 경우도 있다. 또한 얼굴은 평면이 아니라 입체다. 입체의 형상에 그림을 그리는 것은 원근감이나 양감을 고려하며 그려줘야 한다. 너무 튀어 나온 곳은 덜 튀어나와 보이도록 만들어줘야 하고, 덜 나온 곳은 좀 더 입체적으로 만들어줘야 하는 것처럼 그림을 그리는 것뿐만 아니라 얼굴의 단점이나 장점을 파악하고,

단점을 보완하거나 장점을 살려주어야 한다. 더 나아가 그 사람의 개성을 파악하고 표현하고자 하는 방향으로 메이크업을 진행해야 한다.

사실 이런 것들은 기법을 알기 때문에 충분히 할 수 있는 것들이다. 하지만 메이크업은 내 얼굴이 아닌 다른 사람의 얼굴을 새롭게 만들어가는 일이며, 이것을 서비스로 제공해야 하는 것이다. 중요한 것은 내가 메이크업이라는 서비스를 제공해주는 일에 관한 서비스 마인드를 가져야 한다는 것이다. 나는 지금껏 이런 종류의 서비스를 받아보기만 했지 내가 제공하는 일은 경험해보지 못했다. 나는 이런 종류의 서비스에 대해 제공하는 서비스보다 받는 서비스에 익숙했다. 우리가 미용실에 가서 머리를 매만지는 서비스를 받는 것보다 메이크업은 얼굴에 직접 하는 것이라 소비자는 좀 더 직접적으로 서비스를 경험하게 된다. 나는 이런 것들을 간과해버리고 단순히 그림을 그리는 것이라고 생각을 한 것이다.

물론 그림 그리는 기법을 알고 있다는 것은 입체감을 표현한다거나 색상을 다루는 것은 쉽게 할 수 있다는 뜻이다. 기법을 알고 있는 것과 내가 제공할 서비스에 대해 스스로 만족하는 것은 다른 문제다. 내가 제공할 수 있는 서비스 자체에 스스로 만족감과 열정을 가져야 하는 것이다. 하지만 나는 이러한 서비스를 제공하는 것에 대해 내 자신의 취향이나 마인드에 대해 충분한 고려가 없었다. 아니, 고려는 했지만 나의 열정으로 시작한 것이 아니라 돈을 생각하고 시도한 일이기 때문에 그 부분을 알았지만 무시했다고 보는 것이 맞는 표현이다. 우리가 어떤 일을 시작할 때 무엇보다 중요한 자신의 느낌을 고려하지 않고 돈을 위해 시작한다면 반드시 이런 종류의 오류를 범하기 쉬울 것이다. 물론 메이크업이란 자신을 꾸미는 교양으로도 배울 수 있는 것이기에 이 시도가 전혀 쓸모없는 일이 된 것은 아니지만 결과적으로 실패라고 생각했다. 왜냐하면 귀중한 나의 시간과 열정을 허비했기 때문이다.

우리는 어떤 일을 새로 시작할 때 그 일을 진짜 하고 싶은 내적 동기에 대해서 면밀하게 생각해보고, 내적 동기의 맥락에 대한 이유를 파악하는 것이 중요하다. 간단하게 질문한다면 '왜?'라고 묻는 것이다. 돈이란 늘 더 필요하고 더 많이 있으면 좋겠다고 생각하는 것이기 때문에 우리는 살면서 돈에 대한 유혹을 받게 된다. 자신의 이상이나 꿈이 아니지만 돈을 위해 시작하게 되기도 하기 때문이다. 진정한 자신의 열정으로 시작하는 일에는 끝까지 지속할 수 있는 힘이 있다.

심리학자 앤절라 더크워스는 열정을 지속할 수 있는 힘을 '그릿(GRIT)'이라고 표현한다. 열정과 끈기의 조합이란 의미의 '그릿'은 성적이 좋은 학생과 나쁜 학생의 차이점은 단순히 지능지수(IQ)에 있지 않다는 사실에 주목하면서 연구하기 시작하면서 그릿의 힘을 발견했다. '그릿'은 자신이 성취하고자 하는 목표를 끝까지 해내는 힘이자, 어려움, 역경, 슬럼프가 있더라도 그 목표를 향해 오랫동안 꾸준히 정진할 수 있는 능력까지 포함하는 의미이다. 어떤 사람들은 성공의 단계에 오르고, 어떤 사람은 성취에 머물고 마는 까닭이 바로 그릿이 있고 없고의 차이이다. 그렇다면 실패란 성공으로 향하는 하나의 과정으로 봐야 한다. 실패에 슬퍼하며 물러날 것이 아니라 목표점에 도착하기 전에 거쳐 가야 하는 장애물 정도로 봐야 한다. 결국 실패란 실패라고 규정하는 자신의 생각에 대한 선택이며, 실패라고 여겼을 경우 그 실패는 목표를 향한 여정에서 만나는 장애물이라고 생각하는지에 대한 자신의 생각에 대한 선택이다.

CHAPTER 07

나에게도 잠재력이 있을까?

"자신의 잠재력은 도전으로 만든 새로운 환경에서 나타난다."

잠재력이란 사람이 가진 좋은 자질이나 재능 중 눈에 보이지 않고, 드러나지 않은 숨겨진 능력을 말하는 것이다. 잠재력은 놀라운 마법의 이야기일까? 잠재력은 전 세계의 몇 안 되는 위인들만 가진 그들의 전유물일까? 결론부터 이야기하자면, 아니다. 누구나 자신의 잠재력을 가지고 있다. 다만 경험하지 못했고 확인되지 않았을 뿐이다. 사람은 평생에 걸쳐 살며 아무리 열심히 노력하며 산다고 해도 자신이 가진 능력의 10퍼센트밖에 사용하지 못하고 생을 마감한다고 한다. 사람의 뇌에 대해서도 아직 완벽한 연구가 이루어지지 않았고, 사람의 뇌는 그 잠재력이 무한하지만 뇌의 극히 일부분만을 사용한다고 한다. 이렇게 무한한 사람의 잠재력과 가능성 중에 나는 얼마나 사용하고 있을까?

F는 어릴 때부터 수줍음이 많았다. 그런 F가 사람들 앞의 무대에 서서 공연을 하는 엔터테이너가 되리라고 생각하지는 못했다. 어린 시절에는 학교에서 간단한 발표도 하기가 어려웠다. 발표하려고 무대 앞에 서는 순간 얼굴도 붉게 변하고, 무슨 말을 해야 할지 몰라 당황했다. 바로 서지도 못하고 손을 꼬기도 하고 시선은 앞을 보지 못했다. 하지만 성장 과정에서 F는 무대 위에 서는 엔터테이너의 꿈을 가지게 되었다. 꿈을 가진 후로 F는 작은 무대였지만 꾸준히 무대에 오르면서 자신의 꿈을 구체화하게 되었다. 이후로 F는 다양한 무대에 오르고, 그 경험을 바탕으로 또 다른 기회들이 연속적으로 생겨나게 되었다. 지금은 엄청난 실력을 갖춘 엔터테이너로서 더 큰 무대에 설 수 있도록 준비하고 있다. 그런 F가 듣는 말은 실로 다양하다.

"무대에 서는 것이 떨리지 않나요?"
"어떻게 그렇게 노래를 잘하나요?"
"진짜 멋진 무대였어요."

F의 그 모든 무대 위에서의 연기나 노래 실력은 이전의 자신에게는 볼 수

없었던 것이었다. F가 가진 재능과 잠재력은 타고난 것일까? 어릴 때 수줍어했던 것을 생각한다면 F는 재능이 있었지만 눈에 보이지 않았고 재능이 없는 것처럼 보였다. F가 재능을 가지고 태어났건 후천적으로 만들어졌건, 성장 과정을 거치며 자극을 받거나 스스로 깨닫는 세세한 과정은 알지 못하지만, 부정할 수 없는 것은 F가 잠재력을 가졌다는 사실이다. F는 현재 지금까지 살면서 한 번도 보지 못한 폭발적인 연기력과 가창력을 가지고 있다. 그런 재능은 F자신조차도 몰랐고 주변 사람들 아무도 몰랐던 F의 잠재력이었던 것이다. 이제 F는 더 큰 무대에 서기 위해 준비하고 있다.

우리 각자는 어떠한 종류의 잠재력이든지 가지고 있다. 잠재력이 크든 작든, 선천적으로 가지고 태어났든 후천적으로 만들어졌든지 간에 위대한 성과를 내는 사람에게도, 일반인에게도 사람은 모두 잠재력을 가지고 있다는 사실을 믿어야 한다. 다만 잠재력은 어떻게 자극을 받으며, 어떻게 성장하며, 어떻게 잠재력을 발현할 수 있는 기회를 가지느냐의 차이일 것이다. 그렇다면 잠재력은 언제 발견할 수 있을까? 잠재력의 발견이란 우연히 드러나게 되는 경우가 많다.

G는 고등학교 시절 미국으로 가는 유학길에 올랐다. 한국의 교육은 학교와 학원과 집을 오고 가는 것이 일반적인 교육 형태이다. 반면 미국에서는 학생들에게 학업과 운동을 같은 크기의 중요도로 보고, 모든 학생들에

게 방과 후 운동이나 다른 활동들을 할 수 있도록 강제한다. 축구팀에 들어가거나 농구팀, 치어리더팀, 수영팀 등 다양한 방과 후 활동을 하게 되는데 하기 싫다고 해서 그 활동에 빠질 수는 없고 무조건 하나를 선택해서 활동해야 한다. 그 방과 후 활동을 매우 비중 있게 생각하는 것이다. G는 축구팀에 들어가기로 했다. G는 방과 후 축구경기가 좋지만은 않았다. 제대로 먹지도 않고 매일매일 그 격한 운동을 3~4시간 하고 나면 몸이 힘들어서 당장 그만두고 싶은 마음이 컸다. G는 방과 후 운동이 피할 수 없는 활동이라 할 수 없이 축구팀에 들어가 운동을 시작한 것이다.

그런데 G는 팀 내에서 두각을 나타내기 시작했다. G의 뛰어난 운동 능력은 잠재된 것이었다. 한국이라는 교육시스템 아래에 있었다면 도저히 알 수 없었던 자신의 재능이었던 것이다. G의 뛰어난 운동 능력은 자신도 생각하지 못했던 것이었다. G는 한 학기가 지난 후 일반팀에서 학교 대표팀으로 발탁되어 한층 더 높은 팀으로 올라가게 되었다. 이런 상황은 미국에서는 대단한 영광이라고 여기며 아낌없는 찬사를 보내준다. G는 이렇게 학교대표팀에 합류하게 된 것에 대해 주변 사람들로부터 엄청난 칭찬과 찬사를 받았다. 만약 운동 분야에서 자신의 큰 재능을 발견하고 축구를 지속적으로 하기를 원한다면 축구선수가 되는 길에 들어설 수도 있고, 축구특기생 자격으로 대학을 갈 수도 있다. G가 미국이라는 학교 환경을 접해보지 못했다면 G는 평생 자신이 축구에 대한 재능이나 잠재력이 있다는 것을 알지 못했을 것이다.

자신이 가진 잠재력은 이처럼 새로운 환경에서 발견되는 경우가 많다. 그러나 우리는 일반적으로 새로운 환경으로 가는 것에 대한 두려움을 가지고 있다. 성격적으로 기질이 도전적이거나 호기심이 많은 사람들에게는 새로운 환경에 대한 두려움이 적을 수도 있겠지만 보편적으로 새로운 환경은 그 자체가 두려움의 대상이 된다. 새로운 환경은 나의 새로운 행동이나 반응을 요구하기 때문이다. 우리는 변화하는 것을 두려워한다. 우리는 늘 하던 것에 익숙하다. 그것은 힘을 들이지 않아도 저절로 되는 것처럼 쉽게 느껴지기 때문이다. 사람의 숨겨진 능력은 새로운 환경에서 나타나게 된다. 그렇기 때문에 스스로 새로운 환경에 뛰어 들어야 한다. 벤저민 하디의 『최고의 변화는 어디서 시작되는가』라는 책에서는 자신을 새롭고 낯선 환경에 던져야 한다고 주장한다. 환경이 바뀌지 않으면 아무것도 변화하지 않을 것이며 자신의 잠재력도 알지 못한다고 말하는 것이다.

H는 먹는 것에 관심이 많다. 늘 먹는 TV 프로그램을 보거나 음식 재료나 만드는 방법에 대해 궁금해 한다. H는 먹는 것에만 관심을 가지다가 점차 자신이 해보지 않았던 음식을 만드는 일에 관심을 가지게 되었다. H는 결국 음식에 관한 전문가 이상의 해박한 지식을 갖게 되었다. 그 지식은 음식을 만드는 데 아주 중요한 플러스 요소가 되었다. H는 이전에 한 번도 음

식을 만들어본 적이 없었음에도 불구하고 H의 요리는 전문가 못지않은 다양한 지식과 맛을 겸비한 멋진 음식이 된다. 맛을 본 사람들은 그 맛에 감탄하고, 멋진 플레이팅과 기가 막힌 음식에 대한 설명으로 먹는 사람으로 하여금 오감을 만족할 수 있게 한다. H의 잠재력은 무궁무진하다. 나이는 어리지만 일찍 시작했으므로 다른 문제가 생기지 않는다면 H의 성공은 보장된 것이나 다름없다. 이런 H의 잠재력은 자신도 몰랐고, 가족과 주변인들도 몰랐던 것이다. 잠재력은 재능이 드러나기 전에는 보이지 않기 때문이다.

잠재력은 대나무의 새싹과 같은 것이다. 중국 대나무의 순은 5년 이상 땅속에 묻혀 비와 바람을 맞으며 그 모습을 드러내지 않는다. 일단 새순이 나오면 그때부터 급속도로 성장하지만 그 새순이 돋을 때까지 긴 시간이 걸린다. 이처럼 잠재력은 땅속에 묻혀 보이지 않는 대나무의 순과 같다. 그곳에 물과 양분을 준다면 그 새순은 반드시 드러나게 될 것이다.

우리는 자신이 어떤 사람인지 잘 모르는 경우가 많다. 나도 내 자신이 어떤 사람인지 정확하게 알 수 없었다. 하지만 다양한 경험과 일을 겪으며 내 스스로 나에게 이런 능력이 있었는지 놀랄 때가 있다. 나는 부동산에 대해서 두려움을 가지고 있었고, 내가 스스로 계약을 하거나 부동산을 사는 것에 대해 두려움이 있었다. 그래서 한 번도 나의 이름으로 부동산을 소유해본 적이 없었다. 하지만 나는 돈에 대한 공부를 해나가면서 돈에 대해 많은 것을 알게 되었고 부자들의 비밀에 대해 알고자 노력하면서 중요한 것을 알게 되었다. 일반인들은 주로 돈을 쓰는 데 관심이 있지만 부자들은 반드시 돈을 투자와 관련지어 생각한다는 것을 알게 되었다. 투자란 다양하다. 눈에 보이지 않는 자기계발도 투자이고 눈에 보이는 투자는 주식 투자나 부동산 투자가 일반적이다. 금이나 예술품에 투자하는 경우도 있고 다양한 투자 방법이 있다. 부자들은 부동산에 반드시 투자하고 있으며, 부동산으로 부자 되는 사람이 많다는 것을 알게 되었다.

나는 이후로 부동산에 대해서 많은 공부를 하고 있다. 관련 서적도 찾아보고 유튜브도 보고 있다. 이런 노력은 나로 하여금 부동산을 볼 수 있는 눈을 키울 수 있도록 해주었다. 이런 노력의 결실로 나는 부동산에 대해 남보다 나은 직관력을 가지고 있다. 내가 선택하는 부동산은 실패가 없었고, 수익을 낼 수 있었다. 내가 부동산 재테크에 관한 잠재능력이 있다고는 생각지 못했지만, 이후 나는 더욱 관심을 가지게 되었고 그렇기 때문에 더 많은 양의 지식을 수집하게 되었다. 그 지식은 힘이 되어 실제 부동산 거래를 할 때 좋은 영양소가 된다.

나는 스스로 직관력이 있다고 생각하게 되었다. 지금은 두려워하고 머뭇거리는 것이 아니라, 직접 알아보고 가 보고 정보를 찾아보고 내가 판단할 수 있는 근거를 만들어나간다. 나는 수리적인 계산이 빠르지 못하다. 수리적인 계산에 대한 자신감이 없기 때문에 이와 관련된 다른 일들도 할 수 없다고 생각했었다. 하지만 지금 나의 생각은 달라져 있다. 내가 관심이 있고 열정이 있다면 능력은 키워지고, 잠재력을 발견할 수 있는 기회는 반드시 생긴다는 것이다.

누구에게나 가지고 있는 잠재력이 있으며, 잠재력이란 발견하기 전까지는 그 누구도 알지 못한다. 하지만 잠재력을 발견하게 된다면 그 재능은 더욱 발전할 수 있는 환경에 놓이게 된다. 양분이 되는 지식과 더 많은 정보를 찾게 되고 알아간다. 그것은 성공의 씨앗이 되고 결국은 그 씨앗을 틔우게 되는 것이다.

CHAPTER 08

두려움은
어디에서
올까?

"두려움은 자신의 생각이 만드는 것이며
그 실체를 파헤쳐 이겨낼 수 있다."

두려움이란 실로 그 대상이 다양하다. 실수나 실패에 대한 두려움도 있고 어떤 대상에 대한 두려움도 있다. 나는 사람들과의 대화 속에서 두려움을 느끼는 대상에 대하여 토론한 적이 있다. 형이상학적인 두려움부터 형이하학적인 두려움까지 사람이 가질 수 있는 두려움은 일반적인 것에서부터 자신의 경험이 투영된 것까지 매우 다양하다.

자전거를 처음 배우는 아이들은 중심을 잡기가 어렵다. 속도가 느릴수록 핸들은 좌우로 흔들린다. 자전거 타기를 가르치는 사람은 자전거가 옆으로 넘어지지 않도록 뒤에서 잡아준다. 그렇게 손으로 잡아주다가 중심을 잘 잡으면 슬며시 자전거를 잡고 있던 손을 뗀다. 자전거를 운전하는 아이는 뒤에서 잡고 있다고 생각하고 안심한다. 그러다 이내 불안한 아이는 "잘 잡고 있지?", "응, 잘 잡고 있어. 걱정하지 마."라고 대답하지만 자전거 타기를 가르치는 사람은 자전거에서 손을 떼고 있다. 앞만 보고 자전거 핸들을 잡고 운전 중인 아이는 뒤에서 손을 떼고 있는지 알지 못한다. 그저 보호자가 자전거를 잡고 있다고 생각하고 안심한다. 자전거를 잡아주고 있다는 생각은 자전거가 흔들리지 않고 잘 달릴 수 있게 해준다. 자전거를 잡고 있다는 생각은 넘어지는 것에 대한 두려움을 없애주기 때문이다.

자전거를 타는 아이처럼 넘어지는 상황에 대해 안심할 만한 보호 장치가 있다고 믿을 때 우리는 두려움으로부터 자유로울 수 있다. 우리가 가진 두려움은 실제 어떤 일이 일어나지 않아도, 어떤 일이 벌어지게 될 것 같은 상상의 불안함에서 나온다. 실제로 어떤 일을 할 때 리스크에 대한 보호 장치가 없거나 그 보호 장치가 별 도움이 되지 못한다는 생각을 할 때 두려움은 커지게 된다. 자전거를 배우는 순간처럼 두려움이란 그 상황의 심각성이라기보다 심리적인 문제다. 하지만 두려움은 언제든 용기로 바뀔 수 있다.

두려움을 조직사회라는 틀에서 생각해보자. 조직 내에서 새로운 의견을 내고 실행에 옮겼지만 실패라는 결과가 나왔을 때 비난의 대상이 된다면 새로운 의견을 내지 않고 역동적인 움직임이 없는 침묵의 조직으로 변화하게 된다. 위험을 무릅쓰고 기꺼이 자신의 목소리를 낸 구성원에게 생산적인 반응을 보여준다면 조직의 심리적 안정감을 만들어줄 수 있다.

오늘날 기업 대부분은 역량 있는 인재를 영입하는 일에 힘을 쏟는다. 그러나 구성원이 심리적으로 안정된 상태에서 자유롭게 문제를 제기하는 여건이 보장되지 않는다면, 이들의 뛰어난 역량은 낭비되고 만다. 업무와 관련해 그 어떤 말을 하더라도 보복당하지 않고, 수치심을 느끼지 않으며, 인정받는다고 느낄 때 구성원은 활발하게 자신의 아이디어를 제안하고, 실수나 문제를 빠르게 드러내 더 큰 손실을 예방한다. 실제로 구글은 실패한 팀에 보너스를 주는 조치로 심리적 안정감을 강화하고 있다. 두려움의 반대개념은 심리적 안정감이다. 두려움은 조직의 성장 동력이 될 수 없다. 만약 조직사회에 심리적 안정감이 있다면, 혁신을 불러일으키는 생산적인 조직 환경을 만들 수 있다고 에이미 에드먼슨은 그의 저서 『두려움 없는 조직』에서 밝히고 있다.

상상력이란 사람의 삶을 지속해가는 동력이며 원천이다. 하지만 두려움이란 우리의 의식을 자유롭지 못하게 하며 창의력을 사장시킨다. 가정이나 사회나 기업이나 이 원리는 동일하다. 두려움이나 공포나 불안은 우리의 생각을 부자연스럽게 만들고 상상력을 억압한다.

　엄마와 함께 강원도로 이사 가신 이모님을 만나러 간 적이 있다. 강원도 산속 깊은 곳으로 이사 가신 이모 집은 왠지 가도 가도 끝이 없어 보였다. 얼마나 깊은 산속인지 갑자기 핸드폰도 통신이 연결되지 않고 내비게이션도 작동이 되지 않는 길에 다다르게 된 것이다. 처음에는 침착하게 마음을 가라앉히고 가려고 애를 썼다. 그런데 길을 잘못 들었는지 차로 더 이상 들어갈 수 없는 길로 가게 되었다. 큰 바위가 있었고 앞으로 전진도 할 수 없고 후진도 할 수 없는 상황이 되었다. 해는 저물어가고 있었고, 무성한 나뭇잎 때문에 그 산골짜기는 더욱 어두워 보였다. 사람 한 명 보이지 않는 인적 없는 곳이었다. 갑자기 그 순간 산속에서 길을 잃고 하룻밤을 지새우면 분명 추운 날씨 때문에 누구에겐가 연락도 못 하고 죽을 수 있을 것 같다는 생각이 든 순간 울음이 터져버렸다. 엄마 앞에서 우는 모습을 보이기 싫었지만, 나의 공포는 극에 달했고 패닉 상태에 빠져들었다.

　나는 엉엉 울기 시작했다. 운전할 수 있는 사람은 나뿐이었고 내가 엄마를 보호해줘야 하는데 그 길에서 나갈 방법이 없어 보였다. 엄마는 그렇게 우는 나를 달래주셨다. "괜찮아, 갈 수 있어. 걱정하지 마, 아무 걱정하지 마."라고 침착한 목소리로 말씀하셨다. 그 순간 나는 다시 정신을 차릴 수 있었다. 돌아가는 길이 보였고 차를 돌려 그 위험한 길에서 빠져나왔다. 그 순간 엄마의 침착함이 대단해 보였다. 엄마는 항상 나의 편이며 나의 든든한 후원자라는 느낌이 들었다. 그 안정감이 나의 패닉 상태인 정신을 다시 제 상태로 돌려놓았다. 그 후에 길이 보였고 방법이 떠올랐다. 엄마의 그 다정하고 침착한 목소리가 아니었다면 나는 결코 그 길에서 빠져나오지 못했을 것이다.

사람은 두려움이나 공포나 불안감에 휩싸인 순간 자신이 할 수 있는 일조차도 하지 못하는 경우가 생긴다. 자신이 가진 능력조차 사용할 수 없는 패닉 상태가 되는 것이다. 반대로 심리적으로 편안한 안정감의 상태에서는 아이디어가 생겨나고, 혁신적으로 행동하거나 도전할 수 있는 의지가 생겨나는 것이다.

나는 지독한 불면증으로 고생하던 시기가 있었다. 그 아늑하게 느껴지던 잠자리가 잠을 잘 시간이 되면 눕기 전부터 두려워진다. '어제 밤처럼 잠을 못 자는 고통에 빠지면 어쩌나.' 하는 생각으로 자기 전부터 불안해지는 것이다. 며칠째 맘에 드는 수면을 이루지 못하면 정신이 극도로 예민해지고 불면증에 대한 두려움은 더욱 커진다. 그 두려움은 이미 학습되어 있다. 나는 단 10분의 낮잠도 자지 않는다. 조금이라도 자면 밤에 잘 때 문제가 생기기 때문이다. 자다가 잠이 깨거나 잠들었다 해도 한번 깨면 또다시 잠을 이루지 못한다. 낮에 되도록 최대한 피곤하도록 자신을 내몰아서 밤에 깊은 잠을 잘 잘 수 있도록 조절해야 한다. 잠을 자고 싶은데 한밤중에 잠을 못 이루는 것은 대단한 고통이고 두려움이다. 밤에 깨어 있으면 이상하게도 생각에 생각이 꼬리를 물고 머릿속을 괴롭히고 급기야는 절망적인 생각에 빠져들곤 했다. 생각의 끝으로 갈수록 희망은 없어지고, 사는 것이 무가치하게 느껴진다. 그 순간에 죽고 싶다는 생각을 하게 되는 것이다. 지금도 많은 사람들이 자살을 선택한다. 나는 그들의 마음을 이해한다. 불면증으로 지새우는 날의 생각은 대부분 이런 식으로 흘러가기 때문이다. 한밤에 잠들지 못하는 사람이 어떤 방식으로 생각하게 되고 극단적인 선택을 하게 되는지 이해할 수 있다. 동이 트고 새벽이 오는 모습만으로도 우리는 희망을 생각할 수 있지만 깨어 있는 한밤에는 머릿속의 생각이 절망적인 터널로 빠져들게 되는 것이다.

잠에 대한 두려움을 가진 나처럼 사람들은 다양한 두려움을 가지고 있다. 만약 두려움을 가지고 있다면 그 두려움의 이유를 바닥까지 따라가 이해하려고 노력한다면 극복하는 방법을 발견하게 된다. 두려움의 근원에 대해서 생각해보고, 그 원인이 될 만한 것들을 적어보는 것이다. 그 두려움의 이면에는 걱정거리들이 있을 것이다. 마음속에 묻혀 있던 걱정을 전부 꺼내어 적어보는 것이다. 그것은 일의 문제거나 자녀나 가정의 문제이거나 가족이나 형제간의 문제, 대인관계에서의 문제 자신의 진로에 대한 문제 중

하나가 될 것이다. 그런 걱정에 대해서 브레인스토밍을 하듯이 모두 적는다. 적어놓은 걱정들 중 지금 하지 않아도 될 걱정이나 두려움을 지워나가는 것이다. 이후 버리고 남은 두려움에 대해 생각해보고, 두려움의 이유를 또다시 추적해나간다. 그러면 그 끝에서 두려움의 실체를 만날 수 있을 것이다.

흔히 골프라는 운동에 대해 설명할 때 멘탈 스포츠라고 표현한다. 일정 수준 이상의 기량을 가진 선수들이 모여 승부를 벌이는 경기일수록 승패를 판가름하는 요소는 결국 심리적인 부분이 된다. 골프의 샷 하나가 중요한 성패의 갈림이 되기도 하는데, 순간의 긴장감, 승리에 대한 압박 등 심리적 두려움을 제거하고, 누가 얼마나 더 경기에만 집중할 수 있느냐의 문제다. 아무리 출중한 능력을 가졌다고 해도 불안감과 두려움에 빠져 있다면 실력을 발휘하기 힘들다. 실력도 중요하지만 실제 경기에서 평정심을 잃지 않는 것이 승리하기 위한 가장 중요한 요소다.

나는 어둠에 대한 두려움이 있다. 어둠 속에서 무언가 나올 것 같은, 예상하지 못한 어떤 것에 대한 두려움인데 생각해보면 두려움에 대한 실체는 결국 아무것도 아닌 것이다. 그것은 그저 나의 상상이며 이미지를 만들어 생각한 것에 불과하다. 우리가 일반적으로 갖는 두려움이란 이처럼 실체가 보이지 않거나 실제 일어나지 않는 일에 대한 상상으로 만들어낸 두려움이다. 우리는 생각 속에서 최악의 시나리오를 만들기 때문에 두려움에 사로잡히는 것이다. 생각을 바꾸면 두려움은 물리칠 수 있다. 그리고 인간이 가장 두려워하는 것은 결국은 죽음일 것이다. 죽음에 대한 두려움도 결국은 '언제든 죽을 수 있고, 죽는다.'라는 것을 전제하고 받아들여야 한다. 내가 관에 누워 있다고 생각하고, 내가 느끼는 가장 밑바닥의 두려움을 바라보고 마음을 내려놓으면 그 두려움에서 벗어날 수 있다.

두려움이 많아서 새로운 아이디어가 떠올라도 시도를 하지 못하는 내 자신이었다. 결국 그 두려움들은 내 인생의 시간을 낭비하도록 만들었다. 결국 꿈이 있는 사람에게 가장 중요한 것은 시간이다. 두려움이란 허상의 이미지 때문에 나의 시간을 허비하도록 놔둘 것인가? 아니면 두려움을 버리고 도전할 것인가?

PART 3

좀처럼 상처받지 않는 사람들의 비밀

CHAPTER 01

자신만의 기준을 가지고 있다

"가장 극한의 상황을 기준으로 생각하면

쉬운 해결책을 만날 수 있다."

쉽게 흔들리지 않는 사람들은 어떤 이유에서일까? 이들은 자신만의 기준을 가지고 있기 때문이다. 자신만의 기준이 있다는 것은 유혹에 빠지지 않는다는 것을 의미하기도 한다. 인생의 목적지까지 가는 길에서 흔들리거나 유혹에 빠지지 않고 갈 수 있다면, 한눈을 팔지 않고 갈 수 있다면 우리는 실패하지 않고 원하는 방향으로 갈 수 있을 것이다.

"곧 죽게 된다는 생각은 인생에서 중요한 선택을 할 때마다 큰 도움이 된다. 사람들의 기대, 자존심, 실패에 대한 두려움 등 거의 모든 것들은 죽음 앞에서 무의미해지고 정말 중요한 것만 남기 때문이다. 죽을 것이라는 사실을 기억한다면 무언가 잃을 게 있다는 생각의 함정을 피할 수 있다. 당신은 잃을 게 없으니 가슴이 시키는 대로 따르지 않을 이유도 없다."

이 글은 2005년 스티브 잡스의 스탠퍼드대학교 졸업식 연설 중 일부분이다. 스티브 잡스는 인생의 선택에서 죽음이라는 극한의 상황을 기준으로 생각하라고 말하고 있다. 어떤 선택이나 현상이나 어려움들을 죽음이라는 명제와 대입하여 생각한다면, 어떤 것이 죽음보다 어려운 선택이 될 수 있을까? 가장 견디기 어려운 일이 닥쳤다고 한다 해도 죽음과 비교하여 더 절박할 수는 없을 것이다. 삶 속의 고민이나 걱정이나 불안에 대해 죽음과 관련지어 생각해본다면 그것은 생과 사를 결정지을 만큼 중대한 일이 될 수는 없기 때문이다. 생각의 기준을 죽음이라는 명제로 생각한다면, 힘들다고 느껴지는 많은 일들이 쉽다고 느껴질 것이다. 이처럼 인생에서 자신만의 생각의 기준을 가진다면 주변의 상황이나 타인의 의견에 흔들리지 않고 판단할 수 있을 것이다.

죽음 앞에서 어떤 것도 가치가 없어진다면 죽음 앞에 가장 가치 있는 것은 무엇일까? 죽음이 항상 우리 곁에 있다고 느낀다면 우리가 살고 있는 현재의 가치에 대해 더욱 소중히 여길 수 있지 않을까? 죽음이 있다는 것을 생각한다면 삶에 대해서 더 많은 애정을 가질 수 있을 것이다. 1940년대만 해도 많은 사람들이 집에서 죽었다고 한다. 하지만 현대인들에게 죽음은 나와는 다른 먼 이야기로 생각될 뿐이다. 가끔씩 일어나는 이벤트와 같은 것이라고 느낄 만큼 죽음에 대해 가깝게 생각하지 않는다. 하지만 삶 속에서 의식적으로 죽음을 생각한다면 오히려 더 분명하게 살아야 할 이유와 가치에 대해 찾게 될 것이다.

아버지는 책을 사랑하셨고, 자식들 또한 책을 사랑하기를 바라셨다. 퇴근하시는 길에 우리 남매가 좋아할 만한 책을 사 들고 오셨다. '지루한 책 읽기'라고 생각되거나 책 읽기가 '강요'라는 생각이 들지 않도록 아버지는 일반 책 이외에도 신간으로 출시된 만화책이나 잡지를 사 오시기도 하셨다. 아버지의 책 선물은 책이란 나에게 '세상에서 제일 재미있는 것'이라고 기억될 수 있도록 하는 계기가 되었다. 어릴 때 '소년동아일보'라는 어린이 신문을 구독하기도 했었다. 그 신문은 무척 재미가 있어서 하루도 거르지 않고 읽었던 기억이 난다. 연재만화도 있었고 과학 상식들도 있었다. 오빠와 나는 그 신문기사들을 읽는 재미에 푹 빠졌던 기억이 난다. 성장기의 이런 경험들로 책에 대한 긍정적인 감정이 만들어진 것이다. 그런 경험은 시간이 지나 어른이 되었을 때, 배우고 싶은 것이나 관심 있는 것이 생기면 먼저 책을 찾아보도록 해주었다. 어려움이 닥쳤을 때나 마음이 답답하거나 위안이 필요한 순간에도 술이나 다른 위안거리보다 책을 찾도록 만들었던 것이다.

빌 게이츠의 책에 대한 애정은 누구나 알고 있는 사실이다. 빌 게이츠의 성공에는 그의 부모가 늘 강조한 책과 자립심이 든든한 뒷받침이 되었다. 빌 게이츠의 아버지는 자식을 창의적인 사람으로 키우는 데 필요한 책을 아낌없이 사주었다. TV는 상상력을 저해한다는 이유로 보지 못하게 했다. 빌 게이츠는 1년에 50권가량 책을 읽으며, 개인 블로그에 독서 경험을 공유한다. 게이츠가 추천한 책은 화제를 모으면서 베스트셀러 반열에 오르곤 한다. 초등학교 시절부터 지금까지 1주일에 한 권은 꼭 읽는 독서 루틴을 만든 점이 바로 빌 게이츠의 독서력의 비결이 되었다. 미국의 사상가이며 시인인 랄프 왈도 에머슨은 이렇게 말했다.

"가장 발전한 문명사회에서도 책은 최고의 기쁨을 준다. 독서의 기쁨을 아는 자는 재난에 맞설 방편을 얻은 것이다."

"진실로 위대한 보고는 꼼꼼하게 선별된 책에 있는 법이다! 책에는 우리들이 이용할 수 있게끔 수 천 년에 걸쳐 인류에 이바지한 지혜로운 사람들이 연구한 결과와 지혜의 산물들이 들어 있기 때문이다. 심지어 막역한 친구에게도 밝히지 않았던 동서고금의 사상들이 책에서는 명징(明澄)한 언어로 표현되어 있다. 그렇다! 우리는 살아가는 내내 정신과 마음을 단련시키는 뛰어난 작품과 고전에 감사의 마음을 가져야만 한다."

우리가 일상의 삶에서 반복해야 하는 일 중에서 우선순위를 책과 독서라고 정한다면 어려움에 봉착했을 때 책을 통하여 많은 문제를 해결할 수 있을 것이다. 책에 관한 애정이 더욱 많이 생겨난 계기는 〈한국책쓰기1인창업코칭협회〉에 가입한 후 좋은 책을 많이 접하고 난 후부터이다. 책에는 다양한 사람들의 삶이 녹아들어 있어 그들의 성공담이나 실패담을 통하여 그들의 경험을 간접적으로 배울 수 있기 때문이다. 이런 기준을 세운다면 삶 속에서 방황하지 않을 수 있을 것이다. '재난에 맞설 방편'으로써 책을 사용한다면 든든한 무기를 지닌 것과 다름없을 것이다. 우리 삶의 많은 어려움에 대한 해답은 책 속으로부터 발견해낸 지혜로 충만하게 될 것이다.

어떤 일을 시작하기 전에 이것이 진정으로 자신이 원하는 일인지 생각하고 행해야 한다. 서두에 스티브 잡스의 "가슴이 시키는 대로 따르라."라는 말처럼 삶의 기준을 자신의 가슴에서 원하는 것인지 아닌지로 구분한다면, 선택의 순간마다 우리는 명확한 결론을 얻을 수 있을 것이다.

알리바바의 마윈은 창업의 원칙에 대해 다음과 같이 말하고 있다. "창업의 원칙 두 가지는 내가 가장 좋아하는 일을 하고, 가장 쉬운 일에서 시작해야 한다는 것입니다." 마윈 역시 자신이 가장 좋아하는 일을 시작하라고 말하고 있다. 삶의 기준을 가슴이 시키는 좋아하는 일에서 시작한다면 복잡하게 생각할 필요가 없다. 심플한 결론에 도달할 수 있을 것이다. 최고의 자리에 올랐지만 그 자리에 만족하지 않고, 그 자리를 박차고 자신이 원하는 일을 찾아가는 사람들을 보게 된다. 그런 모습은 얼른 이해가 가지 않는 일이지만, 그 결정의 이면에는 자신이 원하는 일인지 아닌지에 대한 고민이 있었을 것이다. 그런 고민 후 가슴이 원하는 것에 따라 내린 결정이었음이 분명하다. 알리바바의 마윈 역시 최고 경영자의 위치에서 은퇴하였다. 마윈은 중국 1세대 IT 사업가 중 한 명이다. 마윈은 55세로 더 일할 수 있는 나이이지만 조기 퇴진하고 인생 2막을 열기로 결정한 것이다. 그는 앞으로 자신이 지속적으로 관심을 둔 교육과 공익 활동에 나설 계획을 가지고 있다. 마윈은 1년 전 퇴임 계획을 공개하면서 "저에게는 아직 많은 아름다운 꿈이 있습니다. 교사로 다시 돌아가고 싶습니다."라고 언급한 바 있었다. 마윈은 오래전부터 공익사업을 펼쳐온 빌 게이츠를 자신의 인생 모델로 여긴다고 말한 바 있었고, 그의 뜻대로 움직이고 있다.

최종적으로 삶이 나아가야 할 방향은 결국은 기여하는 삶이 될 것이다. 자신의 안위만을 위한 삶보다 한 차원 높은 단계의 삶을 목표로 삼음으로써 우리는 삶에서 맞닥뜨리는 여타의 다른 문제들에 대해 여유롭고 유려한 태도로 처리할 수 있게 될 것이다. 우리의 생각과 태도를 이와 같은 기준에서 하게 될 때, 우리는 이런 문제들을 새로운 측면으로 바라볼 수 있게 되는 것이다.

결론적으로 정리한다면 첫 번째로 언급한 '죽음보다 어려운 문제일까?'라는 물음에서 시작하여, 두 번째는 어려움에 대한 지혜는 책을 통하여 얻는 것이 바람직하고, 세 번째 가슴이 시키는 가장 좋아하는 일을 하며, 네 번째 기여하는 삶을 살게 된다면 가장 이상적이지 않을까? 이런 자신만의 생각의 기준이 있다면, 자신의 생각을 외부의 환경에 의해 변경하거나 진로를 수정하지 않고 목표만을 바라보며 진행해나갈 수 있을 것이다. 그것은 다소 고집불통처럼 보이고, 타인과의 소통이나 이해력이 낮아 보이지만 결국은 자신의 고집대로 밀고 나가며 쌓아나간 업적은 자신의 분야에서 놀라운 성과로 나타날 수 있을 것이다.

CHAPTER 02

그들에게
시련은
과정이다

"시련이란 곧 지나가는 과정에 불과하며 그 끝에는 새 길이 있다."

시련은 생각하지 못했던 커다란 문제라는 생각과 시련은 살아가면서 겪을 수 있는 과정이라는 생각의 차이는 시련을 대하는 태도에서 확연히 나타난다.

"이 또한 지나가리라.(This, too, shall pass away.)"

나는 이 말을 아주 좋아한다. 힘들 때 늘 이 문구를 마음에 되새겼다. 나에게 힘이 되어주었고 견딜 수 있게 해주었다.

전쟁에서 승리한 다윗은 그 기쁨을 오랫동안 기억할 만한 반지를 만들기로 했다. 다윗은 보석 세공인을 불러서 명령했다.

"반지를 만들되 전쟁 승리의 기쁨을 기억할 만한 글귀를 적어 넣어라. 동시에 내가 언젠가 절망에 빠질 때 용기를 줄 수 있는 글귀를 적도록 하여라."

그러자 보석 세공인은 왕의 명령대로 아름다운 반지를 만들었다. 그러나 반지에 넣을 적당한 글귀가 생각나지 않았다. 고민하던 그는 왕자 솔로몬을 찾아갔다. 보석 세공업자의 고민을 들은 솔로몬은 이렇게 대답해주었다.

"반지에 이렇게 적으십시오. '이 또한 지나가리라.'"

이 내용을 근거로 랜터 윌슨 스미스(Lanta Wilson Smith)는 이런 글을 남겼다.

"슬픔이 그대의 삶으로 밀려와 마음을 흔들고 소중한 것들을 쓸어가 버릴 때면 그대 가슴에 말하라. '이것 또한 지나가리라.' 행운이 그대에게 미소 짓고 기쁨과 환희로 가득할 때, 근심 없는 날들이 스쳐갈 때면 세속적인 것들에만 의존하지 않도록 진실을 조용히 가슴에 새기라. '이것 또한 지나가리라.'"

이 말의 의미가 무엇일까? 우리는 어떤 시련에도 흔들릴 필요가 없다. 시련은 영원히 지속 되지 않는다. 시련의 그 끝은 반드시 있다. "시련 너머의 세상을 먼저 바라보라."라는 의미일 것이다. 시련은 삶의 과정 중 일부분이다. 나에게만 시련이 온다는 피해의식을 가질 필요가 없다. 시련을 극복하는 데 아무 도움이 되지 못한다. 우리는 각자의 삶에서 어떤 형태이든 모두 다 시련을 겪는다. 시련을 겪고 나서 뒤돌아보면 그것은 별것 아닌 작은 것으로 느껴진다. 다만 그 당시에 그 시련 때문에 힘들었다는 기억만 남게 된다. 그래서 시련을 극복하고 성공을 이룬 사람들은 모두 똑같이 말한다.

"시련이었지만 힘들지 않았다."
"즐겁게 했다."
"견딜 만했다."

시련을 극복하고 나서 돌이켜 볼 때는 그 시련의 크기가 작게 느껴진다. 시련으로 힘들었던 것보다 행복한 결말이 주는 보상이 크기 때문에 그 시련의 어려움은 잊히는 것이다. 잊지 말아야 한다. 그들도 똑같이 어렵고 절망적이고 좌절했던 순간들이 있었다.

나는 영화 〈행복을 찾아서〉의 실제 주인공 크리스 가드너의 인생 역전 스토리를 정말 좋아한다. 크리스 가드너는 생활의 어려움으로 아내도 떠나고 아들과 함께 살았다. 의료기기 세일즈맨으로 일하다가 우연히 증권 회사에서 나오는 사람들의 행복한 표정을 보고 증권사 인턴십에 지원하게 되었다. 그 과정에서 집세를 내지 못해 노숙자 신세가 되었다. 낮에는 주식중개인으로 일하고, 밤에는 아들을 재울 노숙자 쉼터를 찾아 헤매었고, 지하철역 공중화장실에서 문을 닫고 밤을 지새우다 갑작스레 문 두드리는 소리에 무서워 떨며 우는 영화 장면이 나온다. 이 영화의 한 장면이 모두 실제로 일어났던 크리스 가드너의 이야기이다. 쉼터에서 제공되는 스프로 끼니를 때우고 공중화장실 세면대에서 아들을 목욕시켜야 했던 절박한 상황에서도 동료들에겐 절대 이런 사실을 알리지 않고 밤을 새우며 독학하던 크리스는 마침내 그의 성실함을 알아본 고객 중 한 사람에게 스카우트되어 당시 월 스트리트에서 가장 성공적인 투자사였던 '베어 스턴스'에서 일하게 되었고, 이를 계기로 엄청난 노력 끝에 결국 자신의 이름을 내건 투자사 '가드너 리치 앤드 컴퍼니'를 설립할 정도의 백만장자 재산가가 되었다. 그가 보유한 자산은 현재 약 1,700억 원이며, 그는 수많은 자선단체에 기부하며 자신처럼 어려움에 처한 사람들을 돕고 있다.

크리스 가드너의 성공 스토리는 많은 배울 점을 주고 있다. 먼저 긍정적인 그의 태도이다. 그런 상황에서 부정적인 사람이라면 자신의 인생에 희망은 없다고 생각하고 아들을 고아원에 보내고, 자신은 진짜 노숙자로 전락하여 인생을 포기하고 길에 누워 있었을지 모른다. 하지만 그는 기회를 향해 열린 시선으로 주변을 관찰했고, 증권회사에서 나오는 사람들의 표정을 살폈다. 증권이란 분야에 대해서 관심을 가지고, 그 기회를 잡으려고 노력했기 때문에 꿈을 이룰 수 있었다. 성공하는 사람들은 항상 열린 태도로 주변에 관심을 기울인다. 그것은 곧 기회로 연결이 된다. 많은 사람들이 여유 없는 생활과 생각으로 주변을 자세히 관찰하지 못하고, 기회를 보지 못하고 지나쳐버린다. 기회는 기회를 알아보는 사람의 것이다. 노숙자 신세가 되어 지하철역 화장실에서 신문을 덮고 자야 하는 그 상황에서 희망을 가지기는 쉽지 않다. 시련을 극복할 수 있다는 믿음이 없었다면 그렇게 할 수 없었을 것이다. 세상에 대해 열린 눈과 가슴을 가지고, 시련은 지나가는 과정이라고 믿은 것이다. 시련에 대해 긍정적인 태도를 갖는 것이 삶의 가장 중요한 지혜이다.

내가 힘들 때마다 떠올리는 문구가 또 하나 있다. "구름 뒤에는 언제나 태양이 빛나고 있다."라는 헨리 워즈워드 롱펠로우(Henry Wadsworth Longfellow)의 「비 오는 날」이라는 시의 한 구절이다. 구름이 짙게 낀 하늘에는 태양이 있다는 생각을 하기 어렵지만, 태양은 그 구름 뒤에 떠 있다. 우리의 삶에 어두운 구름 같은 시련이 닥쳐올 때 그 구름 너머에 빛나는 태양이 있음을 잊지 않아야 한다. 태양은 항상 그 자리를 지키고 있고, 구름은 곧 걷히게 될 것이다. 희망이 구름에 가려져 있듯이 우리의 현실이 아무리 어두워도 희망을 품을 수 있다. 구름이 아무리 두껍고 검을지라도 태양을 가릴 수는 없다. 구름은 언젠가 걷히기 마련이기에.

짐 매클라렌(Jim Maclaren)은 미국의 동기 부여 연설가이다. 그는 미국 국가대표 라크로스, 미식축구 선수로 활약했던 만능 스포츠맨이었지만, 두 번의 교통사고로 그의 인생은 크게 바뀌었다. 스스로 만능 운동선수라는 사실에 자랑스러워했던 그는 오토바이를 타고 가다가 버스에 치인 것이다. 그의 몸은 27미터 가량 튕겨나갔고, 3주 뒤 혼수 상태에서 깨어나 보니 왼쪽 다리가 무릎 아래로 잘려 나가 있었다.

힘겨운 재활 치료를 견뎌내고 철인 3종 경기에서 일반인을 이기고 우승을 할 정도의 운동 능력을 회복했다. 그렇게 운동과 강연을 하며 8년을 지내다가 샌디에이고에서 철인 3종 경기 사이클 코스에서 밴 차량에 치이는 사고를 당하게 되었다. 그는 이 사고로 목뼈가 부러지고 사지 불완전 환자가 되었다. 제한적인 신경 반응이 남아 있어 작은 움직임은 가능하지만 다시는 걸을 수 없다는 선고였다. 하지만 그는 이번에도 재활 치료에 집중했다. 6개월 만에 혼자 살아가는 데 지장 없는 수준이 되었다. 이런 조건 속에서도 그는 동기 부여 연설가로 활동했다. 2005년 스포츠의 범위를 넘어선 기여를 한 스포츠맨에게 수여되는 '아서 애시 커리지 상'도 탔고 〈오프라

윈프리 쇼〉에도 출연했다. 그는 쉽게 낙담할 수도, 자기 연민에 빠질 수도 있었다. 하지만 다시 행동하고 성취하고자 하는 맹렬한 의지로 또다시 자신이 원하는 목표에 매달렸다. 그는 이렇게 말했다.

"내 인생 경험에서 두 가지만은 말할 수 있다. 첫째, 우리 인생이 앞으로 어떤 모습일지는 아무도 모른다는 것. 둘째, 자신의 인생을 받아들이고 계속 앞으로 나아가려 한다면 우리는 항상 '오케이!'라고 말할 수 있어야 한다는 것. 이 두 가지만 거부하지 않는다면 우린 언제나 더 나은 방향, 더 전인적인 존재의 길로 나아갈 수 있을 것이다."

그의 인생은 교통사고로 크게 바뀌었지만 그는 자신의 상황을 받아들이고 다시 앞으로 나아가기 위해 노력했다. 시련이란 삶의 일부분이며, 우리의 성장을 위해 존재하는 과정이다. 우리는 이것을 잊지 말아야 한다. 인생의 시련의 끝에는 언제나 새로운 길이 놓여 있다는 것을.

날은 춥고 쓸쓸한데
The day is cold, and dark, and dreary
비 내리고 바람 그칠 줄 모르네
It rains, and the wind is never weary
담쟁이덩굴은 무너져 가는 담벼락에 아직도 매달린 채

The vine still clings to the moldering wall

바람에 세게 불 때마다 잎이 떨어지고

But at every gust the dead leaves fall

날은 어둡고 쓸쓸하기만 하네

And the days dark and dreary

내 인생도 춥고, 어둡고, 쓸쓸한데

My life is cold, and dark, and dreary

비 내리고 바람 그칠 줄 모르네

It rains, and the wind is never weary

무너져 가는 과거에 아직도 매달린 생각들

My thoughts still cling to the moldering past

젊은 시절의 갈망들이 바람에 우수수 떨어지고

But the hopes of youth fall thick in the blast

날은 어둡고 쓸쓸하기만 하네

And the days dark and dreary

진정하라 슬픈 가슴이여! 투덜거리지 말라

Be still, sad heart! and cease repining

구름 뒤엔 아직도 태양이 빛나고 있으니

Behind the clouds is the sun still shining

너의 운명도 모든 사람의 운명과 다름없고

The fate is the common fate of all

어느 삶에든 얼마만큼 비는 내리는 법

Into each life some rain must fall

어느 정도는 어둡고 쓸쓸한 날들이 있는 법

Some days must be dark and dreary

- 헨리 워즈워드 롱펠로우(Henry Wadswort Longfellow),

「비오는 날(The Rainy Day)」

나는 나의 자존감 도둑이었다

CHAPTER 03

그들은
목표에
집중한다

"목표를 달성하기 위한 일들의 우선순위를 정하고

목표를 쪼개고 실행하라."

나는 목표 없이 살았다. 목표란 매년 새해가 되기 전날 12월 31일 일기장을 꺼내 새해의 다짐과 소망을 적었던 것이 다였고, 그것은 일주일을 넘기지 못했다. 목표가 있는 것과 없는 것의 차이는 무엇일까? 구체적이고 정확한 목표와 두루뭉술한 목표의 차이는 어떤 것일까?

목표를 실행하는 데는 의지력이 필요하다. 하지만 의지력만으로 목표를 달성하는 것은 어려운 일이다. 자신이 열정을 가진 분야에 대한 목표라면 어렵지 않게 달성할 수 있다. 목표는 달성하기 위해 만드는 목표와, 목표를 위한 목표가 있다. 목표를 세우고 달성하려고 노력하지 않는다면 그 목표를 만든 시간만 낭비할 뿐이다. 목표라는 것은 달성하기 위해 모든 것을 목표에 집중해야 하는 것이다. 정글 숲에서 길을 확보하기 위해 나무를 베어내며 앞으로 전진하듯이 목표를 달성하기 위해서는 목표를 달성하기 위한 우선순위에 해당하지 않는 것들은 칼로 베어내듯이 생각하지 말아야 한다.

경주마가 경주에서 달릴 때 눈가리개를 부착한다. 사람의 눈은 앞을 향해 있지만 말의 경우에는 양 사이드로 눈이 있다. 한쪽 눈으로 대략 190도 정도의 수평선으로 보고, 수직으로는 대략 180도 정도를 본다. 그리고 양쪽 눈으로는 450도 정도의 시야를 확보하고 있다. 그렇기 때문에 경주마에게는 눈가리개가 꼭 필요하다. 왜냐하면 말은 체구에 비해 성격이 예민하고, 겁이 많은 동물이기 때문이다. 시야가 넓은 말은 양옆에서 달리는 말주변의 관중 등 눈에 보이는 여러 대상에 대해 공포감을 느끼거나 크게 놀랄 수 있다. 이때 말 위에 탄 기수에게 부상을 초래할 수 있다. 눈가리개를 착용한 경우에는 시야가 100도 안팎으로 줄어든다. 그렇기 때문에 다른 말들이나 관중들의 영향을 받지 않고 경주마의 역량을 발휘할 수 있다.

사람도 목표를 향해 달릴 때 주의력이 부족한 경우 스스로 눈가리개를 만들면 어떨까? 목표에 집중하는 데 좀 더 수월하지 않을까? 목표와 관계 없는 것은 스스로 닫아버리고 집중하는 동안에는 그것을 보려고 하지도 말고 관심을 두지 않도록 한다면. 나는 이런 생각을 한 적이 있다. 집중하지 못한다면 성과를 내거나 목표를 달성하거나 업무수행이나 모든 일에 문제가 생길 수 있다. 목표에 집중한다는 것은 다른 일에 한눈을 팔거나 주의력을 흐트러지지 않게 한다는 의미다. 목표를 달성하기 위해서는 집중력은 매우 중요한 요소다. 우리는 집중할 때 최고의 효율을 낼 수 있다. 만약 집중하지 못한다면 내가 왜 이것을 해야 하는지에 대한 근본적인 물음을 다시 떠올려야 한다. 무엇이든 나의 마음을 움직이고 목표에 집중하게 하는 이유를 찾아야 한다.

외무고시를 패스한 삼촌이 있다. 아버지도 안 계셨고, 집은 가난했다. 상업고등학교를 졸업하고 바로 직장을 들어갔다. 도저히 대학을 들어갈 형편이 되지 않았기에 직장을 다니며 야간대학을 다니기 시작했다. 그는 목표를 세웠다. 외무고시를 패스해서 반드시 성공하겠다는 다짐을 했다. 나는 엄마 아빠와 자주 삼촌의 집을 들르곤 했다. 가면 항상 책상에 앉아서 공부를 하고 있었다. 직장을 다니며 시간을 쪼개어 얼마나 열심히 공부를 하며 노력을 했을까? 여름에 잠을 쫓기 위해 얼음물에 발을 담그고 공부하다가 한여름에 동상에 걸리기도 했다. 새벽에 도서관을 가려고 일찍 일어나 버스 정류장으로 나가면 삼촌은 이미 나와서 신문을 읽으며 버스를 기다리고 있었다. 결혼까지 미루고 열심히 노력하여 공부에 매달린 끝에 결국은 시험을 통과할 수 있었다. 현재는 그 시험이 5급 외교관 후보 선발 시험으로 명칭이 바뀌었다. 그 시험은 그때나 지금이나 쉽지 않은 시험이다. 시험에 떨어진 적도 있었지만 거기서 좌절하지 않고 그는 다시 도전했다. 우리가 알다시피 시험이란 열심히 노력한 후 실패한다면 그 패배감이 큰 것이다. 다시 마음을 추스르고 시작하기가 만만하지 않은 것이다. 그것은 보통의 노력으로 이룰 수 없는 일이다. 오로지 하나의 목표만을 바라보며 몇 년을 공부해서 이뤄낸 일이었다. 그 시험은 그가 가난에서 벗어날 수 있는 유일한 길이었다. 그는 꿈을 향해 기꺼이 자신의 젊은 날을 책상에서 씨름하며 보냈다. 찬사를 받아야 마땅한 결과로 자신의 목표를 이루었다. 그는 오늘도 유창한 영어 실력을 무기로 비행기를 타고 자유롭게 해외를 다니며 활동한다.

간절한 목표는 그를 실행하도록 했다. 간절한 목표를 마음에 품었기에 한눈을 팔지 않았다. 간절한 목표가 있었기에 끝까지 해낼 수 있었을 것이다. 나의 목표도 간절한 것인지 생각해보게 된다. "WHY"라고 스스로 물으며 그 대답을 찾아야 한다. 목표를 세우기 전 반드시 해야 할 중요 과제가 있다. 자신의 꿈에 대해 생각해보는 것이다. 자신의 꿈이 무엇인지 알아야 목표를 세울 수 있다. 만약 그 꿈에 대해 제대로 확인하지 않고 목표를 세운다면 지속할 수 없을 것이다. 쉽게 포기하게 되는 것이다. 그래서 가장 중요한 것은 자신의 꿈과 목표를 알아내는 것이다.

영어 스터디 모임에서 만나는 Z가 있다. 그날은 모임에 오기로 한 다른 사람들이 모두 늦게 오는 바람에 우연히 Z와 긴 시간 이야기를 나눌 시간이 생겼다. Z는 해외에서 공부하고 온 적이 없지만 Z의 영어 실력은 원어민 수준이다. 나는 Z가 모임에서 리더 역할을 열심히 하는 모습이 보기가 좋아서 호감이 있었다. 그래서 Z의 근황을 이것저것 물어보았다. 그랬더니 Z는 놀라운 야망녀였다. 나는 Z의 다이어리를 보고 놀라지 않을 수 없었다. 다이어리에 빼곡히 적은 'to do' 리스트는 거짓이 아닌 진짜였다. 그 목록은 아주 사소하고 귀여운 소망부터 아주 전문적인 시험 준비까지 다양하게 적혀 있었다. 목록을 하나하나 지워가며 매일 실천한 기록이 고스란히 적혀 있었다. 나는 매우 충격을 받았다. 이런 실행력으로 해나가다 보면 Z는 반드시 결실을 얻을 수 있을 거라는 생각을 할 수 있었다. 영어 공부에 대한 것부터 평생의 버킷리스트와 당해에 해야 하는 버킷리스트가 따로 있었다. 말하자면 단기 목표와 장기 목표 등을 따로 만들어놓은 것이다. 그리고 그것을 하나하나 이루어나가고 있었다. Z의 이런 하루하루가 일 년이 된다면 아니, 몇 년의 시간이 지난다면 Z의 성공은 자명한 일이다.

꿈을 생각하고 목표를 세우는 이유는 무엇인가? 근본적으로는 변화를 원하기 때문이다. 우리는 근본적으로 자신의 삶을 변화시키고 싶은 욕망이 있다. 그렇다면 왜 변화가 필요한지에 대해 생각해봐야 한다. 목표와 꿈에 대한 이유를 알아보는 것은 더욱 확실한 계획과 실천 과정에서의 필요와 당위성을 가질 수 있기 때문이다. 목표가 생겼다면 계획한 일은 끝까지 완성하는 의지가 있어야 한다. 성공의 길은 한 번 찾아가 보면 다음엔 더 쉽게 다다를 수 있다. 성공의 지름길은 일단 성공해보는 것이다. 그래야 알 수 있다. 그 다음은 목표에 닿는 길을 아주 구체적으로 계획해야 한다. 꿈을 잘게 쪼개고 세분화시켜야 한다. 실행 가능하도록 만들어야 한다. 꿈을 구체화시켜라. 목표는 쪼개고 쪼개져야 한다. 더는 쪼개질 수 없는 단위까지 쪼개져야 한다. 그러면 아무리 거대한 목표도 실현 가능한 구체적인 꿈이 된다. 목표 쪼개기 과정을 통해서라면 일일 계획 수립부터 장기적 인생 설계까지 모든 것이 가능하다. 일일 목표에서부터 5년, 10년 후 목표까지 얼마든지 실현할 수 있다. 나이의 많고 적음, 환경의 어려움이나 편리함, 머리가 좋고 나쁨, 돈이 많고 적음, 부모의 도움이 있음 없음 등, 우리가 불평하거나 핑계로 삼았던 이런 것들은 자신의 목표를 세우고 이루는 데 문제가 되지 못한다. 자신의 목표가 세워졌다면 우리는 눈가리개를 한 말처럼 집중력을 가지고 자신의 목표를 향하여 달려가야 한다.

CHAPTER 04

시련에 대한 열린 태도를 가졌다

"자신의 시련을 받아들이고 나면 그 시련을 통하여 성장한다."

시련은 우리 삶 속에서 언제든 올 수 있다. 우리의 어려움에 대해 저항하면 할수록 극복하기는 어려워질 것이다. 오히려 시련에 대해 마음을 열고 받아들일 때 더 좋은 결과로 만들 수 있다. 어떤 어려움을 극복하거나 목표를 달성하려고 할 때, 우회하는 것보다는 정면으로 돌파하여 해결하는 것이 좋은 방법이다. 결국은 시련에 대해서도 부정적인 태도보다는 긍정적인 태도로 대할 때 해결책을 만날 수 있을 것이다.

『인간관계론』 등의 저서로 유명한 데일 카네기는 30대 초반에 소설가가 되겠다고 결심을 했다. 그는 제 2의 토마스 하디가 되고 싶었다. 그의 계획은 진지했고, 소설을 쓰기 위해 2년간이나 유럽에서 지내며 소설을 집필했다. 그리고 『눈보라』라고 하는 제목의 대작을 저술했다. 그러나 2년간이나 집필한 이 저작에 대한 출판업자들의 태도는 싸늘하기 그지없었다. 출판업자들은 이 작품이 무가치하며 소설을 쓸 재능이 없어 보인다고까지 말했다. 이 말을 듣는 순간 카네기는 심장이 멎는 것 같았다고 술회했다. 카네기는 어리둥절했으며 몽둥이로 머리를 얻어맞은 것보다도 더한 타격이었다고 느꼈다. 그는 망연자실했고 그 순간 그는 인생의 기로에 서 있다고 느꼈다. 그는 중대한 결정을 내리지 않으면 안 된다고 생각했다. 어떻게 해야 하고, 어느 쪽으로 길을 틀어야 할지 모르는 고민과 상실감으로 여러 주일을 보냈다.

이런 상황이라면 나는 어떻게 했을까? 2년 동안의 시간적 손실, 금전적 손실, 자신의 노력에 대한 손실 등에 대해 괴로워했을 것이다. 자신이 좋아하고 갈 길이라고 생각했던 분야, 재능 있다고 생각하는 분야에 대한 냉혹한 평가는 견디기 어려운 것이다. 그것은 분명 시련의 시간이 될 것이라는 것은 분명하다. 이러한 시련의 상황은 삶에서 언제든 일어날 수 있다. 불확실한 미래에 도전을 한 많은 사람들은, 특히 도전의 횟수만큼 시련의 횟수도 비례했을 것이다. 하지만 시련이라는 상황에 대한 개인의 태도는 사람마다 다르다. 그 이후에도 소설이라는 분야에서 고집스럽게 집필 작업을 계속했더라면 소설가로 이름을 남겼을 수도 있다. 하지만 카네기는 거기서부터 다시 새로운 출발을 시작했다. 교육 사업으로 되돌아갔으며 비소설류를 저술했다. 물론 분야는 다르지만 지속적인 집필 활동을 통하여 후대에 길이 남을 저서를 남겼다. 훗날 "그런 결심을 한 것에 대해 다행이라고 여기는가?"에 대한 답은 물론 "다행이라고 여긴다."였다. 그는 그 일이 생각날 때마다 노상에서 춤을 출 정도로 즐거웠다고 말했으며, 그 이후로 제 2의 토마스 하디가 되지 못한 것에 대해 슬퍼한 적이 없다고 회상했다. 시련이라는 것은 이처럼 긴 인생의 관점에서 볼 때 하나의 과정이라 여긴다면 상실감으로 오랜 시간 방황하지 않을 수 있다. 좌절감에서 회복되는 탄력성이 우수하다면, 자신의 상황에서 더 큰 일이라고 여겨지는 일들을 위한 도전을 멈추지 않을 것이다.

인생에서 큰 실패를 경험해보지 않은 사람은 그 좌절감에 대해서 잘 이해하지 못할 것이다. 시련의 경험은 당시에는 쓰라린 상처라고 여겨지지만, 그 과정을 겪고 나면 더욱 성장할 수 있는 도약의 발판이 된다. 스스로의 도전에 대한 시련뿐만 아니라 사람과의 만남에서 좌절이나 시련을 겪는 경우도 있다. 만남과 헤어짐의 연속이 바로 사람의 삶이기 때문이다. 사람과의 관계가 성공적인 사람은 성공적인 삶을 산다고 해도 틀린 말이 아닐 것이다. 인간관계는 사람의 삶에서 매우 중요한 요소다. 사람은 혼자서 살 수 없고, 사회에 속하여 살기 때문에 사람과의 관계에서 겪게 되는 시련은 더욱 고통스러울 것이다.

P는 자신의 절친한 친구의 간곡한 부탁으로 연대 보증을 해주겠다는 서명 란에 사인을 했다. 이 일은 이후에 큰 문제가 되었다. 친구의 사업이 망하게 되었고 큰 빚을 지게 되었다. 그 친구는 하루아침에 도망자 신세가 되어 종적을 감춰버렸고 연락도 두절되었다. 당사자가 도망간 그 일의 책임은 오로지 연대 보증을 서준 친구가 져야 할 상황이 된 것이다. 도망간 친구의 빚으로 인해 근 10년에 가까운 시간 동안 자신이 버는 돈은 고스란히 차압이 되었던 것이다. 자신이 쓴 돈은 10원 한 푼이 없는데 친구를 믿고 사인을 해준 것이 엄청난 재앙이 되어서 돌아온 것이다. 일하면서 버는 돈을 단 한 푼도 집에 가져가지 못하는 그 심정이 어땠을까? 그런 P를 보고 있으면 안타까운 생각이 들었다. P가 어떤 생각을 하고 있는지 궁금했다. 도망간 친구에 대해서 어떻게 생각하는지 물었더니 생각 외의 대답이 돌아왔다. 처음에는 화가 나고 분해서 어쩔 줄을 몰랐지만 지금은 친구를 이해한다. 그런 절박한 상황이었다면 자신도 별다른 방법이 없었을 것이라고 말했다.

P는 결국 모든 시련을 자신의 것으로 받아들인 것이다. 이런 경우 긴 시간에 걸친 좌절감과 패배감으로 신경쇠약을 불러오거나 신체적인 병이 나타나 이중고를 겪게 되는 경우가 많다. 우리의 몸은 정신의 지배를 받고 있기 때문이다. 자신에 대한 자책을 그만두고 미래를 보기 위해 노력했고, 상

대를 이해하려고 노력하는 것으로 자신의 건강을 지켰고 시련을 이겨낸 것이다.

나 또한 삶의 여러 가지 부분에서 좌절감을 느낀 적이 많다. 살면서 일에 대해서나 가정생활에서 겪는 문제들은 피할 수 없는 것들이었다. 일이 뜻하는 방향대로 매일 잘되기를 바라지만 그렇지 않은 경우도 많았다. 나의 가치를 알아주는 사람을 만나 같이 일하고 싶었지만 뜻대로 되지 않는 경우도 있었다. 사람들은 모두 자신의 이익을 위해서 움직인다. 무보수로 디자인을 해주고 일한 값을 정당하게 받지 못하는 경우가 너무도 많았다. 사회라는 곳은 자신이 살기 위해서는 남을 죽여야 하는 곳이다. 오로지 자신의 힘으로 홀로 설 수 있어야 하는 세계라는 것을 알게 되었다. 직장에서 모함하는 사람을 만나기도 했다.

J는 회사 내에서 악명 높기로 유명하다. 오로지 사장의, 사장을 위한, 사장의 일꾼이 되어 직원 모두를 험담하고 잘못을 지적하며 사장에게 거짓 보고하여 모함에 빠트렸다. J는 예를 들면 사장의 끄나풀이 되어 충성하는 직원이었던 것이다. 나 또한 너무도 순진했던 시절에 그런 프락치 같은 직원의 비방에 의해 이유 없이 문책을 당했던 때도 있었다. 열심히 일만 했던 나는 너무도 억울했었다. 회사가 급성장하던 시기에 사진 촬영을 할 일이 많았다. 나는 나의 일처럼 지인들에게 연락하여 스튜디오를 섭외해서 1년

간의 연간계약으로 사진 촬영을 자유롭게 할 수 있도록 만들어놓았다. 회사에는 아무도 이런 일을 할 사람이 없었다. 이 분야의 일을 아는 사람이 없었기 때문이다. 나는 홍보 관련 일까지 나의 손을 거쳐 데이터를 만들어 나갈 수 있는 시스템을 만들어나갔다. 제품이 개발되고 출시되는 전 과정을 컨트롤 해나갔던 것이다. 일이 많고 힘들었지만 배움도 컸고, 나는 그것에 가치를 두고 열심히 일했다. 누구도 그렇게 열정적으로 일하기는 어려울 것이다. 하지만 J는 사진의 가격에 대해 아무 지식도 없는 상태에서 잘못된 지식을 진실인 것처럼 보고했다. 나는 순간 일을 잘못한 사람으로 지목을 당하게 된 것이었다. 나는 J와 가까운 사이였다. 집에 가는 방향이 같아 자주 집까지 차로 데려다 줬고 같은 여자로서 많은 것을 이해하며 도와주었는데, 이런 식으로 나를 모함했던 것이다. 사장과 둘이 같은 방에서 이야기를 하다가 나를 불러 세웠다. 나는 제대로 설명을 하려고 했지만 이미 J의 이야기를 전적으로 믿고 있는 상태에서 듣는 나의 반론은 해본들 아무 소용이 없었다.

사람과의 관계는 삶에서 큰 변수로 작용하는 것이 사실이다. 하지만 시간이 흐른 뒤에 생각해보면 이 모든 시련의 경험들은 큰 교훈을 남겨주었다. 삶 속에서 피할 수 없이 만날 수밖에 없는 것이 시련이다. 그런 시련에 대해서 어떤 태도를 취하는가에 따라 시련은 더 어려워질 수도 있고, 큰 어려움 없이 시련을 극복할 수 있다. 나는 사람과의 관계에 대해서 다시 생각할 수 있었고, 사회라는 공적인 세계에서 취해야 할 나의 태도에 대해서도 배울 수 있었다. 시련을 통하여 성장을 거듭하며 제대로 세상을 이해해가기 시작한 것이다. 시련에 대해 극복하려는 열린 마음만 있다면 시련은 결코 헛된 것이 아니다. 시련은 분명 가르침을 준다.

CHAPTER 05

부정적 감정을 다루고 극복한다

"부정적 생각을 객관적 입장에서 이성적으로 바라보라."

부정적 감정을 극복하는 사람들은 어떤 방법으로 감정을 다룰까? 자신이 부정적 감정을 가지고 있다고 인식하는 순간이 중요하다. 그 순간을 인식하게 된다면 스스로 조절이 가능하기 때문이다. 일반적으로 사람들은 자신의 감정과 상태를 객관적으로 인식하는데 익숙하지 않다. 이유는 그렇게 해본 경험이 많지 않기 때문이다. 감정이 좋든 나쁘든 부정적이든 긍정적이든 신경 쓰지 않는다. 그저 감정의 흐름에 맡겨버리기 때문이다. 감정이 흘러가는 대로 놔두고 그 감정에 따라 행동한다. 하지만 자신의 감정의 변화를 객관적으로 바라볼 수 있다면 자신의 감정을 다룰 수 있다.

알리바바 마윈은 가난한 사람과 일하기가 가장 어렵다고 말한다.

"그들은 자유를 주면 함정이라 말하고, 작은 비즈니스를 하자고 말하면, 돈을 못 번다고 말하고, 큰 비즈니스를 이야기하면 돈이 없다고 말한다. 새로운 것을 하자고 하면 경험이 없다고 말한다. 전통 비즈니스를 하자고 하면 어렵다고 말한다. 상점을 함께 운영하자고 하면 자유가 없다고 말한다. 새로운 사업을 시작하자고 말하면 전문가가 없다고 말한다. 그들에겐 공통점이 있다. 그들은 구글이나 포털에 물어보길 좋아하고, 희망이 없는 친구들에게 의견 듣는 것을 좋아한다. 자신들은 교수보다 더 많은 생각을 하지만, 앞을 보지 못하는 사람보다 더 적게 일한다. 그들에게 물어보라. 무엇을 할 수 있는지. 그들은 아무 대답도 할 수 없을 것이다. 내 결론은 이렇다. 당신의 빨리 뛰는 심장보다 더 빨리 행동하고, 그것에 대해 생각하는 대신 무언가를 그냥 해라. 그들의 인생은 기다리다가 끝이 난다. 사업을 시작할 완벽한 타이밍을 기다리고 공부를 하기에 적절한 시기를 기다린다. 그렇게 언제나 기다리다가 끝이 난다. 그렇다면 당신 자신에게 물어 보아라 당신은 어떤 사람인가?"

여기서 마윈은 가난한 사람의 생각이라고 말했지만 결국은 부정적인 생각을 가진 사람의 태도에 대한 이야기를 하고 있다. 부정적인 생각을 가진 사람에게는 어떤 일에도 가능성이 보이지 않는다. 우리가 동일한 현상을 바라보았을 때 부정적인 생각을 하는 사람과 긍정적인 생각을 하는 사람의 관점의 차이는 행동의 차이로 나타난다. 부정적인 생각을 가진 사람은 어떤 일을 시작하기가 어렵다. 새로운 일을 시도하기도 어렵고, 도전을 피한다. 일에 대한 생각의 차이일 뿐 아니라 자기 스스로를 부정적으로 바라보는 사람이 있다. '나는 스펙이 부족해서 여기에 원서를 넣어도 합격할 수 없을 거야. 나는 유학을 갔다 온 경험이 없어서 자격이 될 수 없을 거야. 나는 대학원을 나오지 않아서 승진하기 어려울 거야.' 이것은 지난날 나의 부정적인 생각이었다. 부정적인 생각은 끊임없이 핑계를 만들어낸다.

취업을 준비하는 N이 있었다. N도 스스로에 대해 부정적인 생각을 하는 사람이었다.

'나는 어학 연수도 없어. 인턴 경험도 없어. 나는 대학이 좋지 않으니 안 될 거야. 빽도 없어. 게다가 여자잖아. 난 취업이 힘들 거야.'

N은 이런 부정적인 생각에 사로잡혀 있었고, 지레 겁을 먹고 있었다. 그래서 가장 가고 싶은 두 개의 대기업에는 원서를 쓰지도 않았다. 하지만 N과 비슷한 스펙을 가진 S는 자신에 대해서 훨씬 긍정적으로 생각하고 있었다. 자신은 합격할 만큼의 스펙은 되지 않지만, 자신만의 개성으로 남과 다

른 입사 전략을 세워야겠다고 생각했다. 자신의 스펙이 어떻든 간에 자신을 되돌아보고 남과 다른 자기 소개서 작성을 준비했다. 취업을 준비하며 스스로 성장하는 방향으로 정했고, 긍정적으로 관점을 바꾸고 실천했다. S는 결국 3번의 낙방 끝에 원하는 대기업에 입사할 수 있었다. 기술이나 요령이 아니라 나 자신을 긍정적인 관점에서 바라보고, 남과 다른 점을 찾아 취업에 연결하는 게 중요한 핵심이었던 것이다.

부정적인 생각을 가진 사람들은 자신에게 기회가 오지 않는다고 생각하고 불평을 한다. 하지만 긍정적인 사람은 자신이 가지지 못한 것에 대해 낙담하고 있는 것이 아니라 스스로가 어떤 기회를 만들 수 있는지 따져보고, 그것을 만들기 위해 노력한다. 랄프 왈도 에머슨은 이렇게 말했다.

"위대한 사람은 절대로 기회가 부족하다고 불평하지 않는다."

직장 생활에서도 마찬가지의 차이가 있다. 부정적인 태도는 자신이 만나는 일에 대해서 시작하기도 전에 두려움을 갖도록 한다. 하지만 긍정적인 사람은 새로운 일에 대한 두려움을 갖지 않고 도전하려고 하는 태도를 지닌다. 어떤 일을 대할 때 당장의 이익만을 생각하는 것이 아니라 향후 자신에게 도움이 될 수 있을지 생각하며, 자신이 경험하고 성장할 수 있다면 부딪쳐보기를 원한다.

X는 유수의 명문대를 졸업했다. 주변 사람들은 훌륭한 스펙을 가진 X에 대해 호의적이다. 주변의 지인들은 X를 도우려고 한다. 하지만 X는 충분한 스펙을 가졌음에도 불구하고 스스로 부정적인 생각에서 벗어나지 못하는 사람이다. X는 몇 년간의 대기업 직장 생활을 끝으로 퇴사했다. 그 이후에는 더 이상 구직 활동을 하지 않고 있다. X의 부모도 넉넉한 형편이 아니지만, X를 위하여 생활비를 보태주며 오랜 기간을 헌신하고 있다. 일을 하지 않고 집에서 생활하는 X를 위해 주변에서는 걱정을 하기도 하고 도움을 주려고 한다. 하지만 그가 주변의 호의와 모든 현상을 대하는 태도는 아주 부정적이다. "거기 자리 만들어 줄 테니까 원서 한번 넣어봐."라고 말하면 "거기는 아마 어떤 이유 때문에 해도 되지 않을 거예요.", "그 회사는 다니게 되더라도 별로일 거예요."라며 부정적인 생각을 가지고 시도조차 하지 않으려고 한다.

부정적인 생각을 하는 사람은 부정적인 생각이 머릿속에 가득 차 있고 경직되어 있다. 이런 생각은 시간이 지난다 해도 바꾸기 어렵다. X의 생각을 바꾸는 것은 영원히 불가능한 일일까? 부정적인 생각은 부정적인 관점과 부정적인 태도, 부정적인 행동, 부정적인 말로 표현된다. 부정적 관점은 주변에서 아무리 바꿔주려고 해도 스스로가 바꾸려 하지 않는다면 바꾸기는 불가능한 어려운 일이다. 스스로 자신을 객관적으로 바라보고, 자신의 생각이 부정적인 감정인지 인식할 수 있어야 한다.

"오늘 젊은이들은 첫 사업에서 실패하면 크게 낙담한다. 어쩌다 젊은 상인이 실패하면 사람들은 이제 그는 망했다고 말한다. 만약 훌륭한 천재가 대학에서 공부를 마치고 1년 안에 대도시에서 직장을 얻지 못하면 친구들은 물론이고 특히 그 자신이 좌절한 나머지 남은 인생을 불평하며 보내는 것이 당연하다고 여긴다. 그러나 이 청년의 경우를 보라! 소위 지방의 이류대학 출신의 한 건장한 청년은 차례대로 모든 일을 시도해봤다. 소와 돼지를 치고, 농사를 짓고, 행상을 하고, 설교를 하고, 신문을 편집하고 의회에도 진출하고, 드넓은 땅을 사는 일을 끊임없이 해냈다. 떨어져도 사뿐히 일어서는 고양이처럼 언제나 난관을 헤쳐나갔던 그는 도시의 선남선녀 수백 명과 맞먹는 가치가 있다. 그는 자신의 나날들과 나란히 보조를 맞춰 걸으며, 하나의 직업에 몰두하지 않은 것에 대해 전혀 부끄러움을 느끼지 않았다. 그는 자신의 인생을 미루지 않고 이미 살고 있기 때문이다. 그에게 단 하나의 기회가 아닌 백 가지 기회가 있다."

이 글은 내가 좋아하는 랄프 왈도 에머슨의 『자기신뢰』라는 책 내용의 일부분이다.

에머슨은 1800년대의 사상가이지만 오늘날에도 새겨들어야 할 좋은 명언들이 그의 저서에 고스란히 남아 있다. 위의 구절에서는 젊은 사람의 옳은 삶의 태도에 대해 찬사를 보내고 있다. 이 찬사의 말 속에는 시간이 흘렀지만 오늘날과 에머슨 시대의 미덕이 크게 다르지 않다는 것을 보여주고 있다. 많은 것을 가졌지만 인생을 좌절과 불평으로 보내는 사람과 그보다 못한 환경에서도 삶에 대해 긍정적인 태도로 도전하는 젊은 사람에 대해 아낌없는 찬사를 보내고 있는 것이다. 에머슨의 표현대로 "자신의 인생을 미루지 않고 산다는 것", 만약 이 말대로 살아간다면 그것은 가장 자랑스러운 자신의 모습이 될 것이다.

부정적인 생각이란 생각에 씌우는 색안경과 같은 것이다. 부정적인 안경이 파란색이라고 생각해보자. 색안경을 쓰고 본다면 모든 사물은 파란색으로 보일 것이 분명하다. 구직이나 일에 대해 예를 들었지만, 사실은 부정적인 생각은 인간관계를 포함한 삶의 전반에 걸쳐 안 좋은 영향을 미치게 된다. 그렇다면 이 부정적인 생각을 어떻게 다루어야 할까? 자신의 생각을 가장 차가운 이성의 관점으로 객관화하여 생각해보는 것은 어떨까? 1퍼센트의 감정도 배제한 채 이성적으로 생각해보는 것이다. 보편적 가치와 비교해 결론을 내려보는 것이다. 근거 없는 자신의 부정적인 관점을 버리고, 보편적이고 중립적으로 바라보는 생각의 태도를 습관화한다면 우리는 좀 더 이성적이고 일반적인 눈으로 현상을 바라볼 수 있을 것이다.

CHAPTER 06

스트레스 상황에서 균형을 잃지 않는다

"스트레스를 대하는 태도가 스트레스에 대한 저항력을 만든다."

일하는 과정 또는 일상에서, 사람과의 관계에서 스트레스 상황에 놓일 수 있다. 사람에 따라 스트레스에 취약한 사람이 있고, 그렇지 않은 사람이 있다. 그 차이는 무엇일까? 우리는 하루에도 수없이 많은 고민과 걱정을 한다. 과거에 대한 후회, 미래에 대한 불안 등 우리를 옥죄는 걱정과 스트레스에서 벗어나지 못한다면 육체와 정신은 차차 병들게 될 것이다. 경쟁 관계의 상황에서는 그 스트레스의 강도는 커지게 된다. 살아남아야 한다는 부담감이 자신을 억누르기 때문이다. 일을 즐기는 사람도 그 일이 해도 해도 줄지 않을 만큼 과도하다면 그 사람을 지치게 한다. 일을 하는 건지 일에 끌려가는 건지 모르는 상황에 놓이게 되는 것이다. 특히 한국처럼 수직 구조이며 개인의 다양성이 존중받지 못하는 획일화된 사회, 문화 경제적 격변의 사회에서는 더욱 스트레스 많은 상황에 처할 확률이 높다.

H는 10년 이상 사업을 하며 자신의 회사를 운영해왔다. 몇 년간 수익이 많을 때가 있었다. H의 회사는 자산을 많이 불려나갔다. 불과 몇 년 전과 비교해본다면 큰 성장을 이룬 것이 틀림없다. 그러나 요즘 코로나 바이러 스 등으로 경기침체가 몇 달간 지속되어 매출이 줄어들고 있다. 자산이 불 어났을 때 회사의 시스템을 갖추기 위해 재투자를 하거나 회사의 건물 등 을 매입해 자산을 더욱 증식시킬 수 있도록 투자를 해야 했다. 하지만 다양 한 이유로 미루다가 이런 기회들을 놓치고 말았다. 투자를 시도했지만 결 국은 하지 못하고 시간만 흘러버린 것이다. 회사 상황에 맞는 적절한 투자 가 이루어졌더라면 자산 손실은 줄어들 수 있었을 것이다. 사무실은 임대 계약 기간이 만료가 가까워지고 이사를 해야 하는 상황이기 때문에 생각 은 더욱 복잡하다.

이런 상황에 대해 H는 큰 스트레스를 받고 있었다. "짜증 난다."라는 말 을 입에 달고 다녔으며 신경질이 늘어났다. H는 분명 몇 년 전에는 밝았던 사람이었다. 잡초처럼 남이 밟아도 버티고 일어나는 질긴 생명력을 과시하 던 사람이었다. 그런데 H는 많이 변해 있었다. H의 행동을 보니 안타까웠다. 스트레스 상황은 H를 변하게 했다. H의 말과 행동을 변하게 만든 것이다. H의 지난날의 패기와 유연함과 자신감은 사라져버렸다. 지속적인 스트레스는 사람의 정신을 황폐하게 한다. 스트레스 상황에서의 판단력 또한 정확할 수 없다. 뿐만 아니라 스트레스는 성격을 변하게 하기도 하고, 신체적인 변화를 만들어 내기도 한다.

나는 아이들 가르치는 일을 한동안 한 적이 있었다. 일 자체는 그런대로 할만 했고 재미가 있었다. 하지만 아이들을 통솔하기가 쉽지 않았다. 몇 달간 지속적으로 일하던 어느 날이었다. 얼굴 전체에 작은 좁쌀 크기만 한 뾰루지 같은 것들이 나기 시작했다. 얼마 지나고 나니 그 여드름은 얼굴 전체를 뒤덮었다. 화장품을 잘못 사용한 결과로 나오는 부작용 증상이라고 생각했다. 화장품을 바꿔서 사용하고, 이런저런 좋다는 약들을 써봐도 별 차도가 없었다. 점점 더 심해지기만 했다. 나는 한 번도 그와 같은 일이 생겼던 적이 없던 터라 이상하다는 생각이 들었다. 결코 그런 식으로 얼굴 전체에 균일하게 빨간 반점들이 나온 적이 없었기 때문이다. 며칠 지나면 좋아질 것이라고 생각했는데 시간이 지나도 좋아지지 않았다. 서서히 걱정이 되기 시작했다. 얼굴 피부에 대한 불편함 없이 지내다가 얼굴이 그렇게 되니 사람 만나는 것이 불편하게 여겨졌다. 내가 스스로 해볼 수 있는 것은 다 해봤지만 내가 개선시킬 수 없다고 느꼈을 때 병원에 가보기로 결심했다. 병원에 가니 의사가 내게 물었다.

"요즘 스트레스 받는 일 많으신가 봐요?

"음, 별로 스트레스 받는 일 없는데요."

"전에도 이런 적이 있었나요?"

"아뇨. 한 번도 없었어요. 처음이에요."

"스트레스를 받으면 피지를 많이 분비하도록 하는 호르몬이 분비가 돼요. 그러면 이렇게 여드름이 나게 됩니다. 이건 그런 이유로 생기는 피부 트러블입니다."

나는 의사의 설명을 듣고 이해가 가지 않았다.

'스트레스라니, 나는 스트레스 받을 만한 일을 하고 있지 않은데, 뭘까?'

나는 해야 하는 일이라고 생각하던 일이었기 때문에 스스로 생각을 누르고 있었던 것이다. 그래서 스트레스를 받고 있다는 것을 생각하지 못하고 있었던 것이다. 진료가 끝난 후, 일하는 동안 스트레스를 받았는지에 대해서 생각해보았다. 나도 모르는 사이 나는 분명 스트레스를 받고 있었던 것이다. 아이들을 통솔하는 데 어려움을 느끼고 있었다. 마음으로는 억눌렀지만 그 스트레스는 얼굴로 발현되고 있었다. 나는 좀 놀랐다. 심지어 나는 일하는 동안 대체로 만족했었다. 하지만 의사의 설명을 듣고 내가 스트레스를 받고 있다는 것을 알게 된 것이다. 의문인 것은 얼굴을 뒤덮은 여드름이다. 그렇게 호르몬이 나오고 있었는데, 나는 그것을 스트레스라고 느끼지 못하고 있었기 때문이다.

이후로 사람의 정신과 육체의 관계에 대해서 나는 새로운 사실을 알게 되었다. 모든 병은 마음에서 온다는 진리를 믿기로 했다. 나는 건강에 대해서는 걱정한 적이 없기에 병에 대한 생각도 많이 하지는 않았다. 하지만 분명 마음으로 불편한 것들을 무조건 참으려 한다면 그것은 어떤 식으로든 나타나게 될 것이라는 것을 알게 된 것이다.

우리는 스트레스는 만병의 근원이라고 믿는다. 그리고 스트레스를 없애고 스트레스의 원인에서 완전히 벗어나는 것만이 유일한 해결책이라고 말한다. 그렇기 때문에 스트레스와 함께 사는 사람들을 걱정한다. 하지만 스트레스는 그저 존재하는 개념일 뿐, 독을 가진 뱀이나 굶주린 사자와 같이 위험한 존재는 아니다. 그렇기 때문에 스트레스 자체가 아니라 스트레스를 대하는 태도가 중요한 것이다.

스트레스는 지속적이지 않다면 긍정적인 부분도 있다는 연구 결과가 있다. 로버트 새폴스키는 스트레스의 연구에서 단기 스트레스와 장기 스트레스에 관한 연구 결과에 대해 발표했다. 짧은 기간 스트레스를 받으면 이에 대해 우리 몸은 적극적으로 대처해서 나의 반응력을 높인다. 내 안의 기능을 극대화해서 생존 능력을 강화하는 것이다. 생존 능력을 강화한다는 것은 수술 중 혹은 감염 후의 면역 방어력을 높인다는 의미이기도 하다. 하지만 스트레스가 반복되어 내 안의 자원이 고갈되고, 더 이상 이전의 반응을 보이기 어려운 상태가 되면 문제가 되기 시작한다. 장기적인 스트레스가 되어 일상적인 반응 패턴으로 굳어져버리면 뇌 기능의 손상이 오고, 도리어 면역력은 떨어지게 되는 것이다.

스트레스 실험 중 쥐의 미로 찾기가 있다. 쥐를 물이 담긴 미로에 넣어서 미로를 찾게 했다. 그런데 아주 차가운 물에 넣은 쥐일수록 집중력을 발휘해서 미로를 통과해냈다. 스트레스가 기억력과 집중력을 향상시킨 것이다. 이는 일반적인 스트레스 호르몬인 '코르티솔'에 의한 효과와 '글루타메이트'가 작용을 했기 때문이다. 글루타메이트는 편도체에 정보를 보내서 각성시키는 역할을 한다. 이는 전두엽에서 분비하는 감미료와 같은 효능이 있다고 한다. 이것은 단기적 스트레스가 기억력에 긍정적 효과가 있다는 증거이다.

스트레스 자체를 대하는 태도에 대해 알아야 할 한 가지 사실이 더 있다. 심리학자 리차드 라자러스는 스트레스의 객관적 크기보다 주관적 해석이 더 많은 영향을 미친다고 주장했다. 미국의 성인 2만 명 이상을 대상으로 설문 조사를 했고, 8년 후 이들의 사망신고서를 통계를 내보았다. 스트레

스를 많이 받는다고 응답한 사람의 사망률이 그렇지 않은 사람보다 43%
높았다. 그런데 이상한 것은 이 사람들은 "스트레스가 심하고 이는 건강에
해롭다."라고 대답한 사람이었다. "스트레스가 심하지만 크게 걱정하지 않
는다."라고 답한 사람의 사망률은 가장 낮아서 "스트레스를 받지 않고 지낸
다."라고 답한 사람들보다도 낮았던 것이다.

　대부분의 단기 스트레스는 일종의 부스터로 작동하지만, 그것이 지나치
거나 너무 장기화될 때 문제가 된다. 하지만 우리는 스트레스는 나쁜 것이
라는 선입견을 갖고 살아가고 있다. 인간에게는 스트레스에 대한 회복력이
있다는 것을 알아야 한다. 적당한 수준의 스트레스는 자극제가 되어서 변
화를 하도록 하고, 적절히 외부에 반응하도록 돕는 긍정적 역할을 하는 경
우가 더 많다. 그렇기 때문에 평소에 적당한 스트레스를 받으며 사는 것이
필요하기도 하다. 지나치게 외부 자극이 없어서 고요한 상태로만 지내면 고
인 물이 썩듯이 건강에는 해로울 수 있다. 이럴 때 스트레스는 작은 돌 하
나가 던져져서 고여 있던 연못의 흐름을 다시 일깨우는 기능을 한다. 그만
큼 스트레스는 조용히 몸을 일깨우고 다니고, 활력을 유지시키고, 면역력
을 강화해 외부의 침입에 대한 방어막을 쳐주는 것이다. 이것은 무엇을 의
미하고 있는가? 중요한 것은 이와 같은 스트레스의 기능을 이해하고, 스트
레스에 대해 부정적으로 생각하지 말아야 한다는 것이다. 효과가 있는 단
기 스트레스와 신체에 해로울 수 있는 장기적 스트레스를 구별하고, 스트

레스를 받아들이는 인식과 태도를 바꿔야 한다. 즉 스트레스를 해롭다고 여기지도 말고 스트레스를 스트레스로 인식하지 말아야 한다는 것이다. 우리는 이런 스트레스에 대한 긍정적인 태도로 아무리 복잡한 스트레스 상황에 처하더라도 균형을 유지할 수 있는 것이다.

CHAPTER 07

그들은 자신을 상대로 싸우지 않는다

"고민과 불안으로 에너지를 낭비하지 말고
현재와 미래에 집중하라."

가장 바보 같은 일은 에너지를 낭비하는 것이다. 에너지는 집중될 때 큰
힘이 발휘된다.

돋보기를 가지고 종이를 태워본 경험이 있을 것이다. 나 또한 어릴 때 해
본 실험이다. 해가 뜨거운 한낮에 돋보기 하나 종이 하나 들고 운동장에 나
가 태양의 빛을 돋보기에 통과시켜 빛을 모아 종이에 비춰주고, 얼마간의
시간이 지나면 작은 점으로 시작하는 어느 한 지점부터 타들어가기 시작

한다. 흩어진 빛일 뿐인데 돋보기를 비춰주면 빛이 모아지고 종이가 타는 엄청난 에너지가 생기는 것이다. 종이가 탈 만큼의 에너지가 나오는 것이다. 어디서 그 에너지가 나오는 것인지 정말 신기하지 않은가?

이처럼 에너지를 모으면 큰 힘이 만들어지는 것이다. 에너지를 모으면 엄청난 에너지로 변환된다. 우리 삶에서 에너지를 모으는 것과 낭비한다는 것은 바로 이것과 같은 현상이라고 말할 수 있다. 우리의 에너지를 집중시키지 못한다면 아무 일도 이룰 수 없다. 돋보기가 빛을 모아 종이를 태울 수 있듯이 에너지를 모으면 원하는 것을 이룰 수 있다. 에너지를 모으지 못하면 힘을 발휘하지 못한다. 성공한 사람들이 자신의 에너지를 모아 큰일을 이루어내듯이, 자신의 에너지를 모으지 못하고 분산시키면 어떤 일도 순조롭게 이룰 수 있는 일은 없다. 나의 꿈이나 목표에 나의 에너지를 모으지 못한다는 것은 자신의 목표에 집중하지 못한다는 것이다. 내가 나 자신을 상대로 싸우고 부대끼는 동안 에너지는 다 흩어지고 만다. 외부적 목표에 집중해야 할 상황에 나의 내부적인 갈등과 번민에 빠진다면 에너지를 낭비하는 결과를 만드는 것이다. 자신의 의식을 원만하게 다스리지 못하면 목표에 집중할 수 없다. 자신과 싸워야 할 이유가 있다면 그 이유는 무엇인가? 우리는 그 이유를 찾아 제거하고, 스스로의 목표에 집중할 수 있는 기본적인 환경을 만들어줘야 한다. 자신에게 집중해야 할 이유를 찾아야 하는 것이다.

자신과 싸운다는 것이 무엇인가? 미래를 바라보며 현실에 집중하는 것이 아니라 과거에 집착하며 미래를 걱정하고 현재에 불안해하는 것이 자신과 싸우며 갈등하는 것이다. 자신과 싸우는 것은 특히 가장 가까운 가족이나 형제와 싸우는 것과 같다. 특히나 가족과의 불화는 아무 소득이 없을 뿐만 아니라 타인과의 관계에서보다 더 큰 정신적 고통을 준다. 자신의 인생이라는 시간에서 볼 때 그 시간을 낭비하게 될 뿐 아니라 자신에게 상처를 주게 된다. 이러한 내면의 고통은 신체적인 병으로 드러나게 될 수도 있다. 신체는 정신의 지배를 받기 때문에 정신적인 고통을 억누르고 있을 때 곧잘 신체적인 병증으로 발현되는 것이다.

석유왕 록펠러는 말년에는 기부를 통하여 기여하는 삶을 살았지만, 그의 생각이 바뀌기 이전에는 자신을 괴롭히는 걱정과 불안함으로 정신적 피폐함을 가져왔다. 그 정신적인 문제는 결국은 신체적 쇠약함과 병으로 드러나게 되었다. 록펠러는 40대에 스탠더드 석유회사를 창립했고 많은 부를 이뤘지만, 50대 때에는 많은 일과 그칠 줄 모르는 걱정과 고민과 주변의 비난, 불면의 밤과 운동과 휴식의 부족 등 고도로 긴장된 생활 때문에 건강을 해치고 말았다. 53세에 소화불량에 걸려 머리카락과 속눈썹까지 모두 빠져버렸다. 음식을 소화시키지 못할 지경에 이르러 우유와 두서너 개의 과자가 의사가 허락한 음식의 전부였다.

록펠러는 신체적인 면에서 볼 때 태생적으로 건강하게 태어났다. 떡 벌어진 어깨와 올바른 자세와 튼튼한 다리를 가진 사람이었다. 하지만 53세의 나이에 어깨는 처지고 다리는 후들거렸고, 피부는 광택을 잃어 구겨진 종이가 뼈를 싸고 있는 것처럼 보이는 노인의 얼굴과 같았다. 수백만 달러의 거부였지만 언제나 그것을 잃지 않을까 불안해했다. 고민과 탐욕과 공포는 더욱 그를 괴롭혔고, 그의 주변인과 친척들조차도 그를 싫어했다. 아이러니하게도 그 자신도 고용인이나 동료에 대해서 두려워했다.

이러한 정신적 고통으로 결국 의사는 최후의 통첩을 하기에 이르렀다. 돈이든 걱정이든 생명이든 하나를 택하라고 이야기했다. 죽음과 은퇴 둘 중 하나의 방법밖에 없다는 처방이었다. 결국 그는 은퇴를 택했다. 의사들은 그에게 행동지침을 내렸다. 어떤 경우에도 걱정을 피할 것, 휴식할 것, 운동할 것, 식사에 주의할 것이었다. 그는 이후 이 규칙을 철저히 지켰고, 53세에 죽음의 문턱까지 갔다가 98세까지 살았다.

그는 은퇴 후 자기반성의 시간을 가졌다. 남의 일에 대해서 생각했고, 막대한 돈을 사람들에게 나누어주기 시작했다. 교회에 기부했고, 시카고 대학을 설립했으며, 록펠러 재단과 록펠러의학연구소 등을 설립하였다. 당시의 최대 재난이었던 십이지장충을 박멸하고 콜레라 주사로 사람들을 구했으며, 그의 원조로 연구되어 척수염, 말라리아, 결핵, 유행성감기, 디프테리아 등 병에 대한 치료법이 진보하게 되었다. 그는 재산을 기부하며 마음의 평화를 얻었다. 그는 완전히 다시 태어났고 행복했다. 이후 그의 회사가 독점금지법에 저촉되어 사상 최대의 벌금을 내야 하는 상황에서도 그의 평화로운 마음은 그대로였다.

외적인 완성에도 불구하고 자신의 내면에서 일어나는 걱정, 고민, 불안, 공포는 사람을 죽음의 직전까지 몰고 갈 수 있을 만큼 강력한 위험요소가 될 수 있다. 이런 것들이 내면에 쌓여 자신과의 싸움이 되면 어떤 방식으로든 그만큼의 육체적이든 금전이든 실패든 시간의 낭비든 다양한 형태로 나타나며 그것은 자신에게 손해를 줄 수 있다. 그만큼 우리의 정신은 중요한 것이다. 모든 것이 정신의 문제이며, 정신은 신체를 끌고 가는 힘이 되는 것이다.

조셉 M. 코터라는 세일즈맨이 있었다. 그는 어린 시절부터 늘 고민을 하며 살았다. 잡다한 고민이었다. 진짜 현실의 고민이 아니라 대부분 상상의 고민이었다. 스스로 고민을 하지 않으면 이상하게도 무언가를 잃어버린 듯한 느낌이 들었다. 그는 언제나 어제의 실수에 대해서 후회하고 내일을 두려워했다. "하루 24시간을 계획을 세워 생활하라.", "하루하루를 가장 유용하게 사용하라." 등 그의 주변의 많은 사람들로부터 충고를 받았다. 하지만 그는 그런 충고들을 실행하기가 어려웠다.

그러던 중 그는 휴가를 마치고 돌아가는 몇몇 친구들을 바래다주기 위해 노스웨스턴 역으로 갔다. 그는 기차역에서 기차에 오르지 않고 잠시 동안 번뜩이는 엔진을 바라보며 서 있었다. 기차가 궤도에 이르자 노란색의 커다란 신호기가 눈에 들어왔다. 그리고는 그 노란 빛이 밝은 녹색으로 변했다. 그 순간 기관사가 종을 울리며 "모두 승차하시기 바랍니다."라는 귀에 익은 말을 하는 걸 들었다. 곧 커다란 유선형 열차가 역을 떠나 3천 마일의 여행길을 떠나기 시작했다. 이 광경을 바라보며 그는 기적과 같은 어떤 깨달음을 얻게 되었다. 기관사는 녹색 신호에 의해서 긴 여행길을 출발한다. 만약 그가 기관사라면 오로지 녹색 신호만 보려고 할 것임에 틀림없다. 그는 계속 생각했다.

'기관사는 몇 마일 앞에서 부딪치게 될지도 모를 곤란에 대해 걱정하지 않는다. 신호 체계가 있으므로 노란색 신호에서는 속도를 줄이고 빨간 신호에서는 전방이 위험하니 정차하라. 이것은 훌륭한 신호 체계다.'

그는 스스로 자문자답했다. '내 인생은 왜 이런 훌륭한 신호 체계를 갖지 못했을까?' 하고 생각했고 스스로 대답했다. 하느님께서 자신에게도 그 신호 체계를 주셨다고 생각했다. 그 후로부터 그는 매일 아침 하나님께 기도함으로써 그날을 위한 녹색 신호등을 얻게 되었다. 노란 등에서는 감속하고 빨간 등일 때는 정차하여 사고를 방지했다. 그는 이 답을 발견한 이후 고민이나 걱정이 없어졌다. 그리고 그의 인생행로에서 다음 신호가 무엇일까 걱정하지 않고 평화롭게 지내고 있다. 신호 체계가 무슨 색이든 자신이 해야 할 일을 알고 있기 때문이다. 이것은 데일 카네기의 『행복론』이라는 책에 있는 내용이다.

나는 이 부분이 영화의 한 장면처럼 머릿속에 그대로 그려졌다. 나 또한 이와 비슷한 경험을 한 적이 있다. 깨달음이 어느 날 갑자기 전혀 상관없을 것 같은 어떤 것을 바라보고 있을 때 불현듯 떠올랐고, 그것은 지혜가 되어 내 마음속에 들어온다. 그가 깨달은 지혜가 나의 마음에도 그대로 깨달음이 되어 들어왔던 좋은 부분이었기 때문에 각색하여 적었다.

우리의 삶도 이와 비슷하다. 어둠 속의 동굴에서 횃불을 들고 가는 앞선 사람을 따라가듯이 마음속의 녹색 신호등을 바라보고 간다면 우리의 마음에 고민과 불안은 없을 것이다.

우리는 자신을 상대로 싸우지 말아야 한다. 내면의 불안과 고민을 잠재우고, 자기 자신과 원만한 관계를 유지하는 사람은 더 빨리, 더 많이 도약할 수 있다. 시간 낭비, 에너지 낭비를 하지 않기 때문이다. 이것은 매우 간단한 원리다. 우리가 어떤 길을 갈 때 돌아가는 것이 빠를지 지름길이 빠를지 스스로 이미 알고 있는 사실이다. 우리는 대부분 빠른 길로 가고 싶어

할 것이다. 인생에서의 지름길이란 어떤 것인가? 시간을 허비하지 않는 방법에 대해 더 빨리 알았다면 나는 좀 더 빨리 나의 길을 찾았을 것이다.

CHAPTER 08

자신에 대해 과소평가하지 않는다

"자신에 대한 과소평가는 가능한 기회를 빼앗는다."

자신을 어떻게 바라보는가에 대한 관점은 자신에 대한 평가로 이어진다. 우리는 의외로 자신의 존재를 과소평가한다. 삶에, 시스템에 눌려 주눅이 들어 있는 것이다. 자신을 개성도 없고 쓸모없는 존재로 생각하기도 한다. 자신에 대해 지나치게 과대평가해서도 안 되지만 자신을 과소평가해서는 안 된다. 자신에 대해 과소평가한다는 것은 자신에 대한 믿음이 적은 것이다. 자신을 과소평가하게 되면 자신에게 주어진 많은 기회들을 잡을 수 없다.

H는 나의 지인이다. H는 교육과 이민을 위해 한국을 떠나 미국으로 갔다. 미국에 도착한 후 일을 찾기 위해 백방으로 알아보았다. 자신의 전공이 유아교육이었기 때문에 그 방면의 일을 해야겠다는 생각이었다. 운 좋게도 입사 지원을 했던 곳 중 한 곳에서 연락이 왔다. 그러나 정작 입사의 기회가 왔을 때는 그 기회를 포기해버리고 말았다. 입사를 수락하기에 자신은 영어 실력이 없는 것 같았다. 자신감이 없었던 것이다. 한국에서 미국으로 이주한 지 얼마 되지 않았을 때였기 때문에 영어 실력을 좀 더 높인 후 해야 할 것 같았다. 지원할 당시에는 할 수 있을 것 같아서 지원했지만, 막상 일을 하려고 생각하니 걱정이 앞섰던 것이다.

두려움이 있었지만 그대로 입사를 진행했다면 어떤 일이 생겼을까? 경우의 수는 두 가지이다. 하나는 실력이 부족한 것 같지만 그대로 밀고 나가는 방법이 있다. 이 경우 밤을 새워 준비하든 글로 써서 외우든, 해야 할 말이나 필요한 말의 리스트를 뽑아 말을 익히고 외워서 일을 하기 위해 부딪쳐보는 것이다. 운이 좋을 경우 영어 실력이 부족하지만 계속 일할 수 있는 기회가 주어질 수도 있다. 최악의 경우 영어 실력이 부족해서 해고를 당할수도 있다. 최대의 리스크는 해고를 당하는 것이다. 만약 해고를 당한다고 해도 해고당하기 전까지는 미국 업무 환경을 익히거나 사람들과의 연결고리를 만들 수도 있다. 개인의 노력이나 태도에 의해서 말이다. 해고당하는 순간은 기분이 상하는 일이긴 하지만 부딪치지 않는다면 타국 땅에서 일할 수 있는 기회는 만들 수 없다. 외국에서 일하고 살기 위해서는 이런 시도는 거쳐야 하는 일이다. 해고당하지 않고 계속 일하게 된다면 어떤 일이 생길까? 어떤 좌충우돌을 겪든지 영어를 배울 수 있을 것이다. 미국에 아는 사람도 생기고, 사람들과의 관계가 만들어질 것이다. 관계를 통해서 미국에서의 삶에 필요한 정보들을 얻을 수도 있다. 그 사람들과의 관계는 삶 속에서 매우 중요한 실마리가 될 수도 있다. 직접적인 도움을 받을 수도 있지만 그냥 사람과의 관계 자체로서도 의미가 있다.

　사람이 인생을 살면서 가장 중요하다고 생각하는 것 중 하나가 사람들과의 관계이다. 나는 지금껏 살면서 사람들과의 관계에서 만들어지는 기회가 많다는 것을 깨닫게 되었다. 일할 수 있는 기회는 대기업의 경우 입사 지원을 통해서만 가능하지만 경력직이나 기타 팀장급 직원들 또는 여러 가지 다른 모든 기회들은 사람을 통하여 생기는 기회들도 많다. 일뿐만 아니라 배우 지망생들이 오디션을 보는 친구를 따라 갔다가 선발되었다는 이야기는 너무 많이 들어서 식상할 정도이다. 누군가 기회를 준다기보다 누군가와의 관계에 의해서 우연히 생기는 일이나 기회나 모든 것을 포함하는 것이다. 그래서 나는 사람들과의 관계가 정말 중요하다는 것을 알게 되었다. 자신만의 문제이고 그것은 자기 선에서 끝나는 일인 것 같아 보여도 사실은 그것은 모든 사람들과의 관계와 연결되어 있다.

자신에 대하여 과소평가한다면 자신에게 오는 기회는 줄어들 것이다. 우리는 보통 자신이 가진 능력보다도 자신을 저평가하는 경우가 많다. 자신에 대해 저평가한다면 자신감은 더욱 낮아질 것이다. 자신의 가치에 대해 지나치게 겸손한 평가를 할 필요가 없다. 다만 자신에 대해 정확히 있는 그대로 볼 수 있는 눈이 필요하다. 하지만 자신의 흉허물을 그대로 인지하고 수용하는 것과 자신을 과소평가하는 것은 차이가 있다. 자신이 가진 능력이나 재능보다도 낮게 평가한다면, 자신의 운신의 폭은 좁아질 수밖에 없다. 자신을 과소평가하면 기회를 잃기도 한다. 자신에 대한 평가는 내리지 말고, 자신이 하는 생각과 행동으로 자신에 대해 이해해야 한다. 과소평가라는 것 자체가 과거의 경험이나 결과에 대한 자신만의 주관적인 평가이므로 과거 지향적 자기 판단에 불과한 것이다. '나'라는 존재 자체는 머물러 있지 않고 계속 변화하고 있다. 어제와 오늘이 다르고 내일은 또 달라질 것이다. 과거의 기억들로 자신을 섣불리 평가하지 말아야 한다. 단정 짓지 않고 판단하지 않는다면 우리는 더 많은 가능성의 길 위에 서게 될 것이다.

스스로가 과소평가하는 것은 자신의 의지에 의해서 재평가할 수 있지만, 타인이 판단하는 나에 대한 과소평가는 견디기 어려운 일이다. 나에 대한 타인의 평가는 나의 의지대로 바꿀 수 없기에 받아들이기도 어렵고 바꾸기도 어렵다. 자신이 과소평가된다고 해서 그 평가가 백 퍼센트 정확한 것은 아니다. 자신의 효용에 대해서 가장 잘 아는 사람은 바로 자신이기 때문에 자신에 대한 믿음이 있다면 타인의 평가를 신경 쓸 필요는 없다. 업무 환경에서 '나'라고 하는 사람의 종합적인 면을 다 보여주기는 어렵기 때문이다. 타인의 평가에 자신을 위축시킬 필요가 없다는 것이다. 타인의 의견에 이유 없이 동의할 필요도 없다. 자신의 의견 없이 타인의 평가에 동조되지 말아야 한다. 자신의 중심적인 생각이 없을 때, 우리는 타인의 평가를 쉽게 받아들이게 된다. 사람은 태생적으로 자신의 존재를 알리고 싶어 하며, 자신의 가치를 타인이 알아주길 바란다. 하지만 현실에서 타인이 자신의 가치를 정확히 알기는 어렵다. 자신의 가치에 대해 인식할 만한 기회도 흔치 않고, 기본적으로 타인은 자신과 관련된 것이 아니면 관심이 없기 때문이다. 자신에 대해 잘 알지 못하는 타인의 평가를 마음에 두지 말아야 한다. 자신의 가치는 자신이 파악해야 한다.

요즘 한국에는 자신의 재능은 업으로 삼기에는 보잘것없다며 공무원 시험에만 몰두하는 취업 준비생들이 넘쳐난다. 개개인 한 명 한 명을 보면 다들 머리 좋고 능력 있는 사람들이다. 엄청난 잠재력이 있는 재능 있는 사람들이다. 명문대학의 학생들도 마찬가지다. 학과의 반 이상이 공무원 시험 준비를 한다. 공무원 시험이 옳지 않다는 것이 아니다. 젊은 사람들이 자신의 능력을 과소평가하고, 스스로 더 큰 세계와 큰 꿈을 위해 도약 한 번 하려고 시도하지 않고 그 꿈을 지우고 살아간다는 것은 무엇을 반증하는 것인가? 가치에 대한 정의를 다시 써야 할 만큼 이 사회는 나약하다. 학교에서는 꿈을 꾸는 방법을 가르쳐야 한다. 이들의 침잠은 국가적 침체의 모습으로 부메랑처럼 돌아올 것이다.

아이 엄마들의 모임에 참석했다. 아이들을 키우는 엄마들은 제아무리 훌륭하다 해도 아이를 잘 키우지 못하면 죄인이 된다. 알파걸들의 엄마는 얼마나 금이야 옥이야 정성을 들여 그녀들을 저렇게 훌륭하게 키워냈을까? 모인 사람들의 직업이 화려하기 그지없었다. 치과의사, 변호사, 동시통역사, 교수, 외국계 은행원 등 이런 직업을 가진 사람들이 아이들의 엄마였다. 머리도 좋고 공부도 잘한 여자들이 아이들을 위해 하던 일을 그만두고 집에서 육아를 한다. 치과의사인 엄마만 일을 하고 있고, 다른 사람들은 일과 육아의 공존을 위해 버티다가 결국은 그만두고 휴직 상태에 들어간 엄마들이다.

여자의 능력은 아이를 낳고 키우는 순간 과소평가되며 평가절하 된다. 한국 남자들을 포함한 한국 전체가 육아를 담당하는 여성에 대해서 과소평가하는 것이다. 여성들은 가사노동과 아이들 돌봄, 직장에서의 노동까지 삼중고를 겪으면서도 자식을 위해 꾹 참는다. 전문적인 직업이 있어 사회생활을 하고 있다 해도 자식을 교육시키는 일은 온전히 엄마의 몫이다. 시대가 변해도 동등한 육아의 분담은 사회 전체적으로 포용되지 않는다. 물론 자식을 키우는 일은 사람을 키워내는 아주 중요한 일이다. 하지만 능력 있는 여성들이 일하지 못하는 것은 투자 대비 수익이 낮은 국가적인 낭비다. 허점투성이인 보육 시스템으로 이 땅의 모든 할머니들은 일하는 딸 대신 손주를 돌보지 못하면 죄책감을 가져야 하는 나라다. 여자를 과소평가하는 사회는 발전의 걸림돌이 될 것이다.

자신을 과소평가하지 않는다는 것은 무엇인가? 자신에 대한 정확한 가치 평가는 올바른 자신만의 의식을 가져야만 할 수 있는 것이다. 알코올에 취하듯 게으름에 취한 의식, 비굴함에 젖은 의식이 아니다. 순수하고 또렷한 의식으로 진정한 자신을 바라보아야 한다. 그렇게 정확한 의식으로 바라본 자신의 객관적인 평가를 기억하고, 자신의 가치에 대해 확신과 믿음을 가져야 한다.

PART 4

자존감을
높이는
8가지 방법

CHAPTER 01

> ## 자신의
> ## 실수에 대해
> ## 너그러워져라

"실수를 끌고 가지 말고 과정으로 받아들여라."

실수는 누구나 한다. 살면서 실수를 하지 않으려고 노력하지만 실수하는 경우는 많다. 삶이란 현재를 지나 미래로 가기 때문에 나이의 많고 적음에 관계없이 똑같이 새로운 하루를 맞이하고 새로운 달, 새로운 해를 맞이하며 앞으로 나아간다. 모두 다 처음 살아보는 하루인 것이다. 아이가 생각하기에 아이의 눈으로 바라본 엄마는 전지전능한 사람으로 보여도 실상은 엄마도 엄마의 생으로 살아보는 것은 처음이다. 엄마도 모든 것을 처음 해보는 것이다. 아이가 아프면 가장 당황하는 사람이 엄마다. 아이가 아픈 것은 처음 겪는 경험이기 때문에 엄마도 실은 잘 모른다. 할머니, 할아버지도 마찬가지다. 자식 결혼시켜 본 것도 처음이고 손녀, 손주를 만나는 것도 다 처음 경험하는 일이다. '나이 들면 많은 것을 알겠지?' 천만의 말씀이다. 나이 먹어도 모르는 것 투성이다. 시대가 빨리 변하니 모르는 것이 더 많다. 모르는 것이 많으니 실수를 할 수밖에 없다.

P가 있었다. 새로 입사한 P는 그야말로 아무것도 모르는 순진한 신입 사원이다. P는 기본적인 컴퓨터 프로그램 툴조차 익히지 못한 채 회사에 입사했다. 나는 덕분에 그 신입사원을 가르치느라 진이 다 빠질 정도였다. 하지만 다행히도 P는 가르치는 것을 잘 받아들였다. P의 가장 큰 장점은 모르는 것을 잘 물어본다는 것이다. 물어보면서 진행하면 실수를 줄일 수 있다. 모르는 것을 물어보지 않고 마음대로 진행한다면 다 마무리한 일을 다시 수정해야 하는, 만만치 않은 일이 생길 수 있다. 어떤 경우는 새로 시작하는 것이 오히려 시간과 공이 덜 들어가는 경우도 있다. P는 모르는 것을 꼼꼼히 물어보면서 일을 진행하니 잘못된 방향으로 가지 않고 그런 대로 일 처리가 괜찮았다.

그런 P도 가끔씩 실수를 하기도 한다. 실수라는 것은 이미 벌어진 일이기 때문에 벌어진 일에 대해 책망해본들 해결방안이 생기지 않는다. 그래서 나는 실수를 하는 사람에게 실수에 대한 책망보다는 앞으로 하는 일에 대해 실수하지 않도록 가르친다. 간혹 어떤 사람들은 실수에 대해 타인이 몰아세우지 않아도 자신이 스스로 실수한 것에 대해 계속해서 그 생각에 사로잡혀 있는 경우가 있다. 실수에 대해 자신을 책망하며 실수에 대해 후회를 한다. P도 마찬가지였다. 정작 가르치는 사람은 실수에 대해 탓하지 않는데, 자기 자신이 실수에 대하여 집착하며 실수에 대한 생각에 사로 잡혀 있다. P는 완벽하길 원하는 것이다. 하나의 실수도 하지 않으며 일하고 싶은 것이다. 하지만 일을 하는 과정에서 어떤 식으로든 실수는 있을 수 있다. 실수에 대한 너무 가벼운 태도도 문제이지만 실수에 대해 집착하는 것도 문제이다. 실수를 했다면 끌고 가지 말고 과정이라는 생각으로 받아 들여야 한다.

실수는 그 실수의 종류와 관계없이 이미 지난 일이다. 지난 일을 돌이키려고 하는 것은 현재 상태에서는 별로 도움이 되지 못한다. 『칭찬은 고래도 춤추게 한다』라는 책이 있다. 이 책에서는 이렇게 말하고 있다.

"실수나 실패는 무시하고 지나쳐라. 대신 잘한 일에 대해 칭찬을 아끼지 마라."

이것이 이 책의 주제이다. 나는 모든 일에 이 원리를 적용시킨다. 회사에서 직원 교육을 시킬 때도 같은 원리이다. 실수한 것에 주목하지 말고 잘하는 것에 포커스를 맞춰서 격려하고 칭찬하고, 잘하는 일을 더 잘할 수 있도록 재능을 이끌어낼 수 있도록 돕는 것이다. 그러면 그 분야의 인재로 만들 수 있다. 단, 그 직원에 대한 애정이 있어야 가능한 일이기는 하다. 이런 점에서 직원을 가르치는 일은 육아와 비슷한 점이 많다. 육아에 있어서도 동일한 법칙을 적용한다. 아이의 실수나 잘못에 대해 지나치게 집중하면서 아이를 나무라면 아이는 절대로 좋은 자아를 형성할 수 없다. 분명 가지고 태어난 사람의 달란트는 모두 다르다. 획일화된 교육 때문에 그 잣대로 아이를 나무라고 혼내지만 실상 아이들은 가능성이나 재능이 무궁무진하다. 육아도 마찬가지로 잘하는 것에 포커스를 맞춰서 칭찬하고 개발시켜주는 것이 맞다. 어릴 때부터 예체능에 뛰어난 재능을 보이는 아이들이 있다. 이런 아이들은 상대적으로 잘 못하는 과목이 있을 수 있다. 예를 들어 수학적 개념이 부족한 것처럼 보인다. 이런 경우 보통의 부모들은 못하는 수학 공부를 보충해줘서 좋은 대학을 보내야 한다고 생각한다. 그래서 수학학원을 보내고 수학적 머리를 만들어주기 위해 노력한다. 하지만 그 방법은 올바른 방법이 아니다. 재능 있는 쪽의 분야에 좀 더 폭넓은 경험을 시켜준다면 그 분야에서 탁월함을 드러낼 수 있는 사람으로 성장시킬 수 있다.

원리는 매우 간단하다. 이 원리는 우리가 사는 모든 삶 속에서 적용할 수 있는 원리다. 실수라는 것도 이 맥락에서 생각해본다면 미래 지향적인 방법으로 해결책을 생각해볼 수 있다. 실수에 대해 지나치게 민감하게 생각하고 자책할 필요가 없다. 다만 실수에 대한 원인을 찾고 다시 그 실수가 반복되지 않도록 하는 것이 중요하다. 실수에 대한 생각보다는 자신이 잘하는 것, 잘할 수 있는 것에 주목해야 한다. 재능에 관하여 앞서도 말했지만 재능은 발견되지 않은 재능도 있다. 나도 모르고 가족도 모르고 아무도 모르는 재능이 있을 수도 있다. 다만 경험해보지 못했기 때문에 그것을 모르는 것이다. 재능 있는 분야에서는 실수는 줄어들고 두각을 나타내게 될 것이다.

실수란 때로는 극복해야 하는 것이 될 수도 있다. 피아노를 치다 보면 곡의 어느 부분에서 유독 실수를 반복하는 구간이 있다. 어린 시절 피아노를 배우는 것이 무척 재미있었다. 연주를 잘 해보고 싶은 욕심도 생겼다. 하지만 생각처럼 잘 되지 않는 부분이 있다. 왜 특정한 한 부분에서 반복적으로 틀리는지 이유를 알 수 없다. 방법은 오직 하나뿐이다. 그 부분만을 집중적으로 연습하는 것이다. 피아니스트에게는 숙달될 때까지 연습하는 것이 반드시 거쳐야 하는 과정이다. 이런 경우 같은 부분을 수십 번 수백 번 실수를 하지 않을 때까지 계속해서 연습해야 한다. 연습으로 숙달된 구간은 실수를 반복하지 않게 된다. 실수를 없애고 나면 자신감이 생기기 시작한다.

실수를 예방하기 위한 연습은 피겨스케이트 김연아 선수도 마찬가지였다. 피겨스케이트 연기에는 다양하게 세분화된 점프 및 동작들이 있다. 3.5

바퀴를 돌아야 하는 트리플악셀부터 트리플플립, 트리플살코, 트리플러츠, 트리플토룹 등의 다양한 점프 동작을 연습해야 한다. 어떤 선수에게든 이런 점프 동작들의 성공률은 높지 않다. 이런 이유 때문에 동작의 완성도를 위하여 수많은 연습을 하게 되는 것이다. 김연아 선수는 모든 점프를 아름답고 완벽하게 뛰는 것으로 유명하다. 안무와 스케이팅 스킬, 스피드도 압도적이다. 피겨스케이팅은 기술 점수뿐만 아니라 프로그램 구성 점수라는 항목이 있다. 이 프로그램 구성 점수는 거의 나라의 힘과 돈으로 정해진다. 프로그램 구성 점수를 높게 받지 못하는 상황에서도 김연아 선수의 기술 점수는 여자선수들 중에 가장 높았다. 어려운 동작을 완벽하게 수행하기 때문이다. 이런 연습을 통하여 김연아 선수는 올림픽을 비롯하여 세계선수권, 그랑프리파이널 등의 국제 메이저 대회에서 압도적으로 우승했다. 김연아 선수의 점프는 높이, 비거리, 스케일 모든 부분에서 세계 최정상 클래스를 인정받았다.

김연아 선수는 연습하는 데 어려움이 많았다. 피겨스케이팅 연습하기에 국내 환경이 열악하기 때문이다. 주로 외국에서 생활하고 연습했다. 물론 비용도 많이 든다. 김연아 선수는 스케이트가 발에 잘 맞지 않는 상황에서 연습을 하다가 부상을 겪기도 했다. 고관절 부상이었다. 점프 후 착지할 때 두 발 랜딩을 하면 무릎에 무리가 덜 가기 때문에 완충 작용을 하게 되어 부상을 덜 당한다. 한 발로 랜딩하면 점프 충격을 한 발이 다 받아서 부상 위험이 높아지는 것이다. 김연아 선수의 동작은 완벽에 가까웠기 때문에 요소별 가산점이 뛰어났다. 김연아 선수는 무대에서 수준 높은 연기력과 뛰어난 표현력, 즉 표정 등 온몸으로 연기하여 관중을 매료하는 힘이 있다.

게다가 김연아 선수의 정신력은 매우 강하다. 많은 관중앞에서도 떨지 않는 담력이 있으며, 실수를 했다 해도 그걸 끌고 가지 않는다. 실수를 끌고 가지 않는 태도는 스케이팅과 같은 분야에서는 매우 중요하다. 연기 중 점프에 실수를 하면 뒤의 점프에서 연달아 실수하는 경우가 많기 때문이다. 이렇게 김연아 선수는 환경을 이겨냈고, 집중적인 훈련과 건강한 정신력이 있었기 때문에 결국 좋은 결과를 얻을 수 있었다. 바로 이 모든 장점이 합쳐져 세계적인 선수가 될 수 있었다. 반면 한 번 점프에 실수하면 뒤의 점프에 연달아 실수하는 선수들도 있다. 이것은 자신의 실수를 계속 생각하기 때문이다. 이런 실수를 다음의 동작으로 끌고 오기 때문이다. 이런 태도는 뒤의 연기에 좋지 않은 영향을 미치게 된다. 피겨 스케이팅에서 난이도 높은 동작은 하나의 동작을 익히기 위해서 수십 번 수백 번을 연습해서 익히게 된다. 무대에 서게 되면 생겨날 변수까지 고려하기 때문에 그 연습량은 실로 엄청난 것이다. 그래야 무대에 서서 긴장했을 때도 무리 없이 연기를 완성할 수 있기 때문에 이런 연습은 불가피한 것이다.

실수를 마음속에 품고 있다면 우리는 앞으로 나아갈 수 없다. 실수는 마음에 담아두는 것이 아니라 실수에 대해 이해하며 극복해야 하는 것이다. 극복하는 과정에서 우리는 한 단계 진보할 수 있는 것이다. 만약 김연아 선수가 자신의 실수에 대해 계속 생각하며 집착했다면 성장할 수 없었을 것이고, 연기는 완성되지 못했을 것이다. 실수에 대한 집착은 의지와 행동을 통제한다. 미래를 위한 전진이란 어떤 마음의 상태에서 가능할 것인가? 실수에 대한 집착이란 완벽하지 못한 자신에 대한 후회의 감정이 있다는 것이다. 실수에 대한 집착을 버리고 좀 더 너그러워져야 한다. 자신의 실수에 대해 엄격하게 몰아붙일 것이 아니라 이해하고 다독여야 한다. 불가피한 실수는 너그럽게 이해해야 한다. 만약 부주의에 의한 실수라면 다시 반복되지 않도록 주의를 기울여야 한다. 진행 과정에 의해 필연적으로 수반되는 실수는 발전을 위한 일부분으로 받아들여야 한다. 실수란 성장을 위한 자연스러운 과정이다. 실수를 통하여 성장하고 안 하고의 문제는 자신의 실수에 대한 태도에 달려 있다.

CHAPTER 02

긍정적 자기 암시를 하라

"모든 일이 긍정적인 자기 암시대로 이루어진다는 것을 믿어라."

예부터 어른들은 "말이 씨가 된다."라는 말을 했다. 그래서 나쁜 말은 함부로 하지 않도록 했다. 이것은 말한 대로 이루어진다는 의미를 내포하고 있다. 그런데 나는 사실 이 말을 미신이라고 여겼다. 자기 이름을 빨강색 펜으로 쓰면 안 된다거나 또는 "거울이 깨지면 재수가 없다."라고 하는 정도의 근거 없는 이야기로 생각했었다. 미신이란 그 근거를 알 수 없고, 믿을 수 없는 이야기를 뜻하기 때문이다. 하지만 나는 믿음과 말의 힘에 대해서 새롭게 알게 되었다.

인생이라는 것이 무엇일까에 대한 원론적인 질문에 대해 생각했다. 사는 게 힘이 들었고 '정말 이런 게 삶의 전부인가'에 대한 실망과 회한이 나를 괴롭혔다. 나는 지독한 불면증으로 잠을 잘 수 없었다. 해가 떠 있는 동안 아무리 피곤하게 나를 몰아세워 바삐 움직여도 밤이면 잠을 잘 수 없는 고통에 시달렸다. 무엇이든 나의 정신에 도움을 줄 만한 지혜를 찾아야 했다. 나는 책을 읽기 시작했다. 뭔가 나에게 힘이 되는 문장을 만나면 기뻤다. 나는 점점 더 파고들었다. 배고픈 짐승이 먹을거리를 찾듯이 읽을거리를 찾았다. 책을 읽으며 깨달았다. 내가 지금껏 잘못 살았다는 것을. 책을 읽으며 나는 서서히 병들었던 정신을 회복시켰다. 병들었던 정신은 나를 학대하고 있었다. 스스로 나쁜 말을 되뇌며 자신을 괴롭히고 있었던 것이다. 그것이 모든 불행의 근원이었다는 것을 알게 되었다.

『확신의 힘』, 『성공의 법칙』, 『상상의 힘』, 『시크릿』 같은 책들은 모두 상상의 힘과 긍정적인 자기 암시와 잠재의식에 대한 한 가지의 원리에 대해서 이야기하고 있었다. 긍정적 자기 암시가 얼마나 중요한 것인지 알지 못했다. 책에 쓰인 것처럼 그 말에 힘이 있다는 것을 믿을 수 없었다. 하지만 부정적인 것보다 긍정이 좋으니 긍정적이 되기로 했고, 불평하는 것보다 감사하는 것이 좋은 일이니 감사하기로 했다. 그리고 나에 대해 긍정적인 암시를 하기 시작했다. 그것은 아직 습관이 되지 않았기에 의식적으로 만들었다. 의식적으로 만들어낸 마음이었고, 자기 암시였지만 그것은 분명 효과가 있었다. 그것은 마음의 평화를 가져다주었다. 마음의 평화를 얻은 나는 일상에서 즐거움을 만나는 횟수가 잦아졌고, 표정이 밝아졌다. 마음의 평화는 어려움을 쉽게 해결하도록 길을 안내해주었다. 또한 마음의 평화는 수많은 아이디어를 샘솟도록 도와주었다. 나는 이제 더 이상 불안하지 않았다. 원리를 파악했기 때문이다. 긍정적 자기 암시는 나를 회복시켜주고 있던 것이다.

'피그말리온 효과'라는 것을 들어본 적이 있을 것이다. 이것은 긍정적 자기 암시를 일컫는 말이다. 피그말리온은 그리스 신화에 나오는 조각가의 이름이다. 또한 이것은 심리학 용어이기도 하다. 조각가였던 피그말리온이 아름다운 여인상을 조각하고, 그 여인상을 진심으로 사랑하게 되었다. 여신 아프로디테는 그의 사랑에 감동하여 여인상에게 생명을 불어 넣어주어 살아 있는 여인이 되도록 했다. 이처럼 타인의 기대나 관심을 받고 그 관심으로 인하여 능률이 오르거나 좋은 결과를 낳는 현상에 대해 피그말리온 효과라고 한다. 어떤 일을 할 때 자신에게 긍정적인 이미지를 부여하게 되면 자신의 일에 더욱 집중할 수 있게 되고, 그것은 기적 같은 결과를 만들어낼 수 있다. 다른 사람들이 자신에게 기대하고 있을 때 그 기대에 부응하려고 노력하며 점차 발전하는 모습을 보이게 되는 것이다.

고등학생들을 무작위로 선발하여 아주 머리가 좋은 똑똑한 학생들이라는 거짓 정보를 주고 가르치도록 실험했다. 일정 기간이 지난 후 이 그룹의 시험성적은 전과 비교했을 때 놀랄 만큼 상향되었다. 이 실험은 EBS방송 사에서 다큐멘터리로 만들어졌고, 해외에서도 비슷한 연구가 있었다. 나는 이 방송을 매우 흥미 있게 보았다. 이것은 무엇을 말하고 있을까? 잘할 것 이라는 선생님의 기대와 믿음이 있기 때문이다. 이 믿음에서 나오는 말들 은 똑똑한 학생들의 모임이라고 믿기에 잘할 것임을 전제하고 격려했고, 칭찬했고, 이끌었다. 그 결과는 믿음과 긍정적 암시가 가져다주는 힘이었던 것이다. 이 실험 속에는 각종 어려운 심리학 용어들, 학업성취 관련 변인, 내적 동기, 학업 관련 자기효능감이라는 단어들로 설명될 수 있지만 그런 식으로 설명되어 있는 책들은 따로 있기 때문에 나는 쉽게 말할 것이다.

나는 어릴 때 그림을 잘 그렸다. 머릿속에 표현하고자 하는 것이 있다면 그대로 다 그려내곤 했다. 나는 목욕탕이라는 제목의 그림을 그렸다. 내가 알고 있는 대중목욕탕의 모습과 목욕하는 사람들의 모두 다른 제각각의 동작들까지 상세히 그렸다. 그림을 보신 부모님은 칭찬을 해주셨다. 미술적 재능이 있다고 생각하신 부모님은 나를 미술학원에 보내주셨다. 아버지는 늘 재능에 대해 기뻐하셨고 치켜세우셨다. 아버지는 나에게 화가가 되라고 말씀하셨다. 나는 영문도 모르고 내가 그런 줄 알았다. 미술학원은 그야말 로 신세계였다. 신문을 찢어 종이죽을 만들어 탈을 만들기도 하고, 달걀판 을 사용해서 조형물 같은 것들을 만들곤 했는데 수업 과정이 정말 재미있었다. 미술학원 선생님도 칭찬을 많이 해주셨고, 크면 꼭 미술대학을 가라고 말씀해주셨다. 참 이상하게도 나는 그 후로 계속 그림을 그렸고, 진로를 고민하지 않고 미술대학에 진학했다. 부모님도 당연히 미술대학을 가는 것으로 알고 있었다. 이것은 나의 피그말리온 효과 같은 것이었다. 고민 없이 대학을 진학하며 미술 전공을 택했다. 그래서인지 나는 20대에 오히려 다른 분야에 대한 지적 욕구가 더 컸다. 내가 경험해보지 못한 새로운 분야에 대한 궁금증이 있었던 것이다. 그래서인지 영문학 공부는 상당히 재미가 있었다. 아마도 호기심이 왕성할 때였기 때문에 다른 어떤 분야의 공부라 해도 재미있게 했을 것 같다.

"나는 모든 면에서 날마다 점점 더 나아지고 있다."

(Day by day, in every way, I am getting better and better.)

150년 전 프랑스의 에밀 쿠에라는 약사가 쓴 『자기 암시』라는 책의 한 문장이다. 에밀 쿠에는 '자기 암시'라는 강력한 힘을 가장 먼저 깨닫고, 자기 암시를 전파하기 위해 힘쓴 사람이다. 에밀 쿠에는 이 말을 매일 반복해 말하고 실제로 그렇게 될 것이라 믿으라고 말했다. 에밀 쿠에는 "자기 암시란 인간의 선천적인 능력이며, 신비롭고 무한한 힘을 갖고 있다."라고 말했다. 다음은 에밀 쿠에의 『자기 암시』 중에서 나오는 구절이다.

"무엇을 원하든 그 내용이 좋은 것이든 나쁜 것이든, '이루어진다.' 혹은 '사라진다.'라고 반복하면 다소 시간이 걸리더라도 결국에는 그렇게 된다. '나는 성공할 거야.'라는 생각으로 인생을 시작하는 사람은 꼭 성공한다. 이는 성공을 만들어내는 데 필요한 것들을 행하게 되기 때문이다. 반대로 성공할 수 없다고 생각하면 성공할 수 없다. 아무리 많은 기회가 찾아와도 잡을 수가 없다. 손을 뻗어도 닿지를 않는다. 결국 어떤 일이 잘 안 된다면 운명을 탓하지 말고 과거의 자기 자신이 생각하고 행동했던 것들을 탓하라."

결국은 자신이 말한 대로, 생각한 대로 된다는 원리를 믿어야 한다. 그 기본 원리를 믿고 실행한다면 자존감은 높아지고 자신감을 갖게 될 것이다. 무슨 일을 시작할 때 '이것은 쉬운 일이다.'라고 생각한다면 그 일은 정말 쉽게 느껴진다. 부정적인 행동을 할 것으로 생각하고 타인을 대하게 된다면, 그 사람이 실제로 나쁜 쪽으로 변해가는 현상이 있는데 이를 '스티그마 효과(stigma effect)'라고 한다. 우울증을 앓게 되면 사람들은 자기 자신에 대해서 부정적으로 생각하게 되고 자책을 하게 된다. 어떤 이유로든 부정적인 생각은 떠올리지 말아야 한다. 긍정적으로 생각하고, 모든 일을 하기 전에 긍정적인 자기 암시를 습관처럼 반복해야 한다. 이런 자기 암시는 나의 마음을 좋은 곳으로 데려다 줄 것이다. 평화와 기대의 하루를 선물할 것이다. 피그말리온 효과를 나 자신의 생활에 적용해본다면 내 자신이 만족하게 되고, 남에게 호의적으로 대하게 될 것이다. 이것은 나에 대한 평가가 좋아지게 만들 것이다. 긍정적으로 생각하려고 노력하고, 그 노력이 반복된다면 나도 모르게 긍정적인 사람으로 변하게 되는 것이다. 자신에 대해 긍정적인 자기 암시를 하는 것은 자신에게 매일 좋은 선물을 주는 것과 같다.

결과보다 과정에 집중하라

"미래 지향적 관점으로

지금, 현재, 오늘에 집중하며 과정을 즐겨라."

결과에 집중한다면 결과에 따라 과정은 무가치하게 여겨질 수 있다. 최선을 다하고 난 후라면 결과에 연연해서는 안 된다. 미래지향적 관점에서 볼 때 결과라는 것 또한 과거이기 때문이다. 이것이 우리가 과정에 집중해야 하는 이유다. 결과는 과거이고, 과정이란 지금 현재를 의미하기 때문이다.

골프라는 운동에서 예를 들어보자. 이미 끝난 샷에 대해 생각하는 것은 골프게임에서 스코어를 줄이는 데 도움이 되지 못한다. 집중하고 싶다면 결과보다는 샷을 준비하는 과정에 집중해야 한다. 샷을 준비할 때는 목표에 집중해야 한다. 자신이 계획했던 목표지점을 생각하면서 자신이 연습하던 방법으로 어드레스 자세를 만들어야 한다. 만약 볼이 어떤 방향으로 갈 것인지 지나치게 신경 쓴다면 공은 원하지 않는 방향으로 가게 될 확률이 크다. 골프의 기본기인 골프 어드레스 자세를 완벽하게 만든다면, 스윙의 일관성과 적절한 리듬감을 만들 수 있다. 감정을 가지고 결과에 집착한다면 나쁜 샷은 잊기 어렵다. 과정에 집중하고, 자신이 해낸 샷에 기뻐해야 한다.

골프계의 악동이라 불리는 존 댈리는 젊은 시절 경기 중 화를 참지 못하고 갤러리 스탠드 쪽으로 공을 친 적이 있다. 앞 조가 너무 느리다고 앞 선수를 향해 공을 날린 적도 있다. 공에 맞았다면 큰일 났을 것이다. 이런 매너 없는 행동은 국내 및 외국에서도 많이 일어난다. 골프채를 부러트리기도 하고 클럽으로 땅을 내리치기도 한다. 이런 골프 선수들의 행동은 자신의 결과에 대한 불만으로 생기는 경우가 많다. 결과에 집착하기 때문에 생기는 행동인 것이다. 불만족에 대한 감정을 이런 식으로 표현한다. 하지만 이런 행동들은 경기나 명성 어느 것에도 도움을 주지 못한다.

삶에서 행하는 모든 일도 이 골프의 샷을 하는 과정과 동일하다. 우선 목표를 정한다. 목표를 향해 공을 날려야 한다. 계속 이어지는 골프게임 중 이전 코스에서 실수한 샷에 대해 계속 집착하거나 공의 방향이나 거리에 대해 지나치게 고민한다면, 지금 준비하는 샷에서 자유로운 샷을 하기는 어렵다. 다만 담백하게 목표를 향해 행동을 하는 것이다. 그 행동의 결과는 자신이 생각한 것만큼 만족스럽지 않을 수도 있다. 하지만 결과에 집착하는 것은 그 다음의 시도에 영향을 미칠 수 있다. 어떠한 일이든 원리는 동일하다. 과정에 최선을 다하고 결과는 내맡겨야 한다. 그것이 어떤 결과이든 마음에 두지 말아야 한다. 결과가 좋다고 해서 지나치게 흥분해서도 안 되고, 결과가 나쁘다고 해서 지나치게 낙담할 필요는 없다. 결과에 자신의 감정을 이입시켜 다르게 해석할 필요도 없다. 그 다음 코스의 경기를 잘하고 싶다면 결과는 담백하게 받아들여야 한다.

골을 넣고 세리머니를 하다가 죽은 선수가 있다. 인도 미조람 프리미어리그의 베들레헴 벤구슬란에서 뛰는 수비형 미드필더 피터 비악산그주알라 선수가 골을 넣고 공중제비 세리머니를 하다가 척추가 손상되어 사망하는 사고가 발생했다. 성공적인 결과에 기뻐하는 것은 좋은 일이지만 과도한 감정표현으로 목숨을 잃은 일은 안타까운 사고다. 사람은 순간순간 닥쳐오는 상황에 따라 감정이 변화하기 마련이다. 하지만 언제나 결과가 좋든 나쁘든 일희일비(一喜一悲)하는 태도는 지양해야 한다. 삶이란 좋은 일과 나쁜 일이 번갈아 일어나는 경우가 많다. 인생을 멀리 보면 지금의 기쁨에 마음 놓을 수도 없고 지금의 슬픔에 괴로워할 필요도 없다. 과정에 집중한다면 결과는 자연스럽게 따라오기 때문이다. 따라서 지나치게 기뻐하는 것도 지나치게 좌절하는 것도 바람직하지 않다.

사람들은 일하는 과정에서 에너지와 감정을 낭비하는 경우가 많다. 결과에 신경 쓴다면 이것은 곧 에너지를 낭비하는 결과를 초래하게 된다. 모든 일은 집중할 때 가장 효율적이다. 하지만 정작 집중해야 할 과정에 집중하지 못한다면 결과는 또다시 만족스럽지 못하게 될 것이다. 이것은 순환 구조로 연결되어 반복될 수 있다. 만족스럽지 못한 결과가 반복된다면 얼마나 끔찍한 일인가? 결과에 자아도취 되는 것도 문제지만, 그 반대로 지나치게 결과에 대해 집착과 후회를 하는 것도 좋지 않다. 결과를 다르게 생각한다면 더 큰 목표를 향해 가기 위한 하나의 과정이라 생각할 수 있다. '다시 잘할 수 있어.'라고 좀 더 대범하게 생각하고 자신감을 가진다면 결과에 대한 집착에서 벗어나기는 수월해진다. 인생의 큰 틀에서 생각한다 해도 이 원리는 동일하다. 삶이란 죽기 직전까지 이루어놓은 결과로 평가되는 것이라기보다 삶의 과정들이 모여 하나의 인생을 만드는 것이다.

조립 완구를 유난히 좋아하는 사람이 있다. 나의 친오빠가 그랬다. 처음에는 작은 오토바이나, 자동차, 비행기 등을 조립했다. 다 만들어놓은 결과물이 만족스러워지기 시작하니까 그 모형의 사이즈가 점점 커지기 시작했다. 점점 자신감이 붙은 오빠는 대형 항공모함 또는 점보 여객기 같은 것들을 조립하기 시작했다. 가격도 비쌌는데 용돈을 모으고 모아서 그런 모형들을 사기 시작했다. 조립하는 모습을 보고 있노라면 놀라울 수밖에 없다. 설명서도 복잡하고, 그 많은 부속품들을 순서에 맞춰서 끼우고 붙여야 한다. 나는 신기해서 만져보기라도 하면 부속을 잃어버리면 안 된다며 나에게 소리를 지르며 예민하게 굴었다. 과정을 즐기지 못한다면 그것은 고도의 정신적 육체적 노동이라고 볼 수밖에 없다. 놀이가 아니라 고역스러운 작업이 될 것이다. 그 당시 오빠는 그 과정을 누구보다 즐겼기에 과정의 어려움은 느낄 수 없었다. 오빠에게는 그것이 자신의 최대 목표이자 관심사였기 때문이다.

조립 모형을 만드는 오빠의 놀이에서 생각해볼 문제가 있다. 조립 모형은 과정을 즐겨야 할 수 있는 활동이다. 조립 모형에는 손톱보다 작은 부속이 수백 개다. 그런 부속품들을 연결하고 조립하는 것은 흥미를 가지지 않은 사람이 보면 대단히 어려운 과정이라고 여겨질 뿐이다. 하지만 그 조립 모형에 흥미와 열정을 가진 사람에게는 즐거운 활동이 된다. 즐거운 활동은 몰입할 수 있도록 만든다. 몰입할 수 있는 활동은 결과에 관계없이 즐거움을 느끼게 해준다. 아무리 어려운 과정이라도 그것에 몰입하면 즐거움을 느낄 수 있다. 미하이 칙센트미하이의 『몰입』이라는 저서에 상세히 기술되어 있다. 미하이 칙센트미하이는 몰입에 대하여 일련의 저서를 집필한 몰입 전문가이다. 몰입하는 과정에서 자신의 존재조차 느끼지 못하는 무아지경에 빠지게 되는데 이것이 행복을 가져다준다고 말하고 있다.

그렇다면 내가 하는 일은 어떨까? 내가 기꺼이 몰입하고 즐거움을 느낄 수 있는 일이 무엇일까? 몰입해서 할 수 있는 일을 생각해봐야 한다. 내가 하는 일의 과정에 몰입해서 즐거움을 느껴야 한다. 몰입하는 과정에서 행복을 느낀다는 것은 우리가 어떤 일을 할 때 좋아하는 일을 선택해야 한다는 것이다. 좋아하는 일은 즐기라고 말하지 않아도 그 일을 즐기게 되는 것이다.

때로는 좋아하지 않는 일도 즐기려고 마음먹었을 때 나의 경우는 어느 정도 즐길 수 있었다. 나의 사업계획서 작성 같은 것들이 그 한 예이다. 정말 재미가 없었는데 하다 보니 익숙해졌고 점점 재미를 느끼기 시작했다. 책을 소리 내어 읽는 것 또한 아주 고역스럽게 생각했었다. 처음에는 육아를 위해서 책을 읽을 수밖에 없었다. 목소리를 내는 것 자체가 에너지가 소모되는 일이라 힘이 들었다. 하지만 한동안 계속해야 했고, 계속 하다 보니 익숙해졌고, 결국은 재미를 느끼게 되었다. 그래서 맹인들을 위해 책을 읽어주는 봉사를 하기 위해 방법을 찾아보기도 했었다.

이처럼 일을 즐겨야 한다는 것이다. 어떤 방식으로든지 어떤 일이든지 해야 한다면 재미를 느낄 수 있도록 마음가짐을 준비하는 것이다. 이것은 매우 단순한 원리인 것이다. 일을 즐기면 그 일의 과정은 당연히 즐기게 되고 집중할 수 있게 된다. 그 이후의 결과에 대해선 생각하지 말고 받아들이는 것이다. 과정을 즐기고 집중했다면 결과는 반드시 좋을 수밖에 없다.

CHAPTER 04

자신을
있는 그대로
받아들여라

"자신의 약점과 강점 모두를 이해하고 강점을 발전시켜라."

자신에 대한 왜곡된 정의는 삶의 전반에 영향을 미친다. 직장 생활, 배우자의 선택, 대인관계, 불안증, 우울 등 이루 헤아릴 수 없을 만큼 일상생활의 크고 작은 부분과 관련되어 있다. 자신을 지나치게 과소평가하는 것과 과대평가 하는 것 둘 다 정상적이지 않다. 책을 비롯한 수많은 매체에서 자존감을 이야기하고 행복하게 사는 법에 대해 이야기한다. 항상 즐거운 마음을 유지하는 방법에 대한 정보도 넘쳐난다. 이 모든 것들은 좋은 이야기이고, 훌륭한 정보이다. 하지만 스스로를 억지로 이상적인 프레임 안으로 밀어 넣으려고 한다면 얼마 지나지 않아 감정은 지치게 될 것이다. 자아에 대한 정의는 자연스럽게 내면으로부터 우러나오는 감정이어야 한다. 자존감을 높이는 것은 방법을 알고 있다고 해서 만들어지는 것은 아니다. 먼저 자신에 대해 있는 그대로 받아들일 수 있어야 한다. 자신을 있는 그대로 받아들이기 위해서는 나의 정체성을 알아야 한다. 또한 자신만의 능력과 가치를 분명히 이해해야 한다.

나는 있는 그대로의 나를 받아들이지 못했다. 더 나은 모습으로 포장하려고 했고, 약점이 드러날 만한 행동은 하지 않아야 한다는 생각이 있었다. 특히 이런 생각을 가지고 있으면 사람들과의 만남에서 부자연스러웠다. 이런 생각들은 자유로움을 빼앗는다. 자유로움 없이는 창의적인 생각이 나오지 않는다. 자신을 포장하기보다는 있는 그대로를 드러내고 자신을 있는 그대로 받아들일 때 좀 더 자연스러운 자신을 만나게 된다. 이것은 사람들과의 관계를 원만하게 해주고, 나 자신을 건강한 자아로 만들어주는 것이다. 즉 자신에 대한 생각이 외적인 나의 사회생활에도 영향을 미치게 된다는 것이다. 나의 가치를 이해하려면 나를 잘 알아야 한다. 나를 잘 이해하면 자신을 있는 그대로 받아들일 수 있게 된다. 우리는 자라는 시기에 혈기 왕성하고 자유롭고 거침없는 자아를 가졌었다. 하지만 살아가면서 여러 가지 일들과 사회생활을 통하여 우리의 자존감은 건강하지 못한 상태가 되어 자신의 이미지를 왜곡하기 시작한다. 상처를 받기도 하고 자신에 대해 지나치게 비판적이 되기도 한다. 과도한 행동을 하거나 나의 본모습을 가리기 위해 포장하기도 한다. 포장으로 가리고, 자신이 그렇다고 착각하는 것이다. 하지만 모든 겉치레를 내려놓고 자신의 본모습을 바라보아야 한다.

백희나 작가는 『구름빵』이라는 그림책의 작가이다. 지금까지 모두 13권의 그림책을 발표했다. 최근 '아스트리드 린드그렌상'을 수상했다. 이 상은 작품 한 편이 아니라 작가의 업적 전체와 예술성을 종합적으로 살피며, 작품에 담긴 인도주의적 가치를 함께 평가하여 수상하는 상이다. 그녀의 그림책은 손으로 직접 만드는 공예작품을 사진에 담아 그림을 대신한다. 그녀의 이러한 기법은 아스트리드 린드그렌상 심사위원들로부터 "독창적인 기법과 예술적인 해법으로 장르를 개발하고 재탄생시켰다."라며 인정받고 있다.

이처럼 백희나 작가는 동화책 분야에서 자신만의 독특함을 가지고 있다. 작가의 예술적 재능이 있기에 가능한 일이다. 또한 자신의 능력과 가치를 분명히 이해하지 않는다면 지속적인 창작은 쉽지 않은 일이다. 자신의 능력이나 가치를 잘 이해하는 사람은 자신만의 창작물에 자신만의 색깔이 묻어나는 독특한 개성을 포함하게 된다. 또한 자기만의 독특하면서도 일관성 있는 창작물을 만들게 되는 것이다. 그 예로 백희나 작가는 자신만의 독특한 세계를 만들어가고 있다고 생각한다. 이것은 특히, 자신의 예술세계를 펼치는 일을 하는 사람들이 자신만의 가치와 정체성을 이해하기 때문에 가능한 일이라고 생각한다. 자신을 이해해야만 자신의 가치를 알 수 있다. 자신을 있는 그대로 받아들이는 과정에서 진정으로 자신을 이해하게 된다.

자신을 들여다보는 과정에서 자신이 인정하고 싶지 않은 자신의 흉허물을 마주할 수도 있다. 하지만 이것을 회피하려고 해선 안 된다. 흉허물조차도 받아들이고 인정해야 한다. 반드시 자신만의 장점만을 받아들이라는 것이 아니다. 사람들은 모두 남들이 알지 않았으면 하고 바라는 자신만의 흉허물이 있다. 하지만 자신이 바라볼 때는 그것조차 존재한다는 점을 인정해야 한다.

자신을 바라보면 자신만의 장점을 찾을 수도 있을 것이다. 모든 사람에게는 장점과 약점이 공존한다. 자신의 약점과 장점을 이해한다면 자신만의 정체성을 더욱 잘 이해하게 된다. 이런 자아에 대한 관찰과 사유로써 자신을 이해하고 남과 다른 가치를 발견하게 된다. 이러한 남과 다른 가치를 발견하게 된다면 자신이 나아갈 방향을 보다 빠르고 정확하게 알게 될 것이다. 그렇다면 자신이란 존재의 브랜딩도 가능해진다.

우리는 모두 다른 개체다. 내가 남과 다르다고 해서 잘못된 것도 아니고 내가 남들과 비슷하다고 해서 잘못된 것도 아니다. 우리는 어떤 면에서는 남들과 비슷하기도 하고, 아주 다르기도 하다. 하지만 우리는 남들과 서로 비슷해지려고 하는 마음이 있다. 사회적으로 동떨어지지 않고 결속되어 같이 있기를 바라는 마음이 사회적 욕구인 것이다. 하지만 지나치게 남들과 동일시하려고 한다면 자신만의 개성이 없어지게 된다. 우리는 사회적인 동물이면서 동시에 남들과 다른 존재이고 싶어 하기 때문이다.

나는 스스로 어떤 사람인지에 대해 알고 싶었다. 사람들은 대부분 자신이 어떤 사람이지 모르며, 알고 싶어 한다. 사람들은 자신에 대해 안다고 생각하지만 잘 모르는 경우가 많다. 사람들은 자신에 대한 명확한 정의를 알고 싶어 한다. 혹은 자신이 알고 있는 자신의 정의가 맞는 것이지 확인하고 싶어 한다. 자신의 의식세계에 대해 알고 싶어 하기도 한다. 그래서 사람들은 심리 테스트에 흥미를 가진다. 그래서 인터넷에 검색해보면 수많은 심리 테스트가 검색이 된다. 심리 테스트는 사람들에게 인기 있는 콘텐츠이다. 자신을 가장 잘 알고 있는 자신이 왜 이런 심리 테스트를 하며 자신을 이해하려고 하는 것일까? 때로는 타로 점을 보기도 하고 운명철학관을 가거나 사주나 점을 보러 간다. 나의 주변에도 많은 사람들이 큰돈을 들여 사주를 보러 다닌다. 운명을 말해 주는 사람들의 예견에 놀라워하고, 그들의 성격 분석을 믿는다. 불확실한 미래에 대한 궁금증이나 불안감 또는 해법을 얻고 싶은 마음으로 점을 보러 간다. 대부분의 사람들은 자신에 대한 이야기나 미래에 대한 예언을 듣는 일에 흥미를 가진다. 이것이 우리가 자신을 잘 알지 못하고 있다는 증거다. 자신을 잘 알고 있다는 것은 매우 쉬운 일인 것 같으면서도 어려운 일이다. 우리에게는 의식의 세계와 무의식의 세계가 있기 때문이다. 자신의 마음을 잘 알 것 같으면서도 잘 모르는 것은 무의식의 세계 때문인 것이다. 나는 가끔 꿈을 꾸며 나의 무의식의 생각을 깨닫고는 한다.

사람들과 대화하다 보면 자신에 대해서 잘 알고 있는 사람과 그렇지 않은 사람들을 알 수 있다. 어려움을 겪은 사람은 대화 중에 자신에 대한 사유가 있었던 흔적을 느낄 수 있다. 자신에 대해서 진정으로 고민해보고 잘 알고 있는 사람들은 비교적 주변 정리가 잘 되어 있으며, 자신의 현재 상황과 앞으로 나아갈 길에 대한 계획이 잘 잡혀 있는 것을 알 수 있다. 자신이 좋아하는 것과 싫어하는 것에 대해 잘 알고 있으며, 자신이 잘할 수 있는 것과 하지 못하는 것에 대해서도 잘 알고 있다.

H는 젊은 날의 방황을 계기로 자신에 대해 잘 이해하고 있다. 취미를 찾음으로써 무료함을 이기는 법과 자신이 쓸모없는 삶을 살고 있다는 생각에서 벗어나 즐기고 몰두할 대상을 찾아내 삶을 즐겁게 만들어간다. H는 재능이 많아 고등학교 교사로 시작해서 그림 그리는 일까지 다양한 일들을 해왔다. H는 지금은 춤이라는 분야에서 흥미를 느끼고 모임에 참석하며 대회에 나가기도 하고, 그 분야에 흠뻑 빠져 즐겁게 지내고 있다. 그 분

야는 댄스스포츠라고 하는 분야이다. 댄스스포츠에는 왈츠(waltz), 탱고(tango), 룸바(rhumba), 차차차(cha cha cha), 삼바(samba), 파소도블레(paso doble), 자이브(jive) 등 다양한 댄스의 종류가 있다. H의 춤추는 모습을 본 적이 있는데 전문가 못지않은 멋진 모습이었다. 지금은 H를 보면 안정되어 보인다.

무엇보다 즐겁게 자신의 인생을 즐기며 지내고 있어 보기가 좋다. H는 자신이 무엇을 해야 맞는지 알고 있으며, 그 자체를 인정하고 받아들인다. 주변의 유혹에도 흔들림이 없다. H는 자신이 어떤 사람인지 잘 알고 있다.

유행처럼 많은 사람들이 참여했던 〈16가지 성격 유형 성격 테스트〉가 있었다. 비교적 정확하다고 말하는 이 테스트를 나도 재미삼아 해본 적이 있다. 그 결과는 꽤 신빙성이 있어 보였다. 왜냐하면 어느 정도 나를 비슷하게 분석하고 있는 듯해서 놀라울 정도였다. '정열적이고 충실하지만 현실감각이 둔하다.', '책임감이 강하고 완벽주의적 경향이 있다.', '규칙을 싫어하며 반복되는 일상적인 생활을 싫어한다.', '논리적이지 못하고 감정적이다.', '여행을 좋아하고 영화, 음악, 책을 좋아한다.' 등으로 분석된 나의 성격은 나를 직접 지켜보고 나온 결과라고 할 만큼 어느 정도 맞는 것 같아서 신기했다. 내가 생각하고 있는 나의 성격을 기술하고 있었기 때문이다. 이처럼 이미 알고 있는 나 자신의 성격을 이런 테스트를 통하여 알게 되면 "이게 맞는 것이구나.", "그래 난 이런 성격이었지." 하며 다시 한 번 확인하게 되는 것이다.

스스로 자신에 대해 이해하고 받아들여야 한다. 자신을 있는 그대로 이해하고 받아들이면 그 다음에는 고쳐야 할 점도 알게 되고, 좋은 점도 파악하게 되는 것이다. 그 다음은 내가 앞서 말한 원리인 "칭찬은 고래도 춤추게 한다."라는 원리대로 좋은 점은 더욱 고양시키고, 나쁜 점은 버리면 된다. 이러한 원리로 '나'라는 존재가 시간이 갈수록 좋은 방향으로 변화할 수 있다면 훗날 멋진 존재가 될 수 있지 않을까?

CHAPTER 05

내면의
소리에
귀 기울여라

"자신의 진정한 내면의 생각을 알아내고 그것에 따라 움직여라."

내면의 소리란 무엇일까? 내면의 소리는 자신이 가진 지식이나 의지가 아니다. 내면의 소리는 느낌이다. 자신이 알고 있는 느낌과 생각이다. 인간의 자연스러운 욕망을 포함할 수도 있으며, 거기서부터 출발하는 통찰력이나 직관인 것이다. 이런 통찰력이나 직관은 잠재된 의식 속에서 나온다. 랄프 왈도 에머슨의 『자기신뢰』라는 책에서 다음과 같이 내면의 소리에 대해서 기술하고 있다.

"당신 삶의 소박하고 고결한 영역에서 살아가라. 마음의 목소리에 복종

하라. 그러면 당신은 태초의 세계를 다시 이 땅 위에 창조할 수 있을 것이다."

"외부의 사물에 의존하고 있는 탓에 우리는 집단 속에서 노예처럼 비굴하게 숫자를 중시한다."

"외부의 지원을 모두 거부하고 홀로 설 때, 인간은 강해지고 승리를 거머쥘 수 있다. 자신이 내건 깃발 아래 모여드는 사람이 많으면 많을수록 인간은 약해진다. 홀로 서 있는 한 사람의 인간은 도시 하나보다 낫지 않겠는가? 다른 사람에게서 아무것도 구하지 마라. 그러면 끝없이 변하는 세상 속에서도 당신은 유일하고 확고한 지주가 되어 주위의 모든 것들을 지탱하게 될 것이다. 사람은 태어날 때부터 힘을 지니고 있다는 사실, 이것을 깨달은 사람은 주저 없이 자신의 생각에 몸을 던지고, 곧장 바른길로 돌아가 우뚝 선 채 자신의 손과 발로 기적을 행한다."

"당신 자신 말고는 아무것도 당신에게 평화를 가져다 줄 수 없다. 근본원리를 따르고 그 영광을 누리는 것 외에는 아무것도 당신에게 평화를 가져다 줄 수 없다."

에머슨의 말처럼 우리는 시끄러운 외부의 현상에 휩쓸려 내면의 소리를 따르지 않는 경우가 많다. 때로는 외부의 환경 여건이 내면의 소리를 받아들이기 어렵게 만들기도 한다. 어떤 경우 자신의 내면의 소리는 분명 하지 말라고 외치는데 내면의 소리를 무시해야 할 때도 있다. 이후 결과가 좋지 않을 때 "내면의 소리를 들었어야 했어."라며 후회하기도 한다. 내면의 소리에 반응한다면 우리는 우리만의 개성 있는 존재로 나아갈 수 있으며, 타고난 능력을 발휘할 수 있을 것이다. 내면의 소리는 안정된 마음의 평화 속에서 더 잘 느껴지게 된다. 정신적으로 성숙한 상태에서 더 잘 느끼게 되는 것이다. 사람은 저마다의 꿈이 있지만 현실 속에서 그 꿈은 퇴색되어가며 진정으로 자신의 내면에서 원하는, 하고 싶은 일을 하지 못하는 경우가 있다. 생계를 위하여 하고 싶지 않은 일을 해야 하는 것이다. 마음의 소리는 이것을 거부하고 싶다고 하지만 그 소리를 무시한 채 살아가야 하는 삶은 우리 주변에 무수히 많이 존재한다.

P는 대학 입시에서 1지망으로 의대를 지원했고, 2지망은 기계공학을 지원했다. 얄궂은 운명은 P를 1지망 불합격, 2지망 기계공학과에 합격하도록 만들었다. 재수 끝에 합격한 이 대학을 학과가 맘에 들지 않는다고 포기하고 삼수를 할 수는 없는 상황이었다. 적성에 맞지 않는 학과 공부는 재미가 없었고, 학교 공부에 집중하지 못하도록 만들었다. 흥미도 없던 학과 공부는 뒷전이고 P는 입학 후 학비를 벌기 위해 건설현장 막노동부터 식당 아르바이트까지 해보지 않은 일이 없었다. P는 인생의 뚜렷한 계획도 없었고, 자신의 인생을 흘러가는 대로 내맡겨버렸다.

졸업 후 부모님이 주변 지인을 통해 알선해준 회사에 취직을 했다. 자신의 적성과 맞지 않는 직장을 전전하다가 직장에서 만난 여자와 결혼이라는 것을 하게 되었다. 자식을 낳고 가장이 되어 살아가다 보니 자신의 삶이 끝이 없는 굴레에 불과할 것이라는 불안감이 엄습했다. 젊은 가장은 사람의 삶의 무게와 의미에 대해 이제 제대로 이해하게 되었던 것이다. '이런 식으로 노인이 될 때까지 살아야 하나.'라는 후회와 좌절과 자기 연민이 뒤섞인 감정들이 생겨나기 시작했다. 원치 않는 방식으로 죽을 때까지 살아야 한다는 것을 깨닫는 순간이었다. 고민 끝에 부인에게 어렵게 말을 꺼냈다. 다시 공부를 해서 의대에 가고 싶다는 의사를 비쳤다. 그의 이런 고민을 이해한 부인은 자신이 진정으로 원한다면 하라고 허락해주었다. 하지만 생계가 문제였다. 아기와 아기 엄마, 모아놓은 재산은 아직 없었다. 가난하게 시작한 결혼생활은 얼마 되지 않는 전세 보증금만 있을 뿐이었다.

이런 경우 우리는 어떤 선택을 해야 할 것인가? P가 다시 도전해서 의학 공부를 하고 싶다고 말한 것은 자신의 내면의 소리에 귀 기울여 나온 생각이다. 처음으로 자신의 인생에 대해 진지하게 고민해보고 나온 의견이었던 것이다. 현실적인 상황에서 생각해본다면 그 의견은 불가능한 현실이었다. 어린 아기를 키우는 아기 엄마는 당장 생계 활동을 하기는 어렵다. 만약 아기 엄마가 아기를 보육원에 맡기고 일을 하러 나간다면 생계는 해결될 수 있을지 모른다. 그런 상황에서 공부를 시작한다면 어떤 결과가 생길지 알

수는 없다. 몇 년의 시간이 걸리는 일인지 알 수 없다. 다니던 직장을 그만 두고 시작한 공부가 순조롭게 이어졌을지 중도 포기했을지, 열심히 준비하고 도전했지만 시험에 합격할지 아닐지도 알 수도 없다. 그렇다면 수많은 가능성 중에서 무엇을 선택해야 할까? 결국, 선택은 자신의 몫이며 어느 정도의 실행력을 가졌는지, 도전에 대해 얼마나 두려움을 가지고 있는지, 그 두려움을 뛰어넘을 만큼의 열정을 지니고 있는지에 대한 문제로 이어진다. 내면의 소리에 대해 관심을 가지고 귀 기울여야 하는 이유는 무엇인가. 내면의 소리에 따른다면 자신이 진정으로 원하는 것에 다가갈 수 있다. 표현해야 하는 것을 표현한다면 우리는 좀 더 가벼운 마음과 자유로운 자신을 만들 수 있다. 자유로움은 또 다른 생각과 기회를 가져다줄 것이기 때문이다.

나는 사회생활을 하면서 부당하다고 느끼는 경우에도 참았다. 부당한 임금에 참기도 했다. 나는 매우 헐값에 일하며 그 사실을 부당하다고 말하고 요구하지 않았다. 요구하는 방법을 몰랐다. 하지만 마음으로는 '이것은 분명히 잘못된 거야.'라는 생각이 들었다. 하지만 당당하게 말하지 못했다. 내면의 소리를 억누르고 참고 있었던 것이다. 무엇이든 부당하게 느끼는 것에 대해 참을 필요는 없다. 하지만 우리는 살면서 자신의 내면에서 하는 말에 신경을 쓰지 않고 지나쳐버리거나 알고도 억누른다. 때로는 타인의 기준에 맞춰 자신의 감정과 욕구를 억제하기도 한다. 어떤 사람들은 대인관계에서 자신이 타인에게 잘 행동하고 있는지, 타인도 자신을 좋은 사람이라고 생각하는지 끊임없이 눈치를 본다. 그래서 위축된 말과 행동을 하게 되고, 내면에 자유와 만족감이 없어진다. 타인을 위주로 행동하기 때문이다.

남이 아닌 나의 생각과 느낌을 이해하려고 노력해야 한다. 타인에게 '좋은 사람'으로 남기 위해 '진짜 나'의 마음을 숨긴 채 상대방과 관계를 유지한다면 이것이 올바른 것일까? 자신의 의사를 분명하게 표현하며, 때로는 갈등도 하면서 상대와 대등하게 관계 맺는 모습이 옳은 것이다. 나의 감정과 욕구를 무시하지 말고 적절하게 드러낼 줄도 알아야 한다. 만약 내가 그렇게 할 때 정말 나를 싫어하거나 떠나는 사람들이 있다면 그들과의 관계가 진정한 관계라고 보기는 어렵다. 이와 반대로 적절한 한계 내에서 나를 드러냈을 때 여전히 나와 좋은 관계를 유지하고 좋아해주는 사람들이 분명히 있다. 자기 내면의 소리는 무시한 채 외부의 기대에만 부응하는 삶을 살다 보면 점점 자기 자신이 없어지는 것 같은 외로움을 갖게 된다. 결론적으로 '자기다운' 인생을 살지 못할 뿐더러 타인과도 형식적인 관계에만 머무르게 되는 것이다.

가만히 자신을 들여다보고 자신의 내면의 소리를 들어야 할 때가 있다. 내면의 소리라는 것이 무엇인가? 이것은 귀로 들을 수 있는 소리는 아니다.

하지만 귀로 듣는 것보다 더 생생한 영향력을 가진다. 이것은 마음 깊은 곳에서 올라오는 내면의 요구이기 때문이다. 이것은 진실된 나의 내면을 대변한다. 내면에서 나오는 이런 생각들은 영감을 주기도 한다. 그것은 섬광처럼 빠르게 지나가는 직관적 통찰이며 아이디어다. 무의식은 수시로 마음의 소리를 의식에 알리는 일을 한다.

바쁜 생활 속에서 잊고 지나가는 자신의 내면의 소리는 귀를 기울여 듣지 않으면 모르고 지나쳐버린다. 우리는 여러 가지 이유로 내면의 이야기를 무시하는 경향이 있다. 내면의 소리는 지나쳐버리기 쉽지만 지나쳐버려서는 안 된다. 그것은 지혜를 포함하기 때문이다. 스치고 지나가버리는 순간의 소리는 가장 진실한 자신의 내면의 요구이다. 무슨 일을 시작할 때 석연치 않은 무언가를 느끼지만 여러 가지 상황으로 인해서 그대로 진행해야 하는 경우가 있다. 이럴 경우 뭔가 석연치 않은 그 느낌에 주의를 기울여야 한다. 그것을 나의 의지로 조절하려고 해서는 안 된다. 내면의 소리란 느낌이며 잠재의식의 근원이다. 지나쳐버리거나 흘려듣지 말아야 한다. 누구나 자신의 자아를 무의식에 집중하면 마음의 소리를 들을 수 있다. 내면에 주의를 기울이게 되면, 기도나 명상, 독서 중에도 마음의 소리를 들을 수 있다. 사람마다 그 속도는 다르지만, 마음의 소리는 인식의 변화와 함께 조금씩 삶의 변화를 이끌어낼 것이다.

CHAPTER 06

실수를 인정하고 개선하라

"자신의 실수를 인정하는 용기를 가지고

개선시키기 위해 노력하라."

실수를 인정하는 것에서 멈추지 말고 개선해야 한다. 사람은 시간이 지 남에 따라 자신의 경험과 환경에 따라 변화하는 존재다. 자신의 실수를 인 정하고 개선을 반복한다면 우리는 더 나은 사람으로 변할 수 있다. 자신이 완벽하기를 바란다면 실수를 인정하는 것은 쉽지 않은 일일 수도 있다. 하 지만 자신의 실수를 인정하는 것은 자신이 변화할 수 있는 시작점이 된다. 스스로 변화할 수 없다면 그 자리에 머물고 있다고 생각하지만, 머무는 것 이 아니라 결국 뒤떨어지는 사람이 되고 만다. 시대와 문명만 변화하는 것이 아니라 사람도 변해야 한다. 사람도 나아지고 발전해야 한다. 위기나 실수는 변화와 개선의 계기를 만들어준다. 스스로 개선의 의지가 없다면 나아질 수 없다. 충실한 하루하루가 모여 큰 일이 성취되는 것처럼 작은 변화와 개선이 쌓여 더 나은 사람이 되는 것이다.

나는 살면서 노력하여 말을 잘하는 법을 점차 터득하게 되었다. 다른 사람들이 어떻게 말하는지 눈여겨보았고 좋은 점을 나의 것으로 만들기 위해 노력했다. 예를 들어 다른 사람에게 상처 주지 않고 말하는 방법에 대해서 생각해보았다. 특히나 언쟁을 벌일 때나 서로 다른 의견을 말하게 될 때, 난 비유와 은유를 섞은 뾰족한 말들로 다른 사람을 상처 주는 실수를 자주 한다는 것을 알게 되었다. 그래서 그 후부터는 말하기 전 머릿속으로 한 번 생각해보고 말하려고 노력한다. 나의 어법과 말투가 부드럽지 않다는 피드백을 받은 후로 다른 사람의 말을 들으며 관찰과 분석을 하기도 했다. 나와 다른 점이 무엇인지, 내가 잘못하는 점이 무엇인지 헤아려보려고 했던 것이다.

내가 말하는 법에 관하여 관심을 가지고 나니 다른 사람들이 눈에 보이기 시작했다. 말을 조리 있게 하며 자신의 생각을 잘 이야기하는 사람들이 있다. 그런 사람들을 보면 보기가 좋고 배우고 싶은 생각이 든다. 어떻게 하면 저렇게 말을 조리 있고 예쁘게 잘할 수 있는지에 대해서 생각하게 된다.

나도 그렇게 말을 잘하기를 원했다. 나는 보통 사람들이 많이 하는 전화 통화나 친구와의 수다를 즐기지 않는다. 말하는 능력이라는 것이 이런 일상적인 일과도 관계가 있는 것인지 생각해보기도 했다. 나의 경우 평소 말을 많이 하지 않는 편이다. 말을 많이 하는 것은 나에게는 에너지 소모가 많은 일이라 여겨지기 때문이다. 말소리가 시끄러운 것도 별로 좋아하지 않는다. 그런 성격 때문인지 나는 말을 하기보다 주로 듣는 편이다. 진정으로 서로의 의견을 교환하고 생각을 말할 수 있다면 대화는 참 즐거운 것이 될 것이다.

사람과의 관계에서 누구나 말 속에서 영향을 많이 받고 말실수를 많이 한다는 것을 알게 된다. 말로써 좋은 관계를 만들 수 있고 나쁜 관계도 만들 수 있는 것이다. 나의 경우도 그랬다. 나는 말 속에서 상처받았고, 관계가 나빠졌고, 실망했고, 결국 미워했던 기억들이 있다. 행동도 중요하지만 말은 더욱 쉽게 타인에게 영향을 줄 수 있다. 사람은 사회를 떠나 살 수 없는 존재이다. 사람은 필연적으로 사람들과의 관계에 얽혀 있다. 사람들과의 관계는 나의 일들과도 관련된다. 좋은 기회는 사람들과의 좋은 관계에서 나오기도 한다. 상대를 비난하지 않도록 항상 주의해야 한다. 말에는 에너지가 있기 때문에 더욱 가려서 해야 한다.

전에는 어떤 현상을 보더라도 비판을 먼저 했었다. 어떤 현상이나 시사적인 문제는 비판을 해도 나쁠 것이 없지만, 특히 사람에 대해서는 비판을 하는 것은, 좋은 태도가 아니라는 것을 알게 되었다. 그걸 깨달은 후부터는 비판보다는 무조건 좋은 점을 먼저 보려고 노력한다.

나는 오만한 사람이었다. 겉으로 드러내지는 않았지만 오만한 마음이 있었고 오만한 시각으로 현상을 바라보던 사람이었다. 주일에 성당에서 미사를 참석했는데 신부님이 말씀하셨다. "이 세상에 나만 한 사람이 어디 있나, 나는 부모로서 자식으로서 배우자로서 이만큼 잘하고 있는데……"라고 생각하는 것이 오만한 마음이라고 말씀하셨다. 그 말의 의미는 주변 사람들에게 더 겸손한 자세로 잘하려고 노력해야 한다는 말씀이었다. 나는 그 말씀에 깨달음을 얻게 되었다. 나는 그것이 오만한 것인지 생각하지 못했기 때문이다. 그렇다면 나는 그동안 얼마나 오만한 사람이었는가?

할 일만 하면 된다고 생각했었지만 한 단계 더 높은 차원의 사람이 되기 위해서는 기여하는 삶을 살아야 한다. 나와 나의 주변과 나아가 인류에 기여하는 삶이 이상적인 삶이 될 것이다. 그렇다면 나의 삶은 어떤가? 기여하는 삶을 위한 계획을 하고 있었는지 생각해보았다. 아니다. 나는 그저 하루하루 나 자신 하나를 추스르며 살기에도 버거웠다. 이런 생각들 속에서 사람은 성장하게 되는 것이다. 어제보다 나은 오늘이면 된다. 더 큰 걸 바라지 않아도 나의 생각과 나의 실수와 나쁜 습관이 좋은 쪽으로 개선되고 있다면 분명 발전하고 있는 것이라 생각한다.

J는 영업의 달인이다. J는 상대방의 입장에서 이해하며 상대를 존중해주며 말을 한다. 때때로 자신의 주변 사람들에게 장문의 편지로 감사의 마음을 전하거나 사람의 마음을 달래준다. 업무적으로 실수하는 일이 생기면 빠르게 실수를 인정한다. 이런 J를 좋아하는 사람들이 점차 늘어나게 되는 것은 자연스러운 일이었다. J를 좋아하는 사람들의 호응으로 그의 작은 사업은 시간이 갈수록 번창해갔다. 매출은 커졌고, 부동산에 투자하고 카페 사업까지 시작하며 자산을 불려나갔다. 컴퓨터에서 워드 작업으로 쓸 수 있는 편지도 J는 일일이 손으로 편지를 쓴다. 연말이 되면 주변 지인들과 거래처의 담당자들에게 진심으로 감사한 마음을 담아 한 명 한 명에게 맞는 모두 다른 내용의 편지를 쓴다. 이것은 대단한 노력이며 수고다. 이런 작업은 수일에서 수 주일이 걸리지만 J는 이 작업을 해마다 하고 있다. 이러한 J의 사람 관리에 대한 노하우에 대해서 알게 된 것은 J의 편지를 받은 사람이 감동하여 사람들에게 자랑하는 모습을 보게 되었기 때문이었다. 편지를 받은 사람이 다른 사람들에게 읽어주며 자랑하고 싶을 만큼 내용이 감동적이었고 진심을 담은 것이었다.

이런 J와 함께 의류제작을 할 기회가 있었다. 바람막이라고 하는 경량의 골프용 점퍼였는데 만드는 과정에서 몇 가지 실수들이 생기게 되었다. 이런 경우 J의 태도는 매우 바람직했다. 실수를 인정하며 매우 신속하게 개선이 이루어졌다. 문제 해결력이 현명했으며 빨랐고, 뛰어났다. J의 태도는 계획이 무산될 수 있는 상황으로 이어질 수도 있었지만 위기를 극복할 수 있도록 했다. 결국 그 계획은 끝까지 진행되었고, 완벽하게 마무리되었다.

실수를 인정하는 것에도 방법이 있다. 실수에 대한 인정은 빠르게 해야 한다는 것이다. 상대의 생각이 굳어지기 전에 빠르게 인정하고 개선해야 한다는 것이 내가 깨달은 중요한 태도다. 실수를 인정하는 데서 그친다면 아무 변화도 일어나지 않는다. 그것은 또 다른 실수를 만들 수 있다. 실수가 반복된다는 것은 신뢰가 무너지게 만든다는 것이다. 실수는 빠르게 개선되어야 한다. 우리는 많은 경우 사람들에게서 실수가 반복되는 모습을 보게 된다. 개선되지 않은 실수는 언제든 반복될 여지를 남기는 것이다. 자신의 실수라는 것을 알게 되었을 때 빠르게 인정하고 개선한다면 우리는 훨씬 더 많은 좋은 결과를 만들 수 있다.

F는 업무적으로 만나 일을 할 때 작은 실수도 용납하지 못하는 성격이다. 어떤 일이 생기면 미래 지향적 관점에서 먼저 해결을 하려고 하기보다 누가 잘못했는지부터 뒤지기 시작한다. F는 실수에 대한 원인 제공자를 찾아 색출하는 데 온 힘을 기울이고 문제 해결은 뒷전이다. 이런 F의 태도는 업무에 있어서도 효율을 떨어뜨리고, 사람의 마음을 상하게 하는 일이 자

주 있었다. 주변 사람들과 다투는 일이 잦아졌고, F의 주변에는 하나둘씩 적들이 늘어나고 있었다. 자신의 주변에 적들이 많이 있다면 그것이 좋은 일일까? 이것은 결코 좋은 일이라고 할 수 없을 것이다.

실수에 대한 태도를 생각해본다면, 실수라는 것은 과거 지향적으로 바라보고 해결해야 할 문제가 아니다. 이미 벌어진 결과이기 때문에 되돌릴 수 없다면 미래 지향적인 관점에서 바라보고 인정하고 해결해야 한다. 여기서 또한 인정에 그치는 것이 아니라 빠르게 개선하는 것이 가장 좋은 태도이며 방법이 될 수 있다. 타인과의 관계에서 실수를 하게 된다면 빠르게 인정하고 개선하는 모습에서 의도하지 않았다는 상대의 진심을 이해하게 된다. 남에게 하는 실수뿐만 아니라 자신이 저지른 실수도 마찬가지이다. 자신의 실수를 인정하고 개선하려고 노력하는 과정에서 우리는 더 나은 사람으로 변화해간다. 자신이 깨달은 자신의 실수를 인정하는 순간 자신은 발전할 가능성을 얻게 되는 것이다. 이와 함께 자신의 실수에 대해서 개선하려는 의지가 있다면 더욱 좋은 태도이며 자신을 발전시키는 원동력이 될 것이다.

CHAPTER 07

유연한
사고로
생각하라

"유연한 생각은 아이디어를 만들 뿐만 아니라

어려움을 이겨내도록 돕는다."

　사람의 생각은 사람마다 다르다. 어떤 사람은 유연한 사고를 하고, 어떤 사람은 경직된 사고를 한다. 유연한 사고와 경직된 사고의 차이는 무엇일까? 유연한 사고의 문제 해결력은 다양하고 기발하다. 경직된 사고의 문제 해결력은 다양하지 못하고 예전의 답습일 경우가 많고, 고루한 생각에서 비롯된 효과 없는 해결책일 경우가 많다. 이것은 무엇을 의미하는가. 생각의 차이가 행동의 차이, 관점의 차이, 문제 해결력의 차이를 만든다는 것이다. 유연한 생각과 경직된 사고의 차이는 우리가 삶 속에서 만나는 많은 일들에 영향을 미친다.

　업무적으로 볼 때 생각의 유연성은 아이디어를 만들어내며, 고객의 니즈를 잘 파악하게 한다. 은행이라는 곳은 전통적으로 오전 9시부터 오후 4시까지만 영업을 한다. 하지만 주변의 많은 사람들이 평일 오전 9시부터 오후 4시까지 각자의 업무 때문에 은행에 갈 일이 있어도 자유롭게 가지 못하는 경우가 많다. 우리는 변화의 중심에 있다. 새로운 금융이 다가오고 돈의 정의가 변하고 있다. 지금까지 은행은 점포까지 발걸음을 옮겨 가야 하는 '불편함'을 당연하게 여겼다. 창구에서 한참 기다려야 하고, 은행원의 친절하지 않은 설명도 인내해야 했다. 이런 은행에 가고 싶으냐고 묻는다면 아무도 그렇다고 대답하지 않을 것이다. 그래서 모바일뱅킹이나 인터넷뱅킹이 생겨났고, 모바일뱅킹 등으로 많은 일을 처리하고는 있지만 대출이나 통장 개설, 인증서 문제, 해외 송금 등 다양한 이유로 아직도 은행에 직접 가서 해야 할 일들은 많이 있다.

　그러나 이런 불편을 이해하고 주말에 영업을 하는 소수의 은행들이 등장하기 시작했다. 이런 현상은 생각의 유연성에서 만들어진 것이다. 분명 어떤 사람이 처음 이 생각을 떠올렸을 것이다. 주말 근무를 달가워하는 직원들은 없을 것이다. 이 아이디어는 직원의 생각에서 나온 것인지 관리자의 생각에서 나온 것인지 알 수 없다. 하지만 아이디어가 나왔을 때 분명 직원들의 반대에 부딪쳤을 것이다. 이런 아이디어를 낸 사람은 누군가의 비난을 받았을 것임이 틀림없다. 비난도 있었겠지만 무엇보다도 실행에 옮기기까지는 많은 어려움이 있었을 것이다. 결국 이 아이디어의 실행은 누군가의 힘에 의해서 현실로 가능하게 되었을 것이다. 또는 누군가의 희생과 노력과 설득으로 가능했을 것이다. 경직된 사고를 하는 사람들의 집단에서는 아주 작은 일들도 바꿔나가기가 매우 어렵다. 개선해야 할 점들이 눈에 보이지만 반대에 부딪치는 경험을 자주 하게 된다면 더 이상 개선하려는 시도를 하지 않는다. 이런 현상은 조직을 그대로 정체되어 있게 하고, 발전하지 못하게 만드는 요인이 되는 것이다.

반면 직장에서 유연한 사고를 가진 사람들은 나이의 많고 적음에 관계없이, 각 부서의 경계에도 관계없이 통합적인 분석 및 원만한 해결책을 가지고 있다. 적정한 타결점을 찾을 줄 알며 적합한 소통의 방법을 알고 있다. 이들은 일방적으로 통보하지 않으며 상대방의 언어로 이야기할 줄 안다. 아이디어를 교환하고 아이디어에 대한 실행에 관하여 논의한다. 이런 조직은 다양한 서비스를 개발하고, 발전해나갈 수 있다. 아마존의 제프 베조스는 아마존페이 등 결제 관련 서비스, 아마존 런치패드 플랫폼 등 다양한 서비스를 만들어나가고 있다. 이런 조직의 서비스는 어떨까? 편리하고, 수고를 들이지 않고, 시간이 걸리지 않으며, 자동으로 처리해주고, 즐겁고, 거래하고 있다는 의식 없이 끝나는 사용자 경험이 뛰어난 서비스를 제공하게 될 것이다. 아마존의 지금까지의 행보와 마찬가지로 고객의 니즈를 반영한 미래의 편리한 서비스를 만들 것이라 예상할 수 있다. 기업이든 개인이든 유연한 사고와 실행력은 성과로 이어질 것이 분명하다.

이런 현상은 개인에게도 동일하다. 나의 의견이 경직된 사고의 가족 구성원에게 비난을 받거나 빈축을 사게 되었다고 가정했을 때, 그 가정의 구성원들은 같은 경직된 사고로 굳어질 수밖에 없다. 유연한 사고는 서로의 의견을 존중하는 데서부터 시작된다. 상대의 의견을 경청하며 이해하고 받아들여야 한다. 의견이 존중된다면 자신의 생각을 말하는 데 자유로움을 느끼게 되는 것이다. 이런 자유로운 의견 제시는 유연한 사고를 위한 기본적인 과정인 것이다. 사람은 사회적으로 서로 영향을 주고받는 존재이다. 그렇기 때문에 이런 경직된 사고를 가진 사람들과의 경험들은 자신의 생각까지 서서히 경직되도록 만드는 것이다. 나는 이런 경우를 숱하게 많이 봐왔다. 경직된 사고를 가진 관리자나 오너의 통제는 발전의 한계를 가져다준다. 경직된 사고를 가진 조직의 관리자나 조직의 문화는 그 단체를 시간을 거슬러 과거로 가는 길에 서는 회사로 만드는 경우가 대단히 많다. 이런 회사들은 서서히 존재 자체가 불가능해질 것이다.

빠르게 변하는 시대에는 유연한 사고는 삶의 가장 필요한 요소다. 지식과 문화에 있어서도 경계가 허물어지고, 새로운 문화가 만들어지는 경우가 많다. 브랜드의 경우에서 보았을 때, 명품 브랜드의 제품을 일반 옷과 재조합하여 새로운 브랜드로 만들어 유통시키는 업체가 등장하기도 했다. 경계는 허물어지고 재조합되어 새롭게 탄생하는 것이다. 시대가 바뀌고 가치관이 변하면 서비스도 변화해야 한다. 사람들이 무엇을 중시하는지, 그 니즈를 정확히 파악해서 본질적인 가치로서의 서비스를 실현해야 한다.

유연한 사고를 가진 사람은 상처 회복력 또한 우월하다. 나는 양준일이라는 가수의 인터뷰를 본 적이 있다. 양준일은 과거 한국에서 가수 활동을 했다. 획기적인 퍼포먼스와 의상, 어눌한 한국어 등이 당시 문화와 맞지 않아 배척당했고 결국은 가수 활동을 접고 미국으로 돌아갔다. 이후 넉넉지 않은 상황에서 힘들게 살았다. 그런데 유튜브에서 양준일의 옛 영상을 본 네티즌들에 의해 '30년을 앞서간 아티스트'로 재평가를 받으며 유명해졌다. '탑골GD' 등 다양한 이름으로 그의 과거 공연 영상이 유튜브에 게시되었다. 이후 영상이 엄청난 조회 수를 기록하며 대중들에게 알려지고, 방송에서 그를 실제로 보고 싶어 하는 사람들이 생겨나게 된 것이다. 특이하게도 대중들의 요청에 의해 양준일은 TV 매체에 등장할 수 있는 기회가 생기게 된 것이다. 결국은 〈슈가맨〉이라는 TV 방송에 출연하게 되었다.

양준일의 인터뷰는 매우 인상적이었다. 과거의 가수로 활동하던 시기에 가수로 평가받을 기회를 잃은 것에 대해 어떻게 생각하는지에 대해 물었다. 그는 당시의 상황을 겸손히 받아들였고 불만을 가지고 있거나 억울해 하지 않았다. 이유 없이 비판하는 사람도 있었고, 기회를 송두리째 빼앗겼지만 그는 무너지지 않았다. 그는 내면의 강인함으로 존재하고 있었다. 양준일은 가진 것이 없었지만 비굴하지 않았고 자존감이 높았다. 그리고 현재의 인기와 자신의 변화에 대해 기적이라고 말하며 모두에게 감사함을 전하는 친절한 사람이었다.

나는 그의 생각이 바르고 아름답다고 느꼈다. 양준일의 선한 마음과 인간미가 보였기 때문이다. 양준일은 실패와 상처라고 생각했던 과거를 잊고 현재의 삶에서 행복해지길 원했다. JTBC 〈뉴스 룸〉에서 보여준 따스한 인간미와 소탈함, 그동안 겪어온 아픔들을 초월한 의연한 모습 또한 인상적이었다. 그는 생각의 유연함으로 어려움을 극복했고 자신의 상황을 받아들였다. 편견과 불운 탓에 재능을 펼치지 못하고, 20~30대에 서빙과 청소 등 다양한 육체노동으로 가족을 부양한 그의 삶은 화려하지는 않지만 그의 젊은 날의 모습처럼 빛이 난다.

똑같은 현상을 바라보는 관점에서도 유연한 사고를 하는 사람의 관점과 경직된 사고를 하는 사람의 관점은 확연히 다르다. 삶 속에서 유연한 생각은 아이디어를 만들어내기도 하지만 유연한 사고를 가질 때 가장 중요한 장점은 어려움에서 극복하기가 수월해지며 편견에서 벗어날 수 있다는 것이다. 즉, 어려움을 대하는 태도가 달라지는 것이다. 유연한 사고는 우리에게 더 건강한 자아로 성장해나갈 수 있도록 돕는다. 경직된 사고와 무조건적인 이분법적 사고는 틀 안에 갇히게 만든다. 그렇기 때문에 다양성을 인정하고, 다양한 관점으로 바라볼 수 있는 유연한 사고가 필요하다.

CHAPTER 08

도전을
피하지 마라

"도전에 대한 두려움을 버리고 새로운 환경으로 들어가라."

인생에는 여러 가지 도전이 불가피하기 마련이다. 크든 작든 우리의 도전이 필요한 순간이 생긴다. 도전은 때로는 인생을 바꿔주는 열쇠가 되기도 한다. 인생의 열쇠라고 해도 도전이란 두려운 것이다. 도전이란 리스크를 가지고 있기도 하다. 내가 가진 안락한 환경을 버려야 할 수도 있다. 나에게 익숙한 모든 것들로부터 벗어나야 할 경우도 있다.

몇 년 전 거래처의 디자인 실장이던 K와 연락을 주고받았다. 골프 모자를 생산하는 큰 업체의 디자인 실장이었던 K는 회사를 나와 다른 일을 준비하고 있었다. 디자이너로 일하던 사람들은 대부분 자신이 하던 분야의 일을 하기를 원한다. 자신이 하던 일 이외의 다른 일을 알지 못하기 때문에 두려워한다. 일하며 배운 프로그램 다루는 기술들도 사용하지 않으면 쉽게 잊혀지기 때문에 완전히 다른 분야로 옮기기를 주저하게 되는 것이다. 만약 완전히 다른 분야로 움직여야 한다면 많은 고민을 하게 될 것이다. 다른 분야에서 일하는 것에 대해 K도 많은 고민을 했었으리라.

나도 가끔 그런 생각들을 한다. 맛있는 음식을 먹으러 갔을 때, '음식점 사장이 된다면 기분이 어떨까?' 하고 생각하기도 하고, 개를 보면 '애견카페를 하면 어떨까?' 하고 생각하기도 한다. 주변에서 가끔씩 이와 관련된 사업을 같이 해보자는 제의를 해오기도 한다. 전에는 잘 몰랐지만 약간만 눈을 돌리면 세상에 할 일은 참 다양하고 많은 것 같다. 이렇게 다른 분야의 일을 한다고 가정해보고 곰곰이 생각해보면 자신이 살아온 방식과 스타일을 벗어나기란 참 쉽지 않은 것 같다.

어쨌든 가끔 연락을 주고받던 K와 골프 모자 제조업체 관련 건으로 통화를 하게 되었다. 이런저런 이야기를 마치고 얼굴 한번 보자고 했더니 사는 곳이 부산이라는 대답이 돌아왔다. 6개월 전까지도 K는 서울 근교에서 살았고, 부모님도 근처에 살고 계신다는 것을 알고 있었다. 그런데 부산이라니 아무 연고도 없는 곳이었다. 친척도 친구도 없고 한 번도 살아 본 적이 없는 곳이다. 나는 궁금해서 부산으로 이사 간 이유를 물었다. K는 건물을 사서 원룸 임대업을 시작했다고 했다. 나는 그 말을 듣고 약간의 충격을 받았다. 나도 부동산 투자나 다른 직업에 대해서 많은 생각을 해봤지만 사는 곳을 옮긴다는 사실이 부담스러워 시도를 못했던 적이 많았다. 그래서 그것이 어떤 것인지 알고 있다. 가족 전체가 사는 곳을 옮긴다는 것은 도전이며 대단한 용기가 필요한 일이라는 것을. 나의 경우라면 어떻게 했을까? 온 가족과 함께 부모님도 근처에 안 계신 곳으로 이사할 수 있었을까? 확실하게 말할 수 없다. 나에게는 어려운 일이다.

인생의 도전이 필요한 순간은 언제든 올 수 있다. 그 모습 또한 다양하다. 젊은 시절 나 혼자만의 도전이라면 그 결정이 좀 더 쉬울 수 있다. 하지만 가정이 생기고 나면 가정은 작은 사회나 마찬가지다. 개인의 의견이 다 다르고 각자의 의견을 조율해야 할 상황도 생긴다. 가족 전체가 움직이는 도전은 더 어려울 수밖에 없다.

내 오빠는 그야말로 큰 도전을 한 사람이다. 친오빠는 이은미의 〈기억 속으로〉, 김건모의 〈부메랑〉, 장나라의 〈눈물에 얼굴을 묻다〉, 리사 〈사랑하긴 했었나요〉, 가수 박효신의 노래 등을 작곡한, 한국에서 대중음악 작곡가로 활동했던 작곡가였다. 소리바다 이후로 음반 사업에 대해 희망이 없다고 생각한 오빠는 미국으로 혼자 떠났다. 가족들을 한국에 두고 혼자

사업을 시작해보겠다고 떠났다. 당시에 돈도 없었고 영어 한마디 못 하는 오빠는 어떤 용기로 떠났는지 나는 이해가 가지 않는다. 그것은 무모한 도전처럼 보였다. 오빠는 미국에서 사는 동안 집이 없어서 컨테이너에서 먹고 자며 사업을 시작했다. 처음에 시작한 속옷 사업이 잘되었다. 정확히 1년 후 가족들을 모두 데리고 미국으로 이민을 떠났다. 그 후 속옷 사업으로 돈을 벌게 된 오빠는 여성의류 사업을 시작했다. 지금까지 오빠는 미국 전역을 대상으로 의류 사업을 계속하고 있으며, 미국으로 이민 간 지 10년이 되었다.

오빠는 문예창작과를 졸업한 사람이지만 졸업 후 음악이라는 분야에 도전했다. 기타도 독학으로 배웠고 악보 쓰는 법도 독학으로 배웠다. 동료들 중 도움을 준 사람들이 있긴 했지만 오빠의 모든 시도는 용기였고 도전이었다. 나는 오빠의 그런 도전에 대해 많은 생각을 하게 되었다. 오빠는 매 순간 꿈을 위해 도전했다. 그 도전은 무모해 보였고 실패하게 될까 봐 두려웠으며 가망이 없어 보였다. 영어를 못 하는 이민자들이 할 수 있는 일은 야채가게나 세탁소 등이 대부분이기 때문에 비즈니스를 한다는 것은 불가능해 보였다. 하지만 오빠는 도전으로 자신의 삶을 개척했다.

컨테이너에서의 생활은 냉난방이 제대로 되지 않았고, 제대로 먹지 못해 1년이 다된 시점에서는 신체적으로 여러 가지 병들이 생겨나고 있었다. 하지만 컨테이너에서의 생활을 견뎌내며 가족들을 미국에 데려가기 위해 노력했다. 가족들과 생활할 집을 얻을 수 있을 때가 되었을 때 오빠는 가족들을 미국으로 데려갔다. 자신의 꿈을 이루기 위해 도전했고, 자신의 가족들에게 더 나은 환경을 만들어주고 싶어 했던 것이다. 자신의 상황에 안주하지 않고, 더 나은 사람이 되길 원했다. 자신이 원하는 방향으로 삶을 움직이길 바랐던 것이다.

나의 삶을 바꾸고 싶다면 자신의 꿈을 위해 도전해야 한다. 아무 것도 시도하지 않으면 아무 일도 생기지 않는다. 그럼 도전을 하기 위해서는 무엇을 해야 할까? 먼저 자신의 꿈에 대해 생각해봐야 한다. 우리가 현실을 사는 동안 잊었던 자신의 꿈을 찾아야 한다.

강연가인 브라이언 트레이시는 강연에서 이렇게 말한다.

"자신의 목표에 대해 생각해보라. 목표에 대해 30분, 3시간 동안 생각하는 것이 아니다. 단 30초 만에 자신의 인생에서 가장 중요한 세 가지 목표만을 떠올리고 그것을 종이에 적어라. 이것이 인생에서 가장 중요한 목표를 정하는 방법이다. 시간을 30초만을 주고 가장 중요한 3가지 목표를 적으라고 한다면 가장 진실한 자신의 목표를 정할 수 있다."

꿈을 종이에 적었다면 시작해보는 것이다. 나의 꿈을 이루기 위해 해야 할 일들은 무엇인가? 나의 꿈을 이루기 위해 필요한 것은 무엇인가? 도전이 필요할 것이다. 꿈을 이루기 위해 도전하기로 결심하고 목표를 정해야 한다. 나의 꿈을 이루기 위해 필요한 기술 중 내가 잘 못하는 기술은 무엇인가? 내가 익혀야 할 기술은 어떤 것인가? 나의 꿈을 이루기 위해 행동할수록 에너지는 많아진다. 일단 꿈에 대해 생각하고 목표를 정했다면, 그 목표를 이루기 위해 필요한 것들을 익혀야 한다. 목표를 정했다면 포기하지 않아야 한다.

나는 컴퓨터 그래픽 프로그램을 사용해서 일을 한다. 내가 컴퓨터 그래픽 프로그램을 배우고 자격증을 따기로 결정한 것은 참 잘했다고 생각하는 나의 삶의 도전 중 하나다. 컴퓨터 그래픽을 사용하기 전에는 손으로 그림을 그렸다. 컴퓨터 작업이 익숙하기 전에는 손으로 작업하는 것이 편했다. 하지만 세상은 빠르게 변했고, 나도 변해야 한다고 생각했다. 내가 손으로 그리는 것에 만족했다면 어떤 일이 생겼을까? '나는 손으로 그림을 잘 그리니까 그래픽 프로그램을 배우지 않아도 잘 할 수 있어.'라고 생각하고 오만함에 빠졌다면 나는 지금 무엇을 하고 있을까? 아마도 할 줄 모르는 일이 많은 답답하고 불편한 생활을 하며 지내고 있지 않았을까? 아마도 많은 기회를 놓쳤을 것이고, 세상 변하는 것과 상관없는 삶을 살고 있었으리라. 세상이 변하고 편리하게 이용할 수 있는 많은 도구들이 생겨나는데 그

걸 모르고 나만 불편하게 살고 있다면 억울했을 것 같다는 생각이 든다.

  그래픽을 배우는 일이 쉽지는 않았다. 처음 배울 때는 아무것도 아는 것이 없었기 때문에 더욱 힘이 들었다. 폴더가 무엇인지도 모르는 컴맹이 컴퓨터 일반 지식을 배우는 것도 아니고 그래픽을 배우려고 하니 쉽지 않았다. 머릿속에 폴더라는 개념 자체를 가지고 있지 않았다. 그래서 처음 배우는 날 자료를 저장하는 경로 자체를 이해하기 어려웠다. 어릴 때부터 컴퓨터를 다루고 스마트폰을 사용하는 요즘 세대들은 공감이 가지 않을 것이다. 하지만 나는 격변의 시대를 거치며 살아왔다. 한국에서 스마트폰이 처음 나온 지도 불과 10년밖에 되지 않았다.

  그래픽을 배워야 한다고 아무도 말하지 않았고 강요하지도 않았다. 하지만 나는 불편하게 살고 싶지 않았다. 변하는 시대에 따라 나도 변하고 싶었다. 모든 과정을 배우고 자격증을 땄다. 이후의 나는 모르는 것이 없는 삶에 만족했다. 충실히 배우고 익히고 결실을 맺고 나니 성취감도 있었다. 뭐든 할 수 있다는 자신감도 생기기 시작했다. 도태된다는 생각이나 쓸모없는 사람이 되어간다는 걱정도 없어졌다. 나에게 하늘을 날기 위한 날개가 생긴 것이다.

  도전은 어떤 식으로든 삶의 변화를 가져올 수 있는 방아쇠와 같다. 정체

된 삶을 원하지 않는다면 변화해야 한다. 변화를 원한다면 도전이 필요할 수도 있다. 도전이란 내가 경험해보지 못한 것을 시도할 때 도전이라고 말한다. 두려움이 있을 수밖에 없다. 그러나 우리는 두려움을 잠재우고 변화 이후의 삶에 대해 생각해야 한다. 도전과 성취를 이루는 과정에서 우리는 더욱 나아지고 성숙하고 발전하는 존재가 되기 때문이다.

PART 5

지금부터
행복한
사람이 되라

CHAPTER 01

지금부터
행복한 사람이
되라

"행복을 미룬다면 행복한 순간은 영원히 오지 않는다."

'나에게 이것만 있다면 행복할 거야.'
'나에게 이런 일이 생기면 행복할 거야.'

이렇게 조건부 행복을 바란다면 행복은 영원히 나에게 오지 않을 것이다. 제한적 행복을 꿈꾸는 것은 시간을 낭비하는 일이다. 이런 생각을 바꾼다면 바로 지금 이 순간부터 행복해질 수 있다.

어느 날인가부터 나는 깨달았다. 내가 부정적인 생각을 계속 하고 있었다는 것을. 그것이 크게 잘못된 것이라는 것을 알게 된 후부터 나는 나의 생각을 바꾸기로 했다. 나에게 주어진 모든 일에 감사하기로 했다. 처음에는 나에게 감사한 일이 무엇인지 생각하기가 어려웠다. 늘 가지고 있던 것이었고, 늘 보고 있던 것들에 대해서 감사하다는 생각을 하지 못했기 때문이었다. 하지만 나는 의식적으로 감사했고, 나에게 좋은 일이 생길 것이라고 믿어보기로 한 것이다. 처음에는 생소하게 느껴졌다. 내가 하던 생각이 아니기 때문이다. 하지만 생각을 약간만 바꾸는 일은 돈이 드는 것이 아니다. 다른 사람에게 부탁해야 하는 것도 아니다. 그냥 내가 하면 되는 것이다. 그렇다면 나에게 좋다는 이 일을 하지 못할 이유가 무엇인가?

나는 생각을 바꾼 후부터 놀라운 일이 생겨난다는 것을 경험하고 있다. 내가 매일 좋은 일이 일어날 것이라는 기대를 하고 난 후 얼마 지나지 않아서였다. 정말로 놀랍게도 이런 생각을 가진 후부터 거짓말 같은 기적이 매일 일어나고 있다. 나는 이 믿기지 않는 사실이 나의 기억에서 사라지게 될까 봐 매일 메모를 하고 있다. 일기 형식으로 기록하고 나의 기적을 공유하려고 한다. 걱정거리들을 떠올리다가도 의식적으로 고민하지 않으려고 한다. 다만 나는 최선을 다하고 걱정하지 않는 것이다. 얼마 전 나는 돈 문제로 어려움이 있었다. 하지만 걱정하지 않았다. 좋은 일이 일어날 것을 믿었기 때문이다. 그랬더니 정말로 좋은 일이 일어났다. 나는 또 나에게 일어나는 일 중에 감사할 만한 것들이 얼마나 많은지 깨달았다. 감사의 마음이 없을 때는 감사할 만한 것을 찾지 못한다. 감사한 마음이 있기 때문에 보이는 것이다. 예를 들어 이 순간 건강한 가족에게 감사한 마음이 생기는 것과 같은 것이다. 그전에는 알지 못했던 것들에 대해서 감사하게 된다.

나의 예전 모습과 같이 부정적인 생각 속에서 힘든 시간을 겪고 있는 사람이 있다면 생각을 바꾸고 행복해지기를 바란다. 특히 한국에서의 여성의 삶은 시대가 변했다고 해도 여전히 불리한 경우가 많다. 유교적 관습인 남성 위주의 생활방식이 여전히 남아 있다. 사회에서는 아직도 남녀 차별이 존재한다. 이런 환경에서 여자들의 삶은 누구에게도 보호받지 못한다. 가사 분담이나 육아에 대해서도 시대가 바뀌기는 했지만 여전히 많은 부분을 여자가 담당하고 있다. 이런 불공평한 생활에서 행복을 느끼기는 어렵다. 행복을 느끼기 위해서는 긍정적인 생각이 중요하지만 내가 힘이 들 때는 무조건 긍정적으로 생각하는 것 이외에도 자신의 상황이 힘이 든다는 것을 말하고 도움을 요청하거나 나의 권리를 주장하는 것이 행복을 찾기 위한 또 하나의 방법이다. 행복은 삶의 다양한 활동에서 느끼는 감정이다. 자신의 일에 몰입할 때 느끼는 행복감이 있다. 두 번째 사람들과의 친밀한 관계 속에서 느끼는 행복감이 있다. 자신이 원하는 바를 이루었을 때 느끼는 성취감도 행복을 느끼게 해준다.

그렇다면 행복해지는 순간은 언제부터인가? 언제부터 행복을 시작해야 맞을까? 바로 지금 이 순간부터 시작하는 것이다. 내일도 아니고, 1년 후도 아니고, 나의 꿈을 이루고 나서부터도 아니고, 지금 이 순간부터다. 나의 행복을 미루지 말아야 한다. 지금부터 시작해야 한다. 행복을 미루기에 인생은 너무 짧으니까.

스티브 잡스가 병원에 누워 병마와 싸울 때도 지칠 줄 모르고 새로운 무언가를 고안했다고 한다. 관을 삽입해 말을 하지 못할 때는 메모장을 달라고 해서 아이패드를 병실 침대에 고정할 기구를 스케치했으며, X-레이 장치 등을 디자인하기도 했다. 잡스는 간 이식 수술 후 앙상한 몸으로 의자에 의지해 걷는 훈련을 했다. 그는 아들의 고교 졸업, 딸의 일본 여행, 가족과 세계 각지를 여행할 보트의 완성 등의 목표를 생각하며 그 훈련을 해냈다.

우리의 삶은 정작 가족들과 많이 보낼 수 있을 것 같지만 그렇지 못하다. 직장을 다닌다면 오히려 직장동료들과 더 많은 시간을 보내게 된다. 가족들을 위해서 일하며 가족들을 위해 희생하지만 가족들과 보내는 시간마저 충분하지 못한 것이다. 우리는 행복을 담보로 잡아두고 현재를 살아간다. 가족들과도 마찬가지다. 인간은 필멸의 존재이다. 우리의 삶이 유한하다는 것을 알고 있다. 그리고 그 끝이 언제인지 아무도 알 수가 없다. 그런데 지금의 행복을 나중으로 미룰 수 있겠는가? 매 순간 우리의 삶 속에 행복과 사랑을 나누며 살아야 하는 이유다.

나의 이모는 정말 좋은 분이셨다. 항상 따뜻했고 정갈하셨던 분이다. 나는 그런 이모를 엄마만큼 좋아했다. 방학에 이모 집에 가면 맛있는 음식도 많이 해주셨다. 어릴 때 이모는 외할머니가 돌아가시고 혼자 되신 외할아버지를 모시고 계셨던 천사 같은 분이셨다. 나는 이모에게 연락도 자주 하고 맛있는 밥을 사 드리고 싶어 했지만, 항상 괜찮다고 하시고 사양하셨다. 얼마 전 그 이모가 돌아가셨다. 이모에게 내가 이모를 그토록 좋아했다는 말 한마디 전하지 못한 채 돌아가시고 말았다. 시간이 갈수록 이모가 그립고 보고 싶어진다. 주변 사람들과 함께 사랑과 행복을 나누는 일은 미루지 말아야 한다. 행복은 기다려주지 않는다. 이것이 내가 매 순간 행복해야 하는 이유다.

나는 종이 신문을 좋아한다. 신문 읽는 것을 좋아해서 다른 사람들이 인터넷 신문 보기로 바꾸는 동안에도 나는 종이 신문 보기를 고집하고 있다. 신문에서 행복에 관한 연구의 결과를 읽은 적이 있다. 저명한 학자의 오랜 시간에 걸친 연구였다. 나는 행복에 대해 궁금한 사람이기에 그 기사의 결말이 몹시 궁금했다.

하버드 성인발달 연구에서 75년 동안 남성 724명의 삶을 추적 연구했다. 해마다 그들의 일과 가정생활과 건강에 대하여 조사했다. 참가자의 자손들 2,000명도 현재 연구 중이다. 1983년 이후부터 그들의 삶에 관해 추적 연구한 것이다. 실험대상자를 하버드대 2학년 학생을 그룹으로 하고, 다른 하나는 보스턴의 빈민가 젊은이들을 대상으로 연구했다. 75년에 걸친 연구의 결과는 무엇이었을까? 놀랍게도 부와 명예, 열심히 일하기에 관한 것은 아니었다. 사회적 연결은 신체적 건강뿐 아니라 행복감을 주고, 반대로 고립된 삶을 사는 사람은 중년에 이미 건강이 나빠지고 뇌 기능이 저하되고 수명이 짧았다는 것이다. 사람과의 관계는 여러 사람 속에서, 또는 결혼한 상태여도 외로울 수 있다. 따라서 친밀한 사람과의 관계의 질이 중요하다. 50대 때에 인간관계에서 만족도가 높았다면 80대에 가장 건강했다. 친근한 관계는 나이 들면서 겪는 문제와 어려움을 완충시켜주기 때문이다.

좋은 관계는 뇌를 보호한다. 좋은 관계로 결속된 사람은 기억력이 정확하고 오래 지속되었다. 하지만 관계라는 것은 골치 아프고 복잡하고 가족과 친구를 돌보는 고생은 매력적이지도 멋지지도 않은 일이다. 더군다나 일생 동안 해야 하는 일이다. 연구 참가자들도 좋은 삶을 얻기 위해서 명성, 돈, 높은 성취를 쫓아야 한다고 생각했다. 그러나 가장 행복한 사람들은 가족, 친구, 공동체와의 관계에 공을 들인 사람들이었다.

세상은 우리에게 계속해서 더 열심히 일하고 더 노력하라고 한다. 그리고 더욱더 성취하라고 말한다. 좋은 삶을 살기 위해서 그런 것들을 추구해야 한다고 세상은 우리를 압박한다. 하지만 뻔한 결론이라고 생각할 수 있겠지만 그 방대하고 긴 시간의 연구 결과는 결국 좋은 관계가 행복과 건강을 가져다준다는 것이었다.

　우리는 행복에 대해 선택할 권리를 가지고 있다. 행복을 먼저 선택해야 할까, 나중을 위해 남겨 둬야 할까? 진짜 행복은 지금이 아니니까 나중을 위해 남겨둬야 할까? 행복을 나중으로 미룬다면 더 행복할까? 행복은 자신의 생각의 문제이며 관계의 문제이다. 사람의 인생은 짧다. 나이가 젊을수록 시간이 빨리 지나가고 있다는 생각을 하지 못한다. 하지만 바로 이 순간에도 시간은 흐르고 있다. 이 시간은 다시 돌아오지 않는다. 우리는 그동안 많은 것을 미루며 살아왔다. 나중의 행복을 위해 가장 소중한 것들을 놓치고 있었다. 사람의 삶은 유한하다. 좋은 삶은 좋은 관계에서 나온다는 결론을 알게 된 이상 우리는 사랑과 행복을 가족 또는 주변 사람들과 나누는 일을 미뤄서는 안 될 것이다. 우리는 "지금 바로 이 순간부터 행복해야 한다."라는 명제의 이유에 대해 잊지 말아야 한다.

CHAPTER 02

나는 나의 최고의 서포터다

"우리는 매일 만나는 자신을 스스로 응원할 줄 알아야 한다."

부모는 언제나 자신을 응원해주는 유일한 존재다. 글짓기 시간이었다. 선생님은 아무런 제목도, 주제도 없이 스스로 정해서 글을 쓰라고 하셨다. 나는 며칠 전 키우던 병아리가 죽은 일이 생각이 났다. 나는 병아리가 죽은 것이 아주 마음이 아팠다. 어느 정도 성장해서 날개가 커질 만큼 자랐기 때문에 정이 많이 들었다. 그 병아리가 죽어서 속상한 마음을 글로 쓰고 싶었다. '병아리'라는 제목의 글짓기를 했다. 얼마 후 학교의 교지가 출간되었는데 나의 글이 교지에 실려 있었다. 선생님께서는 교지에 대하여 아무 말씀도 하지 않으셨는데, 나의 글이 올라가 있는 것이 아닌가. 나는 별로 대수롭지 않게 생각을 했다. 집에 가져와서 엄마에게 보여드렸더니 엄마가 대단히 기뻐하셨다. 그 후로도 엄마는 그 교지에 실린 나의 글이 가장 큰 자랑거리였다. 엄마는 나를 응원해주셨던 것이다. 그때는 그것이 응원이었는지도 몰랐다. 그 응원은 지금까지 잊히지 않고 지금까지도 나에게 힘을 주고 있다.

응원이란 받는 사람에게 긍정적인 에너지와 자신감을 준다. 사람은 칭찬과 응원과 사랑을 받으며 살아가는 존재다. 그것으로 힘을 얻고 행복을 느낀다. 나는 NBA의 마이클 조던과 같은 농구 선수다. 농구 코트에서 3점 골을 넣을 때마다 관중은 나를 향해 환호하고 힘찬 응원을 보낸다! 이런 상상을 한다면 얼마나 신나는 광경인가? 응원이란 정말 큰 에너지의 원천이다. 100미터 달리기를 하고 골인 지점으로 도착하는 선수의 가슴 벅찬 그 순간, 관중들의 환호성은 가슴을 뛰게 한다. 그 순간 나는 힘들다는 사실을 잊게 된다. 경기의 막바지에 다다른 순간 다리와 온몸의 근육이 찢어지는 듯한 아픔과 심장이 터질 듯한 고통을 느끼지만 응원의 소리는 강력한 모르핀과도 같이 그 고통을 잊게 한다. 응원이란 가장 힘든 순간을 견디게 해준다. 스스로에게 힘들고 고통스런 순간 응원해줄 수 있다면 우리는 다시 일어나 힘을 내고 그 시련을 이겨낼 수 있다.

어릴 때 체육대회의 꽃이었던 이어달리기 경기를 기억하는가? 바통을 전달받으며 달려 나갈 때 순위가 바뀔 때마다 관중들은 환호와 탄식이 뒤섞인 흥분과 응원이 터져 나왔다. 우리는 그날의 엄청난 에너지를 기억한다. 그 응원을 들으며 선수들은 자신이 가진 최대의 기량을 끌어낸다. 빙상 경기 중 하나인 쇼트트랙의 경기를 본 적이 있는가? 한 트랙을 돌 때마다 바뀌는 순위에 관객은 엄청난 흥분의 도가니에 빠져들어 응원의 함성으로 경기장을 뜨겁게 달궈놓는다.

사람의 말에는 힘이 있다. 응원은 말과 마음으로 하는 것이다. 기도의 힘이 바로 이것과 동일하다. 기도 또한 마음과 말로 하는 것이다. 응원과 기도는 동일한 효력을 가진다. 우리는 이 힘을 경험해본 적이 없기 때문에 기도의 힘을 믿지 않는 것이다. 기도의 신비한 힘을 경험하게 되면 기도로써 많은 일이 일어날 수 있다는 것을 이해하게 된다. 우리 자신도 마찬가지다. 우리가 자신에 대해 열렬히 응원할 때 스스로 에너지를 만들어내게 된다. 우리가 지금껏 살면서 나 자신을 열렬히 응원한 적이 몇 번이나 있었을까?

토트넘에서 활약하는 손흥민 선수가 애스턴 빌라전에서 크게 다쳤다. 경기 시작과 동시에 큰 충돌로 넘어졌고, 오른팔 골절 진단을 받았다. 이후 손흥민은 팔꿈치를 만지며 고통스러워했고, 오른팔이 제대로 펴지지 않는 모습을 보였다. 하지만 놀라운 점은 손흥민은 그 부상 속에서도 통증을 참아가며 당시 경기를 풀타임으로 소화했다. 풀타임을 소화한 것도 부족해

팀의 승리를 이끌었다. 그의 근성과 투지는 대단했다. 영국 시민들은 '쏘니'를 연호하며 그를 응원했다. 이후 손흥민은 이렇게 말했다. "통증을 느꼈지만 이것 때문에 뛰지 못한다고 말하고 싶지 않았다.", "지금 생각해보면 어떻게 그렇게 했는지 모르겠다."며 미소 지었다. 이것은 손흥민의 의연함과 배려와 의지 때문에 가능한 일이었다. 또한 손흥민은 그를 걱정해주고 응원하는 관객들의 에너지를 느꼈고, 당시 그것이 손흥민을 끝까지 뛸 수 있게 하는 힘이 되었을 것이다. 이처럼 우리는 응원에 힘입어 절박한 상황에서도 아픔을 잊은 채, 하고 있는 일에 집중할 수 있다. 응원은 힘을 주기 때문이다. 또한 응원은 고통을 잠재울 강력한 진통제와 같은 역할을 한다.

나는 하고 있는 일에 대한 회의감이 들었던 적이 있다. 마음이 답답하고 힘이 들어서 대화할 상대가 필요했다. 퇴근길에 친구에게 전화를 했다. S는 나의 어린 시절 친구다. S는 나의 마음을 이미 알고 있었다. S는 나에게 진심 어린 응원을 해주었다. 최근의 나의 변화도 좋고, 노력하는 모습이 정말 보기 좋다고 말하며 내가 하는 일이 잘 되길 진심으로 말해주었다. 친한 친구가 그렇게 말해주니 나는 그 전화 통화가 정말 큰 힘이 되었다. 이후로도 나는 평상시 때때로 친구가 나에게 해주었던 좋은 말들을 떠올린다. 힘들 때 누군가 내 편이 되어준다는 것은 정말 힘이 된다. 그 힘으로 우리는 다시 일어날 수 있는 것이다.

나의 가장 든든한 후원자는 나의 엄마다. 나는 마음이 힘들 때 가장 먼저 엄마 생각이 난다. 나는 힘들 때 마음으로 엄마를 부른다. 내가 어렵고 힘든 상황에 있을 때면 엄마는 항상 희망을 이야기해주셨고 걱정해주셨다. 어릴 때 세상에서 가장 포근하고 따뜻한 곳이 엄마의 품이었고, 다 커서는 엄마가 나의 고향이 되었다. "신은 모든 곳에 있을 수 없기에 어머니를 만들었다."는 유대인의 속담이 있다. 이처럼 이 세상의 모든 엄마는 자식의 가장 든든한 후원자다. 우리의 가장 든든한 후원자가 있음을 알기에 우리는 오늘도 힘을 얻고 하루를 시작한다. 부모만큼 자식을 사랑하는 사람이 있을까? 자신을 사랑하지 못하는 사람일지라도 그의 부모는 그를 더 사랑하고 있다.

〈라이언 일병 구하기〉 영화 속에서 "엄마! 엄마!" 오마하 비치 상륙 장면에서 죽어가던 한 군인의 절규이다. 의무병 웨이드가 죽을 때도 모르핀을 치사량까지 맞고 집에 가고 싶다는 말과 함께 엄마를 찾으며 숨이 끊어진다. 해병의 사망 장면에서도 "어머니!" 하는 대사로 숨이 끊어진다. 수많은 전쟁에서 전사한 군인들의 마지막 말은 엄마를 찾는 경우가 많다고 한다. 태평양 전쟁에서 강제로 투입된 자폭 대원들이 천황폐하 만세가 아니고 '오카상(엄마)'을 외치며 죽었다는 참전 군인의 증언이 있다. 이처럼 우리가 가장 절박한 어려움에 처할 때 찾게 되는 사람이 바로 엄마다.

자신을 가장 응원해줄 수 있는 사람은 바로 부모님과 자기 자신이다. 경우에 따라 부모님이 응원을 해주지 못하는 상황일 수도 있다. 그럴 때 자신을 응원해줄 사람은 바로 자신이다. 내가 아닌 다른 사람들의 응원을 받는다는 것은 정말 든든하고 행복한 일이지만 다른 사람의 응원을 매일 받을 수는 없다. 그래서 우리는 매일 만나는 자신을 스스로 응원할 줄 알아야 한다.

우리는 항상 타인의 기준으로 생각하고 타인의 기준으로 행동한다. 자신이 스스로 내리는 인정보다 타인의 인정을 받으려고 노력한다. 자신이 바라보는 자신보다 타인의 시선을 더 의식한다. 우리는 스스로의 관심보다 타인의 관심을 기대한다. 우리는 항상 스스로의 칭찬보다 타인의 찬사를 받고 싶어 한다. 우리는 스스로를 응원하기보다 타인의 응원을 기대한다. 하지만 이제부터 사람들이 나를 응원해주기 바라기 전에 내가 먼저 나를 응원해보자. 우리는 모두 스스로 빛을 발하는 태양과도 같은 존재다. 에너지가 넘치고 밝고 아름답고 뜨거운 열정을 가진, 때때로 구름에 가려져 본모습이 보이지 않는 구름 뒤의 태양이다.

CHAPTER 03

내가 깨달은
행복의 법칙

"감사함으로 시작하는 행복은 좋은 사람들과 함께하도록 한다."

나는 적지 않은 시간을 낭비하며 행복에 관한 원리 같은 것을 깨닫게 되었다. 행복은 기다리는 것이 아니다. 행복은 기다릴수록 내게 오지 않았다. 내가 행복을 기다리는 초조한 마음으로 주변을 바라보았을 때 현명한 사람들은 이미 행복했다. 나를 제외한 많은 사람들이 행복 속에 미소 지었다.

내가 가장 좋아하는 친구 K가 있다. K는 배울 점이 많은 나의 대학 동창이다. K는 늘 보고 싶은 친구다. 그 친구가 왜 보고 싶을까? 그 친구가 왜 좋을까? K는 늘 즐겁고 유쾌하기 때문이다. K와 함께 있는 시간은 빠르게 지나간다. 시간 가는 줄 모른다. K는 늘 행복한 사람이다. K의 행복은 나에게도 전해진다. K는 늘 밝고 재미있고 고민이 없다. 고민이 있다고 해도 K의 능력으로 그것은 금방 해결된다. K의 그런 모습은, 보는 나를 즐겁게 한다. 이런 즐겁고 행복한 느낌은 타인에게도 전달된다. 사람의 감정은 에너지가 되어 다른 사람에게로 전달되는 것이다. K는 항상 좋은 에너지를 가지고 있다. 나는 K를 보며 행복한 사람이 얼마나 매력적인지에 대해 알게 되었다. 이것이 바로 행복의 법칙이다. 행복한 사람은 매력이 있고, 매력 있는 사람은 그 사람의 주변으로 사람들이 모여든다. 그래서 행복한 사람은 외롭지 않다. 행복한 사람은 늘 사람들과 함께하며 즐겁다. 주변에 좋은 사람들이 넘쳐나고 점점 더 행복해진다. 주변의 좋은 사람들과의 만남은 또 다른 좋은 기회로 연결되기도 한다.

그 친구를 보면서 나는 행복의 의미에 대해서 생각하게 되었다. 행복은 거창한 것이 아니다. 행복은 어려운 것이 아니다. 긍정적이고 낙천적인 마음으로부터 시작한다. 행복은 나로부터 시작하는 것이다. 자신의 내면으로부터 나오는 감사의 마음으로부터 나온다. 내가 가진 것에 대한 진실한 감사함은 가장 기본적이며, 가장 강력한 행복감을 만들어줄 것이다.

내가 의지하고 있는 책에 또한 어김없이 감사해야 하는 이유에 대해서 쓰여 있다. 무엇에 대해 감사해야 할까? 감사함을 잊고 살았다면 감사할 것을 찾는 데 시간이 걸릴 것이다. 나 또한 예전에는 감사해야 할 것들을 찾는 데 힘이 들었다. 감사의 마음 없이 각박하게 살아왔기 때문이다. 하지만 감사하고부터는 마술처럼 행복의 감정들이 생겨나는 것을 경험하게 되었다. 일단 당연하다고 여겼던 나와 가족의 건강에 대해서 얼마나 잊고 살았던가? 이렇게 건강하게 일상생활을 할 수 있다는 것은 엄청난 기적이다. 건강에 감사해야 한다. 주변에 매일 사고와 병으로 불행을 겪는 이들은 수없이 많다. 하지만 나와 가족이 현재 건강하다면 우리는 이미 행복한 것이다.

15년 만에 연락이 닿은 대학 동창을 만났다. 아들이 태어난 후 얼마 지나지 않아서부터 잦은 발작을 하더니 그 이후로 일어서지 못하고 누워만 지내고 있다고 했다. 키도 크고 잘생겼건만, 10살인 아들을 씻고 먹이고 아기처럼 키우는 친구를 보니 마음이 아팠다. 그 가운데에서도 감사하며 행복을 느끼며 살고 있었다. 우리가 건강하다면 이미 얼마나 행복이 넘치고 있는지에 대해 깨달아야 한다.

이 글을 쓰고 있는 지금 나는 글을 쓰도록 허락해주심에 감사하고 있다. 나에게 해야 할 일이 있음에 대해 감사한다. 쉴 수 있는 안락한 집이 있음에 감사한다. 내 주변의 모든 것이 감사할 것들이다. 더 이상 행복을 외부에서 찾으려고 헤매지 말아야 한다. 행복은 이렇게 가까운 곳에 있지만 다만 내가 행복을 맞이할 준비가 되어 있지 않을 뿐이다. 내가 행복을 만날 준비가 되어 있지 않다면 행복을 맞이할 수 없다. 마음속에서 "아직 행복은 내가 가질 수 없는 것"이라고 믿고 있다면 행복을 만나기는 어렵다. 자신이 행복할 자격이 없다고 생각한다면 행복은 오지 않는다. 행복은 억지 부리지 않는다. 준비가 되지 않은 사람에게 가지 않는다.

나는 행복한 일이 있으면 곧 불행한 일도 생길 것이라고 생각했었다. 행복과 불행은 함께 오는 것이라고 생각했기 때문이다. '행복만 있는 완벽한 삶은 이상에 지나지 않는다.'라고 생각했다. 이것이 얼마나 잘못된 생각이었는가? 행복한 순간에도 행복을 온전히 느끼지 못하고 불행이 닥칠지 모른다는 생각으로 불안해했다. 그것은 완전히 잘못된 나의 착각이었다. 자신의 생각에 따라 삶의 매 순간을 행복으로 채울 수 있다는 사실을 깨닫게 되었다. 행복은 기다린다고 오는 것이 아니다. 오히려 행복이 나를 만나기 위해 기다리고 있다. 행복은 감사와 긍정의 마음으로 시작된다. 행복은 외부에서 오는 것이 아니다. 행복을 찾아다닌다고 해서 만날 수 있는 것이 아니다. 행복은 내가 맞을 준비를 해야 하며, 행복을 바라볼 수 있는 눈이 있어야 만날 수 있다.

나는 매주 금요일마다 영어 스터디 모임에 참석한다. 영어 스터디에는 젊은 사람들이 대부분이고 직업도 다양하다. 교사, 회사원, 부동산중개인, 의사, 유치원 교사, 사업가, 군인 등 여러 분야의 사람들을 만나게 된다. 각계

각층의 사람들과의 만남은 흥미롭다. 토론을 할 때는 자신만의 생각과 느낌을 말하기 때문에 대화를 나누다 보면 자연스럽게 그 사람의 성격이나 가치관 등에 관하여 알게 된다.

그날의 토론 주제는 "언제 행복을 느끼는가."에 대한 토론이었다. 멤버들과 지금껏 행복했던 순간들에 대해 이야기를 나누었다. 사람들과의 만남에서 행복을 느끼는 사람, 여행에서 행복을 느끼는 사람, 맛있는 음식을 먹을 때 행복을 느끼는 사람, 선물을 받을 때 행복을 느끼는 사람 등 여러 가지 의견들이 있었다. 토론했던 멤버들 모두 행복감을 느끼는 때가 언제였는지에 대해 이야기했다. 이야기를 들어보니 모두 비슷비슷한 생각들이 많았다. 주로 특정한 시간이나 장소나 특별한 때에 느낀다는 의견들이 많았다.

그러나 유독 눈에 띄는 멤버가 한 명 있었다. 20대 공중 보건의였다. 그는 아침에 눈을 떠서부터 자신의 행복한 하루가 시작된다고 말했다. 자신은 매 순간 행복을 느낀다고 말했다. 사소한 순간순간이 모두 행복의 순간이었다고 술회했다. 동료들과 농구 경기를 할 때도 정말 행복하고, 자신의 모든 사소한 일상에서 행복을 느낀다는 것이었다. 말할 때 그의 표정에서부터 행복이 표현되고 있었다. 나는 그의 의견이 아주 인상 깊었다. 모두 행복했던 한 때에 대해 이야기를 하고 있는데, 오직 그 사람은 자신의 모든 일상이 행복의 순간이라고 말하고 있는 것이다. 나는 그 순간 충격을 받았고 어떤 깨달음이 있었다. 또한 그 말 한마디에 그가 어떤 사람인지에 대해 알 수 있었다. 그가 얼마나 긍정적인 사람인지 알 수 있었고, 그의 삶은 행복과 즐거움의 한가운데 있다는 것을 알 수 있었다. 의사가 되기 위해 했을 어려운 공부도 그는 저런 긍정적인 태도로 했을 것이 분명했다. 그가 동료들과 어울릴 때도 저런 긍정적이고 유쾌한 태도와 표정이 나왔을 것이 분명했다. 운동할 때도 더할 나위 없이 행복했을 것이 그려졌다. 다가올 그의 미래도 행복할 것이라고 생각되지 않는가? 그 사람의 삶은 바로 행복 그 자체라는 것을 알 수 있다.

삶의 모든 순간순간에 행복을 느끼는 사람이 흔하지는 않지만 분명 있다. 우리의 삶의 매 순간을 행복으로 만들 수 있는 사람이 누구일까? 그 누구도 아닌 바로 자신일 것이다. 나의 삶을 바꿀 수 있는 사람이 누구인지 생각해보라. 행복은 기다리면 오는 것이 아니다. 행복을 찾아다닌다고 해서 찾을 수 있는 것은 아니다.

우리가 인생에서 누리기 어려운 많은 것을 가졌거나 누리는 사람들이 자살하는 경우를 생각해보자. 우리는 매체를 통하여 남부러울 것 없을 만큼 돈과 명예를 가진 사람들의 갑작스런 죽음에 대한 소식을 듣는 경우가 많다. 그들은 무엇 때문에 자신의 삶을 마감하는 것일까? 어떤 생각이 그토록 삶을 무가치하게 만들었을까? 이처럼 행복이란 자신의 생각의 개인차가 가장 큰 감정이다. 일반적인 사람들이 행복의 조건으로 생각하는 돈이나 명예는 자신의 절망 앞에서 아무것도 아닌 것이 되는 것이다.

　그래서 우리는 스스로 행복을 맞을 준비가 되어 있는지에 대해 생각해 보아야 한다. 우리는 돈이나 시간이나 사람과의 관계나 많은 것들을 가질 수 있다. 하지만 행복을 맞을 준비가 되어 있지 않은 사람에게는 이런 것들은 아무런 행복의 요소가 될 수 없는 것이다. 내가 행복을 맞이할 마음의 준비가 되어 있지 않다면 사람들이 행복의 요소라고 말하는 것들을 아무리 많이 가지고 있다 해도 스스로 행복을 느끼지 못하고 불행한 것이다. 불행하다고 느끼는 사람은 어떤 환경에서도 불행을 느낀다. 환경이 나쁘면 불행하다고 느끼고, 환경이 좋아져도 불행하다고 느낀다.

　내가 가장 행복했던 때가 언제였을까. 엄마와 같이 있을 때, 가족들과 같이 있을 때다. 엄마와 맛있는 음식을 같이 만들 때, 엄마와 같이 수다 떨때, 엄마와 같이 여행 갔을 때. 우리는 가족과 함께 있는 시간, 친한 친구와 함께 있는 시간, 사람을 만나는 시간에 행복을 느낀다. 사람은 혼자 살 수 없는 존재다. 함께 이야기하며 생각을 나누고 알아갈 때 행복을 느낀다. 그런 나와의 관계 속에 있는 사람들과 함께 행복해진다. 자신이 목표한 바를 이루며 사는 것이 오로지 혼자만의 노력과 혼자만의 삶이라고 생각할지 모르지만 이 모든 것들은 기본적으로 사람들과의 관계 속에 얽혀 이루어진다. 결국 행복한 매 순간은 자신의 생각으로 만들 수 있으며, 더불어 좋은 사람과의 관계는 행복의 길에 이르도록 해줄 것이다.

CHAPTER 04

꿈을
이루어가는
소중한 시간

"자신의 진짜 꿈을 찾아 한 발을 떼는 시도가 중요하다."

꿈이 무엇인지조차 제대로 모르던 시절이 있었다. 나의 젊은 날들은 꿈
꾸는 법도 제대로 배우지 못한 채 현실에 내동댕이쳐졌다. 매서운 현실에
찰과상을 입었고 쓰라린 상처에 어찌할 바를 모르고 길을 잃었다. 어떤 꿈
을 꾸어야 할지 몰랐다. 학교에서는 꿈을 꾸는 법을 가르치지 않는다. 하지
만 자책할 필요는 없다. 많은 사람들이 자신의 꿈이 무엇인지 모른다. 일찍
자신의 꿈을 찾는 사람도 있지만, 젊은 날을 방황하고 나이가 들어서야 자
신의 꿈을 찾는 사람들도 있다. 그래도 일생의 한 번이라도 자신의 꿈을 찾
을 수 있다면 행운이라고 생각한다. 어쩌면 죽을 때까지 찾지 못할 수도 있

으니까 말이다.

꿈을 이루는 사람들. 마이너리그에서 메이저리그로 가는 사람들이 바로 그들이다. 우리의 인생은 꿈을 이루지 못한다면 마이너리그에서 뛰는 것과 같다. 꿈을 이루고 더 나은 곳으로 가는 것을 메이저리그라고 생각해보자. 우리는 모두 꿈을 이루고 메이저리그로 가길 바란다. 메이저리그에서 뛰는 그들도 시작은 쉽지 않았다. 시작은 마이너리그에서 시작했다. 하지만 어려움 속에서 좌절하지 않고 꿈을 향해 걸어갔기에 메이저리거라는 꿈을 이룰 수 있었다.

나 또한 오랜 시행착오를 거치고 난 후 마음 설레는 나의 일을 찾았다. 나의 꿈을 찾기 위한 긴 여정이었다. 나는 다양한 분야에서 많은 경험을 했다. 어떻게 보면 그런 경험들은 나의 꿈들과는 전혀 연관이 없을 수도 있는 그런 일이었다. 그것은 나의 방황의 결과였다. 나는 다른 한편으로 생각해본다. 절대적인 자신의 가치대로 움직였다면 그 방황의 시간을 줄일 수 있었을까? 그렇다. 방황하지 않았다면 나는 좀 더 빨리 나의 꿈에 대해 생각하고 좀 더 빨리 꿈을 이룰 수 있을 것이다. 나는 먼 길을 돌아왔지만 내가 겪었던 모든 일들이 나의 경험으로 남아 있기에 후회하지 않는다. 나는 지금 꿈을 이루어가는 여정에 서 있기 때문이다. 이제는 뒤돌아 볼 필요도, 옆을 볼 필요도 없다. 이제 꿈을 꾸는 방법을 알았고, 꿈을 이루어나가는 방법을 깨달았다. 나는 나의 꿈을 바라보며 꿈을 향해 나아가는 이 시간들이 행복하다.

우리는 바쁜 일상생활에서 내가 가진 꿈에 대해 깊게 생각하지 못한다. 시간이 흐르는 대로, 내 앞에 주어진 길대로 순응하며 살아가는 사람들이 대부분이다. 특히 젊은 사람들 중에는 자신이 무엇을 좋아하는지 모르는 것이 큰 고민인 사람도 있다. 나 또한 그랬다. 자신의 진짜 꿈을 안다는 것은 정말 어렵고 중요한 일이다. 마음속의 진짜 나의 꿈을 만난다면 어떤 일이 생길까? 지금 당장 기꺼이 시작할 마음이 생길 것이다. 그 꿈에 집중할 수 있을 것이다. 하지만 자신의 꿈에 대해 제대로 생각하지 않고 목표를 세운다면 끝까지 지속하지 못할 수도 있다. 꿈을 이루어가는 길에 힘든 순간을 만날 수도 있기 때문이다. 그 시간을 견디게 하는 것은 자신의 간절한 꿈이 있기 때문이다.

강철왕이라 불리는 앤드루 카네기는 영국 스코틀랜드에서 태어나 1848년 12살 때 미국으로 건너왔다. 그는 방적공, 기관조수, 전보배달원, 전신기사 등 여러 직업을 전전하다가 철도 감독으로 자리를 잡았다. 그는 투자 솜씨를 발휘하여 얼마간의 재산을 모을 수 있었는데, 이를 바탕으로 톰슨 제철공장을 설립하고 본격적으로 철강 사업에 뛰어들었다. 1901년 카네기는 자신의 제철회사를 J. P. 모건에게 약 5억 달러에 팔았다. 자신에게 남은 약

2억 5천만 달러의 돈으로 그는 여생을 교육 사업과 사회사업에 헌신했다. 피츠버그에 있는 카네기멜론 대학이 그의 재정적 후원에 의해 설립된 대학이다. 일생 동안 그는 수억 달러의 돈을 자선으로 기부했다.

우리는 모두 카네기와 같이 꿈을 이루고, 종국에는 자선으로 타인에 기여하는 삶을 살고 싶어 한다. 그런 삶을 살려면 지금 나는 무엇을 해야 할까? 꿈을 이룬다면 나의 삶이 어떻게 달라질지 생각해보자. 그 꿈이 나에게 왜 중요한지 생각해봐야 한다. 꿈을 이루려면 목표를 세워야 한다. 목표를 세우기 전 반드시 해야 할 중요 과제가 있다. 자신의 꿈에 대해 생각해보는 것이다. 자신의 꿈이 무엇이지 알아야 이룰 수 있다. 만약 그 꿈에 대해 제대로 확인하지 않고 목표를 세운다면 지속하기 어렵다.

충분히 생각해보고 결정한 꿈을 위한 여정이었다고 해도 아니라고 생각할 수 있다. 이런 일이 놀랄 일은 아니다. 나 또한 이런 시행착오를 여러 번 거쳤다. 지금 가는 길이 아니라고 느꼈다면 다른 길로 가도 괜찮다. 때로는 자신의 적성에 맞는 일인지 고민해볼 시간이 한 번도 없이 10년이 가기도 한다. 바쁜 일에 치여 열심히 앞만 보고 달리다가 문득 돌아보니 자신과 맞지 않는 길임을 깨달을 수도 있다. 너무 먼 길을 왔다고 생각이 들더라도 꿈을 위한 여정은 포기하지 않아야 한다. 이 길이 아니라고 느껴진 순간 다른 길로 가도 괜찮다. 만약 시간을 잃고 싶지 않다면 자신의 꿈에 대해 다각적으로 생각하고 경험해보며 알아내야 한다.

나는 한때 현실의 각박함만이 눈에 보였고, 그것이 삶의 전부인 줄 알았다. 꿈을 가졌던 기억조차 잊혀갔다. 나는 삶에 찌들어갔다. 현실과 이상과의 간극은 좁혀지지 않았다. 그렇게 나의 꿈은 서서히 사그라졌다. 답답했던 나는 어디에서든 지혜를 얻고 싶었다. 아무도 꿈이 왜 중요한지 가르치지 않는다. 나는 나의 꿈을 알아내기 위해 많은 노력을 했다. 내가 할 수 있는 가장 쉬운 방법은 책을 통해 지혜를 얻는 것이었다. 나는 책을 사는 것에 대해 관대하다. 사고 싶은 책이 있으면 아끼지 않고 사는 편이다. 책에 들어 있는 지식이나 지혜는 때로는 나의 운명을 바꿔줄 수도 있는 멋지고 중요한 도구다. 그런 지혜가 들어 있는 좋은 도구가 밥 한 끼와 커피 한 잔 먹을 돈으로 살 수 있다는 것은 참 행복한 일이다. 이런 책을 사는 일은 밥 먹고 차 마시는 것 이상의 가치가 있다. 모바일로 보는 책도 좋고 일반 책도 좋다. 우리가 매일 세끼를 먹어야 움직일 힘을 얻듯이 우리의 마음에도 양식이 필요하다.

소심한 사람에게는 자신이 꿈을 이루는 게 느리게 보일 수 있다. 하지만 느려도 상관없다. 자책할 필요도 없다. 꿈을 이루기 위해 한 발을 떼고 시도한다는 것이 중요하다. 실행을 위해 무엇을 해야 할지 생각하고 구체화시켜보자. 자신이 이루고 싶은 꿈을 생각하는 일은 아주 재미가 있다. 그 상상

속에 내가 주인공이고, 내가 영화배우로 등장한다. 내가 원하는 공간에서 내가 원하는 옷을 입고 내가 원하는 일을 하고 있다는 상상만으로도 마음이 설렌다. 꿈을 이루는 사람은 이 세상이 전부 자신의 무대가 된다.

연말 연예 대상 시상식을 보고 있었다. 그는 무명 배우였다. 오랫동안 연극배우로 활동했다. 연극배우로 연극무대에만 서다가 드라마에 출연하게 되었을 때 얼마나 기뻤을까? 그는 나이가 많은 배우였다. 사람들에게 주목받지 못하던 배우였다. 하지만 그는 운 좋게 드라마에 출연하게 되었다. 그 드라마는 인기가 있었다. 아무도 모르던 무명의 그 배우는 드디어 대중에게 알려지기 시작한 것이다. 그 영화배우는 수상소감을 시작했다. 그의 수상소감을 들으니 나도 모르게 눈물이 났다. 그의 수상소감은 감동적이었다. 그는 자신이 이 자리에 서 있다는 것 자체가 기적이라고 운을 띄우며, 자신의 진실한 심정과 수상소감을 담담하게 이야기했다. 자신이 수상하는 자리에 선 순간이 기적이라는 것은, 그의 겸손함과, 감사하는 마음과, 기쁨의 심정을 모두 담은 담백하고도 아름다운 수상소감이었다. 그 수상소감을 듣고 나니 그가 더욱 멋진 사람처럼 느껴졌다.

그는 자신의 꿈을 이루기 위해 포기하지 않고, 묵묵히 지금까지 그의 길을 걸어온 것이다. 그 긴 시간 동안 그는 포기하고 싶은 순간도 있었을 것이고 실망했던 때도 있었을 것이다. 하지만 그는 꿈을 향하여 계속 앞으로 나아갔다. 그는 멈추지 않았다. 그는 포기하지 않았다. 그런 그에게 기회가 생겼고, 그는 그 기회를 통해 대중들에게 알려지게 되었다. 그는 드디어 꿈을 이룬 것이다.

꿈을 이루어가는 사람들은 아름답다. 꿈을 이루는 과정에 있는 사람은 자신이 행복의 구름다리에 서 있다는 것을 기억해야 한다. 우리가 꿈을 모두 이루고, 그 순간들을 떠올렸을 때 어려움은 다 잊히고 아름다운 추억만 남게 될 것이기 때문이다.

CHAPTER 05

생각을 바꾸면
어떤 일이
생길까?

"유연한 생각의 가장 큰 힘은 다양한 가능성을 만드는 것이다."

생각을 바꾼다는 것이 무엇인가? 생각을 바꾼다는 것이 무엇인지조차 정확히 모르는 사람이 있다. 그들의 생각은 고정되어 있고 경직되어 있다. 마음이 닫혀 있는 것이다. 그런 사람에게는 변화라는 것이 올 수 없다. 변화 자체도 싫어하거나 귀찮아한다. 자신의 인생이지만 남의 일 보듯 한다. 이런 사람에게 발전이란 있을 수 없다.

Y라는 사람이 있다. 그는 젊은 시절 잘 나가던 사람이었다. 회사에서 인정받았고 돈도 많이 벌었다. 하지만 시대가 변화했고, 모든 것이 디지털로

변하는 사회가 되었다. 그는 업무에 필요한 새로운 지식도 배우려고 하지 않는다. Y는 자신이 부족한 것에 대해 인정하려고 하지 않는다. Y는 항상 과거의 영광만을 떠올리며 산다. Y는 미래를 바라보는 삶에 대해 진지하게 생각해본 적이 없다. 현실에 안주하며 세상이 잘못되었다고 생각한다. 일이 안 되면 남 탓을 하고 자신의 문제라고 생각하지 못한다. 항상 남을 의심하고 부정적인 시선으로 바라본다. 자신이 변해야 한다고 생각하지 못한다. 점점 꼰대가 되어가는 자신을 인식하지 못한다. 나이가 더 들어 완전한 꼰대가 되고 나면 아무도 자신을 환영하지 않는다는 사실을 알지 못한다. Y는 점점 더 외로운 삶을 살게 될 것이 분명하다. 아니면 그저 그런 자신과 비슷한 사람들과 하릴없이 시간을 소비하고 다닐 것이다. 여전히 남 탓을 하고 있을 Y가 눈에 선하게 그려진다.

유연한 생각이야말로 현대인에게 가장 필요한 덕목이라고 생각한다. 시대가 워낙 빠르게 변화하기 때문이다. 사람의 생각이 닫혀 있으면 변화하지 못한다. 나이가 많이 든 사람도 이야기를 해보면 의외로 젊게 느껴지는 사람들이 있다. 그런 사람들은 현재의 시대 변화에 대해서 많이 알고 있으며, 자신만의 생각이 있는 사람들이다. 그런 사람은 나이가 들었다는 생각이 들지 않는다. 생각이 젊기 때문이다. 생각이 젊은 사람은 열려 있는 사고를 한다. 타인의 의견을 수용하는 능력도 크다. 이런 사람과는 이야기를 나누기도 수월하다. 물이 흘러야 하듯이 고여 있는 물은 썩을 수밖에 없다.

사람의 생각도 마찬가지다. 매일 같은 생각을 하는 사람에게 변화는 오지 않는다. 자신 앞에 보이는 현상 자체도 바로 볼 수 없다. 생각의 유연함과 긍정적인 생각은 많은 일이 가능하도록 이끌어준다.

인상 깊게 본 신문기사가 있었다. 사람의 성격에 관한 연구였다. 사람의 성격은 어릴 때 형성된다. 그 성격은 죽을 때까지 변치 않고 그대로일 것 같지만 그 반대라고 하는 내용의 기사였다.

"사람의 성격은 자신의 경험에 의하여 평생에 걸쳐서 변화한다."

예를 들어 젊은 시절에는 밝고 온화했던 사람이 나이가 들어서 나쁜 일을 많이 겪게 되면 그가 겪은 일들에 의해서 괴팍해지고 신경질적이고 부정적으로 변하면서 젊은 날의 좋은 성격이 아니라 나쁜 성격으로 변화한다는 것이었다. 나는 사람의 성격은 잘 변하지 않는 것이라고 생각했기 때문에 그 내용이 매우 흥미로웠다. 그래서 나는 기사 전문을 꼼꼼히 읽어 내려갔다. 그리고 생각하게 되었다. '나도 나이가 들면서 적어도 나쁘게 변해서는 안 되겠다.'라고 말이다. 그리고 나는 나의 아버지에 대해서 생각하게 되었다. 젊은 날의 아버지가 아니라 지금은 완전히 변한 다른 사람이 되셨다.

아버지는 이 세상에서 가장 가정적이고 온화하시고 자식들에게 사랑을 많이 주시던 분이었다. 매년 크리스마스이브에는 잠자는 우리 삼 형제의 머리맡에 맛있는 파운드케이크와 선물을 준비해놓으시고, 아침에 일어나면 너희들이 잘 때 산타할아버지가 오셨다 가셨다고 말씀하시며 놀라는 아이들의 반응을 즐겁게 바라보시던 분이었다.

하지만 사업에 실패하신 아버지는 점점 변하셨다. 어두운 방에 누워만 계셨다. 잠들어 있는 시간과 깨어 있는 시간을 분간하지 못하셨다. 악몽을 꾸시고 소리를 지르고 잠에서 깨어나셨다. 그렇게 몇 년을 힘들게 보내셨다.

이후 조금 회복되셔서 일상생활을 하기 시작하셨다. 아버지는 시골에서 시험을 보고 서울공고에 합격하셔서 서울로 올라오실 만큼 머리가 좋으셨다. 아버지는 나이가 드셨음에도 스마트하셨고 아이폰을 사용하시며 주식 거래를 하셨다. 아버지가 잘 지내시는 것 같았다. 하지만 잃어버린 돈에 대한 아쉬움과 재기가 불가능하다는 사실을 느낄 때마다 힘들어하셨다.

지금은 상황이 더 나빠졌다. 현실과 가상세계의 차이를 구분하지 못 하신다. 카카오톡으로 들어오는 무작위 스팸 메시지에 일일이 대답해주고 사기를 당하신다. 매일매일 사기를 당하셨다. 가지고 계셨던 모든 돈을 날리셨다. 현실 판단 능력이 없어지신 것이다. 돈을 벌 수 있다는 도박게임이나 보이스 피싱으로 걸려오는 전화를 매일 주고받고, 메시지도 주고받는다. 그런 아버지를 이해할 수 없었고, 막아보려고 했지만 말릴 수가 없었다. 경찰에 신고하려고 했지만 본인 스스로 보낸 돈은 찾을 방법이 없고, 사기꾼들을 잡을 수도 없었다. 방법은 아버지의 금융 거래를 막는 수밖에 없었다. 그래도 여전히 아버지는 그런 사기꾼들과 연락하며, 여전히 일확천금의 꿈을 버리지 못하신다.

그런 아버지를 보면 정말 불쌍하다는 생각이 들고, 어떻게 사람이 저렇게 변할 수가 있을까 하는 생각이 든다. 나에게 노력하면 뭐든 할 수 있다고 하셨고, 성실함을 가르치셨던 분이 맞는지 궁금해진다. 나의 성장기에 큰 가르침을 주신 분이 맞는지. 그런 아버지의 일생의 변화와 불행한 아버지의 노년을 보면서 나는 뼈저리게 느낀다. 사람은 변할 수 있다. 좋게도 변할 수 있고, 더 나쁘게도 변할 수 있다. 인생의 시련은 다양한 모습으로 오지만 절대 변하지 않는 나만의 가치를 가져야 한다는 것을. 저렇게 흔들리면 안 된다는 것을.

아버지가 사업에 실패하시고 긍정적인 생각으로 현상을 바라보았다면 어떤 일이 생겼을까? 아버지는 분명 재기하실 수 있었을 것이다. 나는 아버지가 얼마나 에너지가 넘쳤던 사람인지를 알고 있다. 그러나 어떤 생각을 하느냐는 온전히 자신만의 선택인 것이다. 그렇게 힘이 들 때 좋은 책이라도 읽으셨다면, 그 책을 통해서 힘을 얻고 긍정적으로 생각할 수 있지 않았을까? 사람이 우물 안의 개구리처럼 자신의 세상 속에 갇혀 살게 되면 어디에서도 위기를 극복하는 지혜를 찾을 수는 없다.

일반적인 회사에서 신제품 개발에 대한 회의를 시작한다. 계절별로 신제품 개발을 하기도 하고, 분기별 또는 상시 제품 개발을 하게 된다. 회사는 시장에서 제품력 있는 제품을 만들기 위해 많은 노력을 한다. 회사가 유지되려면 신제품을 개발하고 팔아야 수익을 얻어서 회사가 존립될 수 있기 때문이다. 신제품을 개발할 때 더 좋은 기능을 넣고, 더 멋진 디자인으로 제품을 만들기 위해 노력한다. 회사는 다양한 사람들이 모인 곳이다. 한 가지의 제품을 보고 생각하는 사람들의 의견은 모두 다르다. 중립적 입장에서 객관적으로 판단하고 긍정적으로 보려고 노력하는 사람도 있다. 하지만 부정적인 사람은 아무리 좋은 아이디어가 나와도 부정적인 의견을 말한다. 여러 가지 좋은 점이 있어도 "이 제품은 이런 것들이 나쁜 결과를 만들게 될 거야."라고 말한다. 반면 긍정적으로 생각하는 사람은 이 제품은 이런 좋은 점이 있어서 시장에서 좋은 반응을 얻을 수 있을 것이라고 생각하고 이야기를 꺼내기 시작한다.

모든 사물을 보는 방식은 이처럼 사람마다 다르다. 사물은 그저 하나의 물질이다. 우리가 눈으로 보는 모든 것은 나만의 생각으로 바라보게 된다. 물질뿐 아니라 어떤 현상에 대하여 바라보는 방식도 마찬가지이다. 어떤 사건이나 현상에 대해 부정적으로 바라보는 사람에게는 실마리가 보이지 않는다. 마음으로 포기하고 "방법이 없다."라고 생각하고 닫아버린다면 아무런 일도 시작되지 않는다. 그런 생각들은 미래의 불행의 씨앗을 뿌리는 것이다. 하지만 긍정적인 사고를 하는 사람에게는 다양한 결말이 떠오르게 된다. 다양한 가능성이 열려 있는 것이다. 불가능하다고 여기는 사업은 시작부터 지고 들어가는 것이다. 이길 수도 없고 방법도 없다. 불가능하다고 생각하는 나의 역량은 그 자리에서 멈추게 된다. 가능하다고 믿는다면 어려운 일도 해낼 수 있다. 1퍼센트의 가능성에 도전하는 사람들은 무모해 보이지만 부단한 노력으로 성공을 이끌어낸다. 그들의 시작 지점에서 많은 사람들이 회의적으로 바라봤고, 부정적 시선으로 말리기도 한다. '어디 얼마나 잘 하나 보자.'라는 식으로 관조적 입장에서 바라본다. 멋지게 해내는 사람들은 그런 것에 신경 쓰지 않는다. 그들은 시작부터 다르다. 바로 생각에서 차이가 나는 것이다.

단지 생각을 바꾸는 것이 어떤 효과가 있는지 나는 과거에 알지 못했다. 생각을 바꾸면 어떤 일이 생기는지 체험하지 못했기 때문이다. 나의 능력을 한정 지으며 나를 옭아맸던 생각들을 바꾸고 난 후로 나는 진정한 정신적 자유를 누리게 되었다. 새털처럼 가볍고 즐거운 마음을 갖게 된 것이다.

이런 마음은 긍정적인 생각과 함께 아이디어를 만들어냈다. 나는 다양한 사업 아이디어를 가지고 있다. 나는 매일 생각이 날 때마다 메모장에 적어 놓는다. 그것들은 곧 세상에 나와 현실이 될 것이다. 나의 머릿속에 상상으로만 존재하던 것들이 현실로 존재하게 되는 것이다.

나는 나의 자존감 도둑이었다

CHAPTER 06

누가 뭐래도, 결국 내 인생이다

"변화의 주체는 자신이며 나의 인생을 주도적으로 이끌어야 한다."

어른이지만 어린아이의 자아를 가진 사람들이 있다. 그런 사람은 자신의 인생의 모든 일에 대해서 진취적으로 행동하려 하지 않는다. 자신의 인생을 남의 일 보듯 한다. 어린아이였을 때는 부모와 선생님의 가르침으로 성장했다. 그 가르침으로부터 자유로운 성인이 되었지만 여전히 누군가의 통제 속에서 행동하려고 한다. 자율적으로 방향을 정하거나 새로운 것을 선택해야 할 때 어려움을 느낀다. 단 몇 퍼센트의 사람들만이 자신의 인생을 주도적으로 끌고 나가려고 노력한다. 사실은 많은 사람들이 이런 어린 자아로 살아가고 있다. 이것은 성숙하지 못한 태도이다. 자신의 인생을 주도적으로 이끌기에는 두려움이 앞서기 때문이다.

  S는 공부를 잘했다. 부모님의 가르침대로 잘 자랐다. 자라면서 부모의 마음에 들지 않게 행동한 적은 한 번도 없다. 부모의 가르침대로 열심히 공부해서 좋은 대학을 들어갔고 졸업했다. 그 후 직장을 다니고 있다. 이제는 나이가 들어서 결혼을 해야 하는 시기가 왔지만 아직도 어린아이처럼 통제를 바란다. 그것이 마음이 편하다. 전 직장에 다니고 있을 때 S의 부모님은 S의 봉급이 작다는 이유로 직장을 그만두도록 했다. 그 후 다른 직업을 찾아 일하고 있지만 일에 대한 만족감은 없다. 앞으로의 사회생활이나 직업에 대해서 진지하게 생각해본 적도 없다. 자신이 세상을 바꾸기는 너무 어렵다고 생각하기 때문이다. 앞으로도 온전한 자신의 힘으로 앞으로의 삶을 만들어가기는 어렵다고 생각한다. 나이가 많지만 모든 것을 부모의 결정대로 진행하고 있다. S는 현재 결혼이 가장 어려운 과제다. 결혼이란 일과는 또 다른 문제다. 일이란 규율 속에서 자신이 열심히 하기만 한다면 어느 정도의 성과를 내는 것이 가능하다. 하지만 결혼이란 완전히 다른 환경에서 성장한 타인과 만나 조율해야 하기 때문이다. 그 과정이 S에게는 복잡하고 어렵기만 한 것이다.

  어린 자아를 가진 사람에게는 주도적인 삶을 만들어가는 일이 가장 어렵게 느껴진다. 가령 자신의 새로운 아이디어가 있어도 시도하려고 하지 않는다. 자신이 혼자서 할 수 없는 일이라고 생각하기 때문이다. 생각은 많은데 행동으로 옮길 수 있는 이들이 많지 않다. 이런 사람들은 명령이나 규칙을 좋아하고 그에 따르려고 한다. 조직의 입장에서 본다면 성실하고 통제가 편하기 때문에 바람직한 인재다. 하지만 자신의 삶에 있어서는 매우 수동적이다. 한 개인의 삶의 입장에서 본다면 이런 태도가 바람직한 태도라고 볼 수 있을까? 자신의 삶은 타인에게 맡겨놓고 명령을 받는 존재가 아니다. 지금 당장은 그 통제 속에서 머무는 것이 마음이 편할지 모르지만 그 통제 속에서 머물지 말고 자신의 선택으로 시작되는 삶을 살아야 한다. 그 두려움에서 벗어나야 한다.

지인이 유치원을 운영하신다. 그래서 아이들을 위한 교육용 장비를 많이 가지고 계신다. 그분이 달걀 부화기를 빌려주셨다. 그리고 "병아리가 태어나는 모습을 아이들이 좋아하니까 사용해봐." 하고 말씀하셨다. 마치 식품 건조기처럼 생긴 상자 모양의 전기기구였다. 전기 콘센트에 연결하면 따뜻하게 온도가 유지되는 기계이다. 알에서 병아리가 탄생하는 과정을 보여주기 위해 그 부화기를 베란다에 설치했다. 마트에 가서 유정란을 사다가 부화기에 넣어야 한다. 알에서 병아리로 부화시키는 기간은 21일의 기간이 필요하다. 온도는 37.7도로 유지해야 한다. 부화 3일 전까지는 습도 60퍼센트 및 하루 8회, 3시간에 1번 정도 알을 굴려줘야 한다. 그 후 남은 3일은 습도를 80퍼센트로 맞춰주고 알 굴리는 것을 멈춰야 한다. 병아리를 부화시키기 위해서 마트에서 파는 유정란을 이용한다는 것 자체가 신기하기만 했다. 과연 마트에서 파는 유정란을 부화기에 넣으면 21일 후에 병아리가 태어나는 것인가? 실은 아이들보다 내가 더 신기하고 궁금했다. 알을 부화기에 12개를 넣었다.

긴긴 20여 일의 시간이 지난 어느 날이었다. 알이 조금씩 혼자 굴러다니기도 하고 알 속에서 아주 작은 소리의 삐악거림이 들렸다. 마음이 흥분되기 시작했다. 이 알 속에 생명체가 있는 것이 분명하다. 매일 음식으로 먹던 달걀 안의 생명체라니! 따뜻한 온도에서 일정 기간 시간이 경과하면 병아리가 탄생한다는 사실을 알고 있었지만, 실제로 보니 훨씬 더 흥미진진했다. 그렇게 알이 혼자서 굴러다니더니 알의 아주 작은 부분이 깨져 있었다. 알 속에 있는 연약한 병아리는 작은 부리로 힘들게 알을 깨고 있었다. 알을 깨는 모습은 참으로 힘겨워 보였다. 그 속도로 알을 깨려면 하루 이틀이 더 걸릴 것만 같은, 그렇게 미세한 움직임이었다. 가장 처음 알을 깨기 시작한 병아리와 함께 다른 병아리들도 태어나려고 삐악거리며 움직이고 있었다. 놀라웠다. 무려 10마리의 병아리가 태어나려고 움직이기 시작한 것이다. 이제는 삐악거리는 소리가 병아리 공장을 방불케 한다. 병아리가 태어나는 과정은 생명이 태어나는 경이로운 광경이었다.

병아리가 알을 깨는 것은 대단한 시련 중의 시련처럼 보였다. '자신의 알을 깨고 나오는 것이 저렇게 어려운 것이구나'라고 생각할 정도로 어려워 보였다. 하나둘씩 병아리가 태어나고 있었다. 그중 유난히 힘들어 보이는 병아리가 있었다. 죽은 것 같이 보일 정도로 움직임이 미약했다. 바깥에서 알을 깨주면 안 된다고 했지만 너무 힘들어하기 때문에 도와줘야 할 것 같았다. 좀 더 빨리 알에서 나올 수 있도록 조심스럽게 깨진 부분 옆에 아주 작은 구멍을 만들어주었다. 그런데도 그 병아리는 여전히 나오지 못하고 있었다. 움직임이 없었다. 스스로 껍데기를 조금 깼지만 그 병아리는 태어나지 못했다.

병아리는 스스로 알껍데기를 깨고 나와야 정상적인 병아리가 된다. 스스로의 힘으로 세상에 나와야 정상적으로 살아 갈 수 있는 힘을 갖게 된다. 인위적으로 알을 깨주면 세상을 스스로 살아갈 힘을 갖지 못하고 태어나기 때문에 아프거나 곧 죽게 된다. 먹이를 먹지 못하거나 적응력이 약하기 때문에 오래 견디지 못하고 죽거나 살더라도 다른 병아리들보다 성장이 느리다. 스스로 알껍데기를 깨고 나오는 병아리만이 정상적인 힘을 갖도록 되어 있다. 인위적으로 알을 깨준다고 해서 병아리를 도와주는 것이 될 수 없다. 자연 상태에서도 어미는 알을 전부 쪼아주지 않는다.

알을 깨고 나오지 못한 1마리를 제외한 11마리의 병아리들이 알을 깨는 모습은 다 달랐다. 완전히 알을 깨는 데 걸리는 시간도 다 달랐다. 사람도 마찬가지이다. 자신의 세계에서 새로운 세계로 가고자 한다면 반드시 알을 깨고 나와야 한다. 그 알을 깨고 나오는 과정은 쉽지 않을 뿐만 아니라 그 스타일이 다 다르다. 빨리 깨는 병아리도 있었고, 느린 병아리도 있었고, 태어나지 못한 병아리도 있었다. 알이 깨져나가는 부분도 다 다르고 알을 깨는 방식도 조금씩 다르다. 사람도 마찬가지다. 자신이 변화를 원한다면 스스로 틀을 벗어나야 한다. 그 틀을 벗어나는 방법은 사람마다 다르고, 사람마다 느끼는 고통의 강도도 다르다. 벗어나기를 시도한 순간부터 완전히 벗어나기까지의 시간도 다르다. 자신이 머물던 세상에서 다른 변화를 원한다면 익숙한 프레임을 벗어나야 한다. 프레임을 깨는 수고를 온전히 자기 자신이 해야 하는 것이다. 자신의 의지가 중요한 것이다. 타인이 프레임을 깨라고 명령한다고 해도 결국 자신이 힘을 내지 못하면 그 변화는 경험할 수 없는 것이다.

각자 스스로의 주체적 인생이다. 이 명제는 아무리 싫다고 해도 바뀔 수 없는 것이다. 자신의 삶을 살아야 한다. "삶은 자신만의 색으로 만들어가는 태피스트리다."라는 혹자의 표현도 있지 않은가? 대학 시절 태피스트리 작품을 직접 만든 적이 있다. 날실을 걸어놓고 맨 아래에서부터 좌우로 움직이며 실을 짜 올라가는 작업이다. 이것은 온전히 나만의 생각과 나만의 색으로 한 줄씩 짜 올라가야 한다. 실의 종류를 선택하고 실을 자신이 원하는 색으로 염색부터 해야 한다. 한 줄씩 짜 올라가야 하기 때문에 시간이 많이 걸리는 작업이다. 한 줄 한 줄 채워져 올라간 자신의 작업은 완성이 되면 벽에 걸 수 있는 아름다운 시각적 오브제가 된다. 실로 만든 한 폭의 그림이 되는 것이다. 만약 작업 도중 마음에 들지 않는 부분이 있다면, 바꾸고 싶은 그 부분까지 내려가 위에 짜놓은 실까지 모두 풀어내고 다시 시작해야 한다. 그렇게 되면 많은 공이 들어가기 때문에 다시 하기란 사실 어려운 작업이다. 인생도 마찬가지다. 시간과 함께 지나간 삶은 다시 되돌리기 어렵지만 앞으로의 시간은 나의 의지에 의해서 바꿀 수 있다.

자신의 삶에 대해 7살 어린아이와 같은 태도로 대하지 말아야 한다. 타인이 나의 삶을 만들어줄 수는 없다. 내가 이끄는 삶이어야 한다. 나의 의지로 움직이는 삶이어야 한다. 나의 목적과 목표를 바라보는 삶이어야 한다. 타인의 목적을 위한 삶을 살기 위해 내 삶을 낭비할 것인가? 알 밖의 세상을 보고 싶다면 알을 깨는 일이 힘든 일이더라도 스스로 벗어나야 한다. 결국 나의 소중한 인생이기 때문이다.

CHAPTER 07

나만의 기준으로 당당하게 걸어가라

"자신만의 기준이 있다면

처음의 의지대로 끝까지 목표를 이룰 수 있다."

삶에 있어서 자신만의 기준이 있다면 흔들리지 않을 수 있다. 우리가 하고자 하는 일이 생각대로 되지 않을 때 본래의 계획을 변경하거나 쉽게 포기한다. 자신이 하고자 했던 계획을 바꾸고, 다른 길로 가면서 원래 가려고 했던 방향으로 가지 못한다. 결과는 본래의 그 고유한 색을 유지하지 못하고 퇴색되어버린다. 때로는 불평과 불만을 쏟아내고, 때로는 자신이 우회해야 하는 이유에 대해서 핑계를 댄다. 원래의 목표대로 가지 못하는 이유와 핑계거리는 언제나 차고 넘친다. 하지 못하는 이유는 얼마든지 댈 수 있다. 백 가지 이상의 핑계를 대는 것은 어렵지 않다.

이솝 우화 가운데 「여우와 신포도」라는 이야기가 있다. 어느 날, 여우 한 마리가 길을 가다가 높은 가지에 매달린 포도를 보았다.

"참 맛있겠다."

여우는 포도를 먹고 싶어서 펄쩍 뛰었다. 하지만 포도가 너무 높이 달려 있어서 여우의 발에 닿지 않았다. 여우는 다시 한 번 힘껏 뛰어보았다. 그러나 여전히 포도에 발이 닿지 않았다. 여러 차례 있는 힘을 다해 뛰어보았지만 번번이 실패했다. 여우는 결국 포도를 따 먹지 못하고 돌아가야 했다. 돌아가면서 여우가 말했다.

"저 포도는 너무 시어서 맛이 없을 거야."

처음에 여우는 그 포도가 맛있을 거라고 생각했다. 하지만 포도를 따 먹을 수 없게 되자 원래 가졌던 믿음을 버린 것이다. 그리고는 자기만의 상황에 맞도록 핑계를 만들어낸 것이다. 여우는 포도를 따기 어렵다는 현실을 인정하지 않는다. 대신 신 포도라서 먹을 가치가 없다는 핑계로 스스로를 속인 것이다.

우리는 이와 같은 「여우와 신포도」 우화에서의 여우처럼 말하는 경우가 많다. 자신의 생각대로 되지 않을 때 우리는 얼마나 많은 핑계를 대고 있는가? 몇 번의 시도만을 끝으로 포기하는 것이 맞을까? 아니면 포도를 따기 위한 다른 방법은 없었을까? 사다리를 구해 올 수도 있고, 기린과 같은 키가 큰 친구에게 부탁을 할 수도 있지 않았을까? 이와 같은 우화에서만이 아니라 우리 삶에서도 이와 동일한 상황은 많다. "자신이 계획한 일은 반드시 해낸다."라는 기준이 있었다면 자신이 원하는 목표를 달성할 수 있을 것이다.

B는 편입 준비를 하고 있다. B는 편입 준비를 한다고 말을 했지만 열심히 준비하지 않는다. 맘에 들지 않는 학교를 휴학하고, 해방감에 젖어 노는 데 열중했다. 해야 할 준비가 많은데 차일피일 미루며 정확한 시험 준비를 하지 못하고 있었다. 중요 일정조차 확인을 미루고 있었다. 다니는 학교에서 일정 학점을 이수해야만 편입의 자격이 주어진다. 편입의 자격을 충족시키기 위하여 반드시 일정 부분의 온라인 강의를 수강해야 했다. 하지만 그렇게 노는 일에 시간을 허비하며 하루하루 보내다가 온라인 강의를 놓치고 말았다. 강의를 놓치면 시험의 자격 자체가 박탈되는 것이다. 그 여파가 시험 자격 박탈이 되는지조차 모르고 있다가 1년이라는 시간을 다시 준비해야 하는 상황이 된 것이다. B는 스스로도 실망하다가 이렇게 말한다.

"실력을 만들지 못했기 때문에 어차피 이번 시험은 봤어도 떨어졌을 거야."

이것은 핑계에 불과하다. 1년이라는 소중한 시간을 잃게 되었고, 그것은 큰 손실이다. 시험을 보고 떨어졌다면 편입시험에 대한 경험을 할 수 있는 기회가 된다. 그 경험은 다음 시험에 도움을 줄 수도 있다. 자신의 목표를 이루기 위해 계획과 기준을 세우고 행동했더라면 이런 손해를 보지는 않았을 것이다. 일단 잘못된 행동을 하고 나면, 그 행동의 결과를 바꾸기란 거의 어렵다. 이미 일어난 일이라 되돌릴 수가 없기 때문이다. 그래서 사람들은 자기 잘못을 인정하는 대신 "그건 어쩔 수 없는 일이었어." 하면서 자기 스스로 합리화하기 시작한다. 믿음과 현실이 부딪치는 일이 생기면 불편한 마음을 완화시키려고 노력하기 때문이다.

때로는 잘못된 행동임을 알고서도 자신의 믿음을 위해 계속 잘못된 행동을 하는 어리석은 일을 하기도 한다. 자기의 잘못을 인정한 후 그 행동을 고치는 것이 진정으로 용기 있는 일이라는 것을 알지 못한다. 사람들은 자기가 어리석은 선택을 했다는 것을 알고 난 후에도 어떻게든 그 선택이 어쩔 수 없는 것이었다고 믿으려 애쓴다. 명백히 잘못된 판단이었음에도 불구하고, 여러 이유를 들어 끝까지 자신이 옳았다고 우긴다. 합리적인 결론보다 부조리하더라도 자신의 믿음을 선택하는 것이다. 우리는 살아가면서 어쩔 수 없이 내키지 않는 일을 하게 될 때가 있다. 그러나 그것을 정당화하기 위해서 그 일이 하고 싶었다고 스스로를 속이지는 말아야 한다. 진정으로 자기 존중감이 높은 사람은 자기의 잘못된 선택이 옳았다고 끝까지 주장하는 사람이 아니라, 자신의 실수를 솔직하게 인정하고 그 실수를 반복하지 않으려 노력하는 사람이다.

삶 속에서 자신의 기준이 없다면 실수를 하게 될 뿐만 아니라 많은 유혹에 흔들리게 된다. 원래의 목적과 맞지 않는 방향으로 가게 되는 것이다. 맞지 않는 방향으로 가는 일에 대해 자기 합리화를 하게 되는 것이다. 그 결과는 나의 생각과 전혀 다른 것이 될 수도 있다. 내가 진정으로 원하던 것을 찾으려 한다면 자신만의 기준을 만들어야 한다. 작은 일이라도 자신의 기준을 정한다면 우리는 힘든 과정을 쉽게 넘어갈 수 있다.

자산관리사 유수진은 이렇게 말하고 있다. 친구가 돈을 빌려달라고 할 때 거절하는 방법을 미리 준비해야 한다. 준비를 하지 않으면 막상 친구의 부탁을 받고 마음이 약해져서 빌려주게 된다. 자신의 계획에 따라 자금을 모으고 있는데 주변의 이런 부탁을 받으면 거절하기가 쉽지 않다. 그래서 이런 경우를 위한 멘트를 평소에 준비해야 한다고 말한다. 나는 그녀의 의견을 듣고 크게 공감했다. 실제로 부탁하는 사람에게 거절하기란 쉬운 일이 아니다. 특히나 친한 사람에게는 더욱 그렇다. 그렇기 때문에 그것에 대비하여 자신의 대답을 준비하라는 것이다. 친한 사람들과 돈거래는 하지 않는다는 자신만의 규칙을 정한다면 그 당시에는 부탁받고 거절하기가 쉽지 않지만, 자신의 기준에 따른 행동은 좀 더 쉽게 자신의 목표를 향해 갈 수 있도록 해줄 것이다.

집안의 정리정돈은 무척 중요하다. 어지러운 환경은 나의 머릿속을 어지럽게 하기 때문에 일의 능률이 오르지 않는다. "식사를 하고 5분 내로 설거지를 완료하고 식탁을 정리한다."라는 자신만의 규칙을 정한다면 일하는 데 시간을 뺏기지 않고 깨끗한 생활을 유지할 수 있다. "매일 업무가 끝나면 책상 위를 말끔하게 정리한다.", "일주일에 한 번씩 쓰지 않는 물건을 정리한다.", "사람들의 연락처와 메일을 한 달에 한 번씩 정리한다.", "진행된 업무는 관련자들에게 반드시 메일로 공유한다.", "자신의 목표는 죽어도 실행한다.", "행동하지 않을 목표는 정하지 않는다." 등 어떤 일이든 자신의 기준을 세울 수 있다.

삶의 전반에 걸쳐 크고 작은 자신만의 기준을 만들 수 있다. 아무리 사소한 일이라도 자신의 기준이 확실하다면 우리는 많은 변수를 줄여나갈 수 있다. 효율적으로 목표에 다다를 수 있는 것이다. 이런 자신만의 기준은 자신만의 독특한 삶의 방식을 만들어낸다.

사람의 선택은 언제나 이성적일 것이라 생각하지만 거의 많은 사람들이 감정적인 선택을 한다. 감정적으로 흔들리지 않으면 좀 더 조직적으로 행동할 수 있다. 우리는 살면서 삶이 유한하다는 것을 망각한다. 시간이 계속 흘러가고 있다는 사실을 잊지 말아야 한다. 이것을 염두에 둔다면 시간을 낭비하지 않고 효율적으로 쓰는 방법에 대해 고민할 수 있을 것이다.

자신의 기준을 만들어 시행착오를 줄인다면 나만의 기준은 목표를 달성하기까지의 시간 낭비를 덜 하도록 만든다. 견고한 자신만의 다짐과 기준은 모든 일을 자신의 의지대로 밀고 나갈 수 있도록 해줄 것이다. 흔들리지 않는 자신만의 기준을 만든다면 내 삶은 어떻게 변화할까? 더 이상 상황에 따라 좌지우지되지 않는 삶을 살게 될 것이다. 나만의 기준은 나를 더욱 당당하게 행동하고 앞으로 나아갈 수 있도록 도울 것이다.

"우리가 무슨 생각을 하느냐가

우리가 어떤 사람이 되는지를 결정한다."

- 오프라 윈프리

5. 지금부터 행복한 사람이 되라

어제까지의 내가 아닌
전혀 다른 사람

어떻게 사는 것이 행복하게 사는 것인지, 가장 인간답게 사는 삶이 어떤 것인지에 대해 많은 사람들이 오랜 시간에 걸쳐 연구해왔다. 이 책은 그 고민에 대한 답을 찾는 데 길잡이가 되어줄 것이다.

인간의 능력은 무한하며 그 능력은 누구든 자신 안에 내재되어 있다는 사실을 이해해야 한다. 건강해진 자아와 내면은 참으로 놀라운 매일의 기적을 가져다 줄 것이다. 또한 인생의 진정한 성공과 행복을 성취하게 될 것이다. 이런 모든 성취는 이미 존재했던 것이며, 오로지 자신의 변화로 이런 성취들을 불러내기만 하면 되는 것이다. 사람이 생각의 원리에 대해 깨닫게 된다면 현재보다 더 능력 있고 더 행복하고 더 성공할 수 있음을 깨닫게 되는 것이다. 인생의 행복이든 불행이든, 부자든 가난하든, 성공이든 실패든 모든 것은 자신이 만든 결과라는 것을 잊지 말아야 한다.

인생을 살아가는 사람이라면 더 나은 삶을 살기를 원하는 것은 당연한 일이다. 지금보다 더 나은 사람이 되는 방법과 더 나은 삶을 사는 방법은 무엇일까? 이 책은 많은 어려움 속에서 그 고난을 겪어낼 수 있는 힘이 자신에게 있다는 지혜를 많은 사람들의 사례들을 통하여 자신의 삶과 빗대어 생각해보며 스스로 깨우치도록 도와줄 것이다.

이 책을 처음 읽을 때는 사람의 생각과 마음이 만들어내는 일에 대해서 믿지 못할 것이다. 하지만 생각을 바꾸기 위해 부단히 의식적으로 노력한다면 어느 순간 자신의 내면의 진정한 마음의 자유와 용기를 갖게 될 것이다. 그 과정은 사람에 따라 빠르게 될 수도 있고, 어떤 사람에게는 좀 더 긴 시간이 걸릴 수도 있지만 결국은 자신의 존재에 대해 소중함을 깨닫고, 자신과 자신의 상황을 객관화한다면 모두가 생각의 원리에 대해 이해하고, 그 부동의 결과를 확인하게 될 것이며, 그 원리에 매료될 것이다. 더 나은 삶과 성공, 행복과 사랑은 자신과 아주 가까운 곳에 있다는 확신을 갖게 될 것이며, 행복 또한 느끼게 될 것이다.

마침내 이 책의 마지막을 넘기는 순간 나는 어제까지의 내가 아닌 전혀 다른 사람이 되어 있을 것이다. 나의 주변에 있는 모든 사람들이 어제의 그들이 아니고, 모두 나를 도와주기 위해 존재한다는 사실을, 내가 알고 있던 세상도 어제의 세상이 아니라는 것을 깨닫게 될 것이며, 진리도 어제의 진리가 아니라는 사실과 진정으로 새로운 진리와 삶의 지혜에 대해 깨닫게 될 것이다.

원고 탈고 후 내 자신도 마음의 원리를 더욱 명확히 깨달았으며, 나는 놀라운 삶의 기적을 매일 경험하고 있다. 간절히 바라왔던 부모님이 편하게 사실 수 있는 공간이 마련되었고, 나는 나의 꿈을 이루기 위한 길에 조금씩 다가갈 수 있는 많은 기회들이 오고 있음을 느낀다.

이 책의 독자들도 책을 읽고 자신이 얼마나 위대한 존재인지 깨닫기를 바란다. 어린아이처럼 순수한 상처받지 않은 자아로 회복하여 망설임이나 갈등과 불신을 버리고, 의기소침하고 좌절하는 대신 자신감과 담대함, 어디에도 흔들리지 않는 굳건한 믿음으로 자신에게 주어진 일들을 기쁘게 해나간다면 매일의 기적을 만날 수 있을 것이다. 인생에서 나름대로 한 번도 어른들의 말을 거스르지 않으며 열심히 살아왔던 사람도 현실에서 불가항력적으로 좌절할 수 있으며, 자신의 존재와 행복의 근원에 대해 깊이 고민하는 한 시기를 맞이하게 된다. 이 책을 읽으며 그에 대한 대답을 찾는 여정이 되기를 바란다. 아울러 자기회복을 하는 그 순간부터 어떤 세상이 펼쳐지는지 그 경이로운 경험을 할 수 있을 것이다.